한국고전여성소설의 재발견

—암흑기 여성들의 삶과 문학—

정 창 권

지식산업사

한국고전여성소설의 재발견

초판 1쇄 인쇄   2002. 4. 1
초판 1쇄 발행   2002. 4. 5

지은이   정창권
펴낸이   김경희
펴낸곳   (주)지식산업사
         서울시 종로구 통의동 35-18
         전화(02)734-1978(대) 팩스(02)720-7900
         홈페이지 www.jisik.co.kr
         e-mail   jsp@jisik.co.kr
                    jisikco@chollian.net
         등록번호 1-363
         등록날짜 1969. 5. 8

책값   12,000원

ⓒ 정창권, 2002
ISBN 89-423-4028-8 23810

이 책을 읽고 지은이에게 문의하고자 하는 이는
지식산업사 e-mail로 연락 바랍니다.

책을 내면서

영화나 드라마의 사극(史劇)을 보면 한 가지 이상한 점을 발견하게 된다. 고려, 조선, 근대 등 어느 시대를 배경으로 하든지 여성인물의 형상과 역할은 늘 똑같다는 것이다. 남성인물은 저마다 독특한 개성을 지니고 다양한 활동을 펼치지만, 여성인물은 항상 비슷한 성격으로 시앗싸움이나 고부갈등과 같은 거의 판에 박힌 사건을 벌이면서 눈물을 흘리고 있다. 여성들이 세상을 향해 주체적이고 창조적인 활동을 펼치는, 이른바 '힘 있는 여성사'는 찾아보기 어렵다. 그만큼 우리의 고정관념이 뿌리 깊고, 또 여성사에 대한 이해가 부족하다는 것이다.

이러한 사정은 우리의 문학사에서도 마찬가지다.

17세기 중반 이후 우리 사회는 이전부터 내려오던 여권 존중의 전통을 말살했고, 여성들은 오직 집안에서 가문관리자로서 일생을 살 수밖에 없었다. 하지만 여성들은 안살림을 주관하면서 조직능력을 배우고, 경제적 책임까지 떠맡으면서 현실적·합리적 사고능력을 키웠다. 게다가 각종 교양을 쌓음에 따라 여성들의 지식수준은 그 어느 시기보다 양적·질적으로 크게 향상되었다. 그 결과 조선후기엔 지식과 교양을 갖춘 여성지식인이 대거 등장하였는데, 그녀들은 특히 국문장편소설을 중심으로 활발한 문예활동을 펼쳤다.

　그렇지만, 한국의 고전 가운데 180권 180책, 200자 원고지로 환산하면 무려 3만여 장이나 되는 세계 최대의 장편소설을 우리네 여성작가가 썼다고 말하면, 누구나 입을 벌렸다가 곧 고개를 옆으로 흔들고 만다. 학교도 없고 평생 집안에만 틀어박혀 살았던 여자들이 뭘 아는 게 있어서 그렇게 긴 소설을 썼겠느냐는 것이다. 하지만 날이 갈수록 증거물이 쌓여가면서 그것이 역사적 사실로 판명되는 걸 어떡하란 말인가. 이젠 막연히 의심하기보다는, 당시 여성들이 어떻게 그런 소설을 쓸 수 있었는지 주의 깊게 살펴보는 것이 낫지 않을까?

　고전 장편소설을 연구한 지도 어언 8년, 필자는 그와 같은 여성소설이 출현한 배경과 그 정체성을 밝히기 위해 결코 적지 않은 세월을 달려왔다. 때로는 꿈속에서 그들 소설의 작가들과 이야기를 나누고, 때로는 도서관에서 그들과 함께 앉아 심각하게 고민도 해보았다. 오로지 잃어버린 영혼들을 되살리겠다는 일념만으로 숨가쁘게 뛰어왔고, 그 결과물이 〈조선후기 장편 여성소설 연구〉라는 박사논문이다.

　이 책은 바로 그 논문을 다시 갈고 다듬어서 내놓은 것이다. 특히 이 책은 학술서와 대중서의 완충지대라 할 수 있는 교양서로 꾸몄다. 세부 목차를 많이 달아서 이해하기 쉽도록 만들었고, 문체도 대중적인 일상언어로 바꾸었다.

　이 책을 읽는 독자들은 자신도 모르게 전통시대 여성들을 바라보는 새로운 시각을 가지게 될 것이다. 무엇보다 사회에서 소외되었음에도, 자기 나름의 방식대로 자아를 실현하고 사회발전에 기여했던 수많은 여성들을 만나볼 수 있을 것이다. 아무쪼록 이 책이 한국 여성사와 여성문학을 새롭게 인식하는 계기를 마련했으면 한다.

이 책을 쓰는 데 많은 분들의 도움을 받았다. 늘 곁에서 애정으로 지도해 주신 설중환·장효현·유영대 선생님을 비롯한 고대 국문과 교수님들, 바쁜 가운데도 기꺼이 도와주신 김용철·강용운·양경용·이기대·이문성 등의 선·후배님들, 그리고 출판을 허락해 주신 지식산업사 김경희 사장님과 편집실 여러분께도 깊이 감사드린다.

2002년 4월 5일

정창권

차 례

〔일러두기〕

　이 책에선 김진세가 독해한 《완월회맹연》을 주요 텍스트로 삼으면서, 의심 나는 부분이 있으면 그 원본과 장서각에 소장된 이른바 낙선재본을 참고하였 다. 작품 인용은 책―권―면으로 통일하였고, 또 이해를 돕기 위하여 원문을 되도록 현대표기법으로 고쳐서 실었다. 원문의 묘미를 그대로 살리면서도 누 구나 쉽게 읽을 수 있기 때문이다. 기타 이 책에서 대상으로 삼은 작품의 제목 과 서지사항은 다음과 같다.

　　《한강현전》 1권 1책, 이수봉 소장본.
　　《소현성록》 15권 15책, 이화여대 소장본.
　　〈한씨삼대록〉 1권 1책(결본, 권2), 연세대 소장본.
　　〈현씨양웅쌍린기〉 10권 10책, 한국정신문화연구원 소장본.
　　〈명주기봉〉 24권 24책, 한국정신문화연구원 소장본.
　　《옥원재합기연》 21권 21책, 서울대 규장각 소장본.

　이처럼 이 책은 앞서 연구한 이들이 여성소설이라고 지적한 작품과, 내·외 적인 측면에서 여성소설로 추정되는 작품을 기본 대상으로 삼았다.
　그 밖에 이들 여성소설의 정체성을 더욱 객관적으로 탐색하기 위해 17세기 《구운몽》, 《사씨남정기》, 《창선감의록》, 18세기 《옥린몽》, 19세기 《옥수 기》, 《옥루몽》, 《난학몽》 등과 같은 남성작가의 한문장편소설, 《토지》, 《미 망》 등과 같은 현대 여성소설을 비교 대상으로 삼았다.

제1장 고전여성소설의 발견

국문장편소설

1966년 8월 22일, 창경궁 장서각에 소장되어 있던 낙선재문고의 국문장편소설이 새로운 국문학 자료로 세상에 널리 알려졌다. 당시 주요 신문들은 이 소식을 연달아 내보내며 한동안 세상을 떠들썩하게 했다. 특히 《중앙일보》는 8월 22일자 1면에 '국문학의 획기적인 새 자료'라고 대서특필하여, 낙선재문고에서 소설·가사·기행문 등 총 122종 2361책의 고전작품이 쏟아져 나왔다고 전했다. 또한 이 가운데 72종 1500여 권의 국문장편소설은 학계에 전혀 알려진 적이 없어서 충격을 더해준다고 하였다.

그런데 이들 장편소설은, 과거 중국과 조선의 소설이 여러 왕대를 거치며 궁중으로 유입되어 독특한 흘림글씨인 궁체로 재필사된 것에 불과하다. 특히 조선후기 왕비와 후궁 및 기타 궁녀들이 향유했던 소설문화의 집적물이다.

사실 조선후기 내내 여성들의 소설 독서열은 하나의 시대적 유행이었다. 이미 17세기부터 궁중과 규방의 여성지식인들은 남성들과 다른 그 나름의 소설문화를 형성하기 시작하고, 18세기 이후엔,

책을 빌려주고 돈을 받는 세책가가 번성하여 경제적으로 여유 있는 일반 여성들까지 적극 가담한다. 그에 따라 문식과 재능이 있는 여성들은 직접 중국소설을 번역하거나 수많은 국문장편소설을 짓기도 한다. 심지어 18·19세기엔 여성 전문작가까지 등장한다.

이 시기 여성들은 소설 가운데서도 특히 국문장편소설을 애독하였다. 그들은 소설이라면 70, 80책 이상은 되어야지 직성이 풀린다고 여겼고, 그러한 장편소설이야말로 유식하고 깊은 뜻이 담겨있다고 생각하였다. 한 예로, 조선말기 순조의 외증손녀로 어려서부터 줄곧 국문장편소설을 읽어온 윤백영 여사의 증언을 들어보자.

윤여사는 소설이면 70, 80책 이상은 돼야지 짧고 보면 무식하고 재미적다고 한다. 춘향전쯤의 단편은 유식치도 못하고 깊은 뜻이 없다고 단정……. 낙선재문고의 긴 소설(국문장편소설)은 "문자가 좋고 윤곽 크고 생각이 점잖고……", 문장에 막힘이 없고 감정 표현이 풍부하며 일거일동을 섬세하게 그려 읽을수록 끌려들게 마련이라고 한다.[1]

이렇듯, 당시 규방여성들은 단편소설보다 70, 80책 이상의 국문장편소설을 좋아하였다.

그런 탓인지 이들 소설은 대개가 국문으로 손수 필사한 국문본이고, 본작과 별작 및 기타 방작들로 계속 이어지는 연작소설이며, 권수도 수십 수백 책에 이르는 대하장편소설이다. 예를 들어 17세기 《소현성록》 연작은 본작 〈소현성록〉과 별작 〈소씨삼대록〉(이상은 주로 직계가족 이야기)으로 이루어진 소설인데, 이 작품은 그 밖에도 〈한씨삼대록〉, 〈설씨삼대록〉, 〈수제옥환빙〉(이상은 주로

확대가족 이야기) 같은 여러 방작들을 거느리고 있다. 또한 〈명주
보월빙〉(100권 100책) - 〈윤하정삼문취록〉(105권 105책)으로 이어
지는 《명주보월빙》 연작은 총 205권 205책이라는 실로 엄청난 분
량의 대하장편소설이다.

조선후기에 이러한 장편소설이 과연 얼마나 있었는지는 정확하
게 알 수 없지만, 한창 번성할 때는 거의 수백 종 수천 권에 이르렀
다고 한다. 이것들은 현재 한국정신문화연구원 장서각, 서울대 규
장각, 국립중앙도서관을 비롯한 각 대학의 도서관에 소장되어 있으
며, 그 가운데 일부는 고전소설 전집류에 원본 그대로 영인되어 있
다. 그러나 불행하게도 현대어로 번역된 작품은 아직까지 단 한 편
도 없다.

물론 남성들도 이들 국문장편소설을 즐기면서 여성들의 소설문
화에 참여하기는 하였다. 하지만 그것은 어릴 적의 언문 공부나 늙
으막의 소일거리 아니면, 실의한 이들의 개인적인 취향일 뿐이었
고, 일반적인 인식은 잘 알려진 것처럼 대체로 비판적이었다. 그들
의 주된 지식수단은 역시 한문학이었다.

그들은 소설 역시, 《구운몽》, 《창선감의록》, 《옥린몽》, 《옥수
기》 등처럼 이른바 한문장편소설을 주로 읽었다. 이들 소설은 한문
본과 국문본이 함께 있거나 또는, 한문본만 있으며, 분량도 국문장
편소설보다 훨씬 짧다. 작품의 성향도 사뭇 다르다. 한문장편소설
은 대단히 윤리적이고 남성중심적이어서, 당시 소설 배격의 분위기
속에서도 옹호의 대상이었다. 반면에 국문장편소설은 조선후기 대
가문을 둘러싼 여러 가족들의 인생사 특히, 여성들의 인생사를 있
는 그대로 담담하게 그렸을 뿐이다. 그래서 국문장편소설에는 여성
들의 생활사에서부터 가치관에 이르기까지 당대 여성사가 풍부하

게 담겨 있다.

이와 같이 조선후기 여성들은 국문장편소설을 중심으로 그 나름의 소설문화를 형성하고 있었다. 그리하여 독자에 그치지 않고 작가로 직접 참여하면서 많은 국문장편소설 곧, '장편 여성소설'을 남겼다. 분명 국문장편소설의 주체는 여성이고, 여성과 더 친근한 유형이다. 하지만 오늘날에 이르러 이들 소설의 모습은 전혀 다른 방향으로 비쳐지고 있다.

연구동향

낙선재본 소설이 일반에 널리 알려진 1960년대 이후, 국문장편소설 연구는 가히 눈부신 발전을 이루었다.

우선 이들 소설은 외형상 중국을 배경으로 설정하였기 때문에, 초창기엔 중국소설의 번역 혹은 번안이 아닐까 생각했다. 그러나 이후 선학들이 본격적으로 연구하여 국적문제를 거의 대부분 해결하였다.[2] 또한 이들 소설은 비교적 뒤늦게 발견된 탓에 하루빨리 유형을 분류하여 소설사적 위상을 파악하는 것이 무엇보다 시급하였다. 이에 아직도 논란이 계속되고 있으나, 일부 선학들은 이들을 가문의 유지와 창달을 표현한 가문소설로 분류하여 고전소설사에 편입시켰다.[3] 이 밖에도 많은 연구자들이 개별 작품을 고찰하여 대략적인 내용을 소개했을 뿐 아니라, 꾸준히 새로운 작품을 발굴하여 국문장편소설의 범위를 대폭 확대시켰다.

그럼에도 해결해야 할 문제는 여전히 산처럼 쌓여 있다. 대개 국문장편소설은 한문장편소설에 비해 관련 기록이 적어서, 각 작품의 작가와 창작 시기를 밝히기가 무척 어렵다. 이에 따라 시간이 흐르면서 본래 향유의 주체였던 여성들은 점차 객체로 밀려나고, 그 대신에 기록이 비교적 풍부한 한문장편소설과 남성층이 서서히 주체로 부상하고 있다. 또한 이들 작품의 내용과 성격도 가부장제 가문 의식을 표출한 가문소설이라는, 대단히 남성중심적이고 획일적인 인상을 심어주고 있다. 즉 오늘날에 이르러 국문장편소설사에서 여성들이 배제됨은 물론 작품의 다양성도 축소되고 있다는 것이다.

요즈음 젊은 연구자들이 새삼스럽게 국문장편소설사에서 여성문제를 제기한 까닭도 바로 이것 때문이다. 그들은 위와 같은 연구 흐름에 의문을 제기하면서 한동안 배제되었던 여성의 입장을 적극 고려하여 다시금 개별 연구를 진행하였다. 여성작가와 작품을 구체적으로 찾아내고,[4] 내용 면에서 묻혀있던 여성의식을 들추어내며,[5] 이들 소설의 역사적 전통을 밝혀내는[6] 등, 작품 안팎의 측면에서 국문장편소설과 여성이 깊은 관련이 있음을 부각시켰다. 그 결과 국문장편소설 가운데는 여성이 지은 작품, 곧 여성소설도 적잖이 포함되어 있음을 확인하였다. 그 대표적인 작품이 17세기의 《소현성록》 연작, 18세기의 《옥원재합기연》 연작과 《완월회맹연》 등이다. 나아가 최근에는 이들 여성소설의 출현 배경과 독자적인 특성까지 탐색하고 있다.[7]

이 책은 그와 같은 일련의 작업을 더욱 심화시키기 위해 쓴 것이다. 특히 이 책은 근래에 새롭게 주목받고 있는 《완월회맹연》을 중심으로, 조선후기 여성소설의 정체성을 탐색하는 데 주요한 목적을 두고 있다.

180권 완월회맹연

최근 연구 과정에서 조선후기 여성소설의 대표작으로 새롭게 주목받은 작품이 《완월회맹연(玩月會盟宴)》이다. 이 작품은 180권

180책에 달하는 거질의 국문장편소설인데, 단행본으로선 당대 최고의 분량일 뿐만 아니라 내용도 여타 소설의 결정판이라 할 수 있는 작품이다.[8]

물론 이 작품은 이전부터 김진세가 연구해왔다.[9] 그는 또한 1987년에서 1994년까지 장시간의 공력을 기울여 현대 독해본 12권을 완성하기도 했다.[10] 하지만 완월회맹연 연구는 임형택이 작가에 관한 기록—"완월은 안겸제의 모(母)가 지은 바 궁중에 흘려보내서 성예(聲譽)를 넓히고자 한 것이었다"라는 조재삼의 기록—을 발굴하면서 새로운 전기를 맞이하였다. 이 기록을 바탕으로 정병설은 작가 문제를 비롯하여 문체, 장면전개, 서사구조 등 제반 특성을 자세히 검토하였다. 특히 그는 기존 임형택의 논의를 대폭 보완해서 작가 문제를 상당부분 매듭지었다.

정병설에 따르면 이 작품은 18세기 초·중반 전주이씨, 즉 이씨부인(李氏夫人, 1694~1743)이 지은 것으로 추정된다. 이씨부인은 당대 명문장가인 이언경과 안동권씨의 2남 8녀 가운데 막내딸로 태어났고, 안개(安鍇, 1693~1769)와 결혼하여 관제, 겸제 등 3남 1녀를 두었다. 여사(女士)의 풍모를 지녔으며 현재 경기도 파주에 묘소가 남아 있다.[11]

그런데 일부 논자들은 여전히 이씨부인이 이 작품을 짓지 않았다고 의심하고 있다. 하지만 당시 완월회맹연은 흔히 '완월'로 약칭해서 유통되었고 궁중여성은 주로 장편소설을 애독했다는 점을 고려하면, 위에 조재삼이 언급한 작품은 완월회맹연으로 보아야 할 듯하다. 또한 설령 이씨부인이 이 작품을 짓지 않았다고 하더라도, 완월회맹연이 여성작가의 작품이라는 사실까지 부정할 수는 없을 듯하다. 왜냐하면 당시 상황에 비추어볼 때, 조재삼이 혹 작가의 이름은 혼동했을지 몰라도, 성별까지 착각하고 기록했다는 것은 상식적으로도 이해할 수 없기 때문이다. 널리 알려져 있듯이 조선후기는 소설 배척의 시대일 뿐 아니라, 여성들의 창조활동을 통한 사회참여를 철저히 금하던 시대였다. 그러한 시대에서, 어느 여성이 180권의 대하장편소설을 지었다고 공식적으로 기록한 것은, 당시에 소문이 얼마나 널리 퍼져 있었는지를 보여주는 증거이다.

제2장 한국 여성사와 소설문화사

제1절 변화한 여성현실

1. 여권 존중의 전통

우리는 흔히, 옛날엔 온통 남자만의 세상이었기 때문에 여자들은 아무런 권리도 가질 수 없었다고 말한다. 전통적인 여성상도 그저 자기를 드러내지 않고 묵묵히 한평생을 숨죽이며 살았던 한 맺힌 여성상만을 떠올릴 뿐이다. 따라서 자신의 삶을 온전히 살려고 분투·노력했던 주체적이고 적극적인 여성들을 거론하기란 좀처럼 쉽지 않다. 심지어는 그와 같은 종속적인 여성사가 유사 이래 아무런 변함없이 계속되어 오늘날까지 영향을 미치고 있는 것처럼 생각하기조차 한다.

하지만 근래 사회·역사학자들이, 과거 실질사회에 중대한 영향을 끼친 제도이자 여성의 역할과 지위에도 매우 중요한 제도, 예컨대 가족과 친족제도, 혼인제도, 상속제도 등을 개별 연구하면서 그와 같은 편견이 조금씩 사라지고 있다. 그들은 요즘 우리가 생각하는 가부장제사회와 여성관은 17세기 이후인 조선후기에야 비로소 형성되었다고 주장한다. 즉, 완전한 남성 지배와 여성 종속은 오천 년 한국사에서 최근의 그리고 비교적 짧은 기간의 현상이었다는 것이다.[12] 이러한 작업은 여성들이 처한 구체적인 현실에서 한국 여성사를 파악한 것으로서 매우 주목할 만하다.

사실 전통사회는, 오늘날과 달리 가족과 친족끼리 집단을 이루고 살았던 가족과 친족공동체 사회였다. 당시 가족은 자급자족적인 생산과 소비공동체였고, 교육기관이자 심지어 종교적인 기능까지 담당하였다. 말하자면 하나의 작은 사회였다고 해도 과언이 아니다. 그만큼 전통사회에서 가족은 커다란 비중을 차지하였다. 그러므로 전통시대 여성사를 바라볼 때는 정치, 경제, 사회구조와 같은 거대한 국가체제만이 아니라, 가족과 친족을 둘러싼 실질사회까지 아울러 주목해야 한다.

또한, 남성중심의 사회제도인 가부장제(家父長制)도 시대와 상황에 따라 변화를 거듭한 역사적인 제도이다. 한국의 가부장제는 유교문화와 밀접한 관련을 맺고 정착하는데, 우리 역사에서 유교문화가 전 사회계층에까지 뿌리내린 것은 조선후기에 이르러서이다. 삼국과 고려사회에서 유교는 단지 상류층의 교양으로만 중시되었고, 실제 일상생활은 불교와 민간신앙에 따라 이루어졌다. 또한 고려말 주자학이 들어오면서, 여말선초의 지배층은 불교를 비판하고 주자학적 이념에 따라 국가체제를 정비코자 하였으나, 일상생활은 여전히 전통적인 관습이 지배하고 있었다. 그러나 조선중기 사림이 등장하면서 주자학적 가부장제 의식이 널리 확산되고, 조선후기 예학의 발달과 벌열정치로 문벌의식이 팽배해지면서, 주자학적 가부장제는 비로소 전 사회계층에 하나의 사회제도로서 정착된다.

이와 같이 근래에는, 거대한 국가체제만이 아니라 가족과 친족을 둘러싼 실질사회까지 주목하면서 여성사의 실체를 더욱 구체적으로 파악하게 되었다. 그래서 여권 존중의 역사적 전통은 물론 더 힘차고 활달한 여성사를 찾게 되었다. 필자도 한국 여성사의 흐름을 이러한 관점에서 파악하여, 조선후기 여성소설이 출현한 사회사적 배경으로 삼고자 한다.

각종 제도

최근 사회·역사학자들은, 한국 고대사회에선 부권과 함께 여권도 존중하는 비교적 건강한 전통을 갖고 있었다고 한다. 고대사회에선 여성의 사회적 지위인 여권(女權)을 제도적으로 보장했다는 것이다. 그렇다고 고대사회가 이상적인 남녀평등의 사회였다는 것은 아니다. 고대사회 역시 국가적 차원에선 남녀가 하는 역할이 각각 다르다는 내외분별의식을 바탕으로, 여성의 관직 진출을 제한하는 이른바 '국가 가부장제사회'였다. 하지만 가족과 친족을 둘러싼 실질사회에선 여성의 권리를 제도적으로 보장하였다. 이러한 여권 존중의 전통은 이후 고려시대를 거쳐 조선전·중기까지 이어지는데, 아래에서는 조선후기 주자학적 가부장제를 설명하기에 앞서 고려시대부터 조선전·중기까지 이어진 여권 존중의 전통을 살펴보기로 한다.

먼저 당시 사람들의 사회생활과 조직의 기본원리였던 가족과 친족제도부터 살펴보자.

고려시대에, 가족은 부부와 미혼 자녀들로 구성된 부부가족이 기본적인 형태였고, 때로는 여기에 나이든 부모나 생활능력이 없는 미성년 친척이 함께 사는 확대가족도 있었다. 특히 남편이 없는 경우엔 아들이 있어도 부인이 호주였다.[13]

또한, 고려시대 친족조직은 부계와 모계의 비중이 균등한 양측적 친속조직이었다. 예컨대 호적이나 법제들에 나타난 계보들을 살펴보면, 남자에서 남자로만 이어지는 계보만이 아니라 여자에서 여자로만 이어지는 계보 그리고, 중간에 남자와 여자가 다양한 형태로 이어지는 남녀균등한 형태를 띠고 있다.

이 같은 남녀균등한 친족조직은 조선시대에도 그대로 유지된다. 조선시대 친족제도는 가계 기록인 족보를 보면 잘 드러난다. 여말선초에 만들어진 《해주오씨족도》, 조선전기의 《안동권씨성화보》와 《문화유씨가정보》 같은 족보는 대개 8고조도의 형태를 띠고 있다. 이러한 편찬방식은 조선후기의 족보처럼 시조를 기점으로 그의 자손을 찾아 내려오는 것이 아니라, 나를 기점으로 위로 자기의 조상을 찾아 올라가는 것이 특징이다. 또한 그것은 조선후기의 남성중심적인 부계 위주의 족보와는 달리 부계와 모계를 같은 비중으로 다루고 있다. 자녀들도 공평하게 출생 순서대로 기록하고, 딸의 자손인 외손을 본손과 마찬가지로 세대의 제한없이 수록하고 있다. 초기 족보에선 오히려 외손의 수가 본손의 수보다 더 많았다고 한다.[14]

다음은 가족공동체 사회에서 여성의 지위에 중대한 영향을 끼쳤던 혼인풍속과 결혼생활을 살펴보자.

고려시대 혼인방식은 남귀여가(男歸女家)였다. 남귀여가란 남자가 여자집으로 가서 혼인하고 사는 것을 말하는데, 이는 우리 고유의 혼인풍속이다. 고려시대 부모들은 대개 결혼한 딸과 함께 살았는데, 그 기간도 신혼초에만 국한된 것이 아니었고 40·50세된 사위와 동거하는 경우도 많았다. 이 때문에 상례(喪禮)에서 외조부모와 처부모의 복(服)이 매우 중시되었다. 예컨대 다음과 같은 《조선왕조실록》의 기사를 살펴보자.

　　"전조(고려시대)의 풍속(舊俗)에는 혼인하던 예법이 남자가 여자 집으로 장가들어 아들과 손자를 낳아서 외가에서 자라게 하기 때문에, 외가 친척의 은혜가 중함으로 해서 외조부모와 처부모의 복(服)을 당하면 모두 30일의 휴가를 주었습니다"[15]

　　이러한 혼인풍속과 결혼생활은 조선전·중기에도 널리 행해진다. 물론 조선중기 이후 《주자가례》에 따른 유교식 친영제도(신랑이 신부집에 가서 신부를 맞아오는 것)나 절충형인 반친영제도를 따르는 사람도 있었으나, 그것은 일부 상류층에 한해서였다. 남귀여가는 조선후기 주자학적 가부장제가 정착하면서 점차 붕괴된다. 심지어 조선전기 학자인 김숙자(1389~1465)는 장자임에도 결혼과 동시에 처가로 옮겨가서 살았고, 그의 아들인 김종직도 외가에서 살았다. 또한 얼마 전 발굴하여 TV에서도 방영한 이응태의 부인이 쓴 편지에 따르면, 조선중기인 16세기말까지도 영남지방에선 남자들이 부인과 함께 친정에서 살았다고 한다. 그런 탓인지 이들 부부는 서로 '자네'라고 부를 정도로 대등한 부부관계를 유지하며 자유로운 애정생활을 누렸다.

　　이와 같은 혼인풍속과 결혼생활 때문에, 이 시기엔 남녀의 권리와 의무도 서로 동등하였다. 이러한 사실은 상속제도와 경제권을 통해 확인된다.

　　고려시대에는 아들과 딸에게 재산을 똑같이 상속하는 것이 원칙이었다. 그리고, 남편과 부인이 소유한 노비를 각각 구분해서 호적에 기록할 뿐 아니라, 후사가 없는 등 상속상에 문제가 생길 경우에는 부인의 본가로 되돌려 보냈다. 또한 남편과 부인이 자기 소유의 토지를 각각 별도로 절에 시주한 사실로 미루어, 자신의 재산을 직접 처분할 수 있는 권한도 가지고 있었던 듯하다.

　이러한 고려시대 균분상속은 조선전기에도 그대로 이어져서 조선왕조의 헌법인 《경국대전》에도 올라와 있다. 다만 여기에서는 집안의 대를 이을 장자에게 조금 더 얹어주고 있다. 그리고 재산상속 문서인 분재기를 보면, 조선전기에도 부부가 제각기 재산을 소유할 뿐만 아니라 재산권도 서로 동등하게 행사했음을 알 수 있다. 예를 들어, 김종직의 후처 남평문씨는 무오사화를 계기로 영락한 김종직 가문에 들어와, 재산을 늘려 집안을 다시 일으키고 자손들에게 균분상속하여 가통을 잇도록 한다.[16]

　또, 이 시기에는 장례, 제사와 같은 남녀가 수행해야 할 의무도 서로 동등하였다. 고려나 조선전기에는 장례와 제사를 모두 절에 의탁하는 것이 보편적이었는데, 그 비용을 형제자매가 공동으로 부담하였다. 제사상속도 후손이 없을 경우엔 양자를 들이지 않고 딸이 제사를 모시는 외손봉사를 하였다.[17]

　고려시대는 불교사회로 신분이나 성별에 따른 제약이 비교적 느슨한 사회였다. 고려시대 여성들은 유교가 요구하는 부덕(婦德)이란 규범으로 자신의 생활을 강요당하지 않았고, 남편과 사별한 후 재혼한다고 해도 불리한 대우를 받지 않았다. 오히려 고려시대에는 개가해서 남편이 남긴 자식을 보호하며 기르는 것을 여성의 덕목으로 여겼다. 대표적으로 고려 성종비인 문덕왕후 유씨와 충선왕비인 순천허씨도 왕과의 결혼이 초혼이 아니고 재혼이었다. 또한 여성들은 제사와 관련된 기은사(祈恩使)라는 중요한 직책을 맡기도 했으며, 사찰에 재산을 시주하면서 종교활동도 적극적으로 하였다.[18]

　이러한 점은 조선전기에도 마찬가지였는데, 이 시기 여성들의 자유로운 활동상을 가장 단적으로 보여주는 것이 《경국대전》이다.

여기에는 "부녀로서 절에 올라가는 자, 사족의 부녀로서 산간이나 물가에서 놀이잔치를 하거나 야제, 산천, 성황의 사묘제를 직접 지낸 자는 모두 장(杖) 100에 처한다"[19]라고 규정하고 있다. 이는, 엄벌을 가하지 않을 수 없을 만큼 당시 여성들이 자유롭게 활동했음을 역설적으로 드러낸 것이다.

16세기 여성예술가

고려시대에도 그러했는지는 불확실하나, 조선전·중기에는 가학의 전통이 유지되면서 상당수 여성예술가가 배출된다. 전통시대 여성들은 공식적인 교육기관이 없었기 때문에 제대로 배우지 못했다고 흔히들 생각하지만, 당시엔 그에 필적할 만한 집안에서의 교육 곧 가학(家學)이 있었다. 사실 이 당시의 공식적인 교육제도는 일부 특권층에 국한되었을 뿐, 대부분 사람들은 집안에서 할아버지, 할머니, 부모, 형제, 친척 같은 가족들에게 배웠다. 비록 후대의 사례이지만 구운몽의 작가 김만중도 어머니 해평윤씨에게 배웠고, 해평윤씨는 할머니 정혜옹주에게 배웠다.

16세기까지는 이와 같은 가학이 활발하게 이루어져 뛰어난 여성예술가가 계속해서 나왔다. 조선전기의 설씨부인, 조선중기의 신사임당, 송덕봉, 허난설헌, 이매창, 황진이, 이옥봉 등이 대표적인 예다. 이들은 대부분 가학과 독학으로 자신들의 예술세계를 개척하고 결혼 후에도 계속해서 예술활동을 펼쳤다. 그리하여 가정과 가문 나아가 사회적 공간에서 문학, 예술, 자식교육 같은 다양한 지적활동을 통해 자기 나름의 방식대로 사회발전에 기여하였다.

물론 이들이 명실상부한 예술가로 활동할 수 있었던 것은 무엇보다 여권 존중의 사회분위기가 조성되어 있었기 때문이다. 위에서 말한 것처럼 조선전·중기는 비록 내외분별의 국가 가부장제사회였으나, 실질사회에서는 여권을 제도적으로 보장했을 뿐 아니라 여성들의 자유로운 활동도 어느 정도는 인정하였다. 조선후기와는 사뭇 다른 사회였던 것이다.

이 시기 여성예술사는 매우 중요하다. 왜냐하면 이들은 오늘날까지 강한 영향력을 미치고 있으며, 장차 우리의 미래 문화를 개발하기 위한 밑거름이 되기 때문이다. 이에 개괄적이나마 그들의 전기와 업적을 간략히 소개하기로 한다.

(1) 설씨부인(1429~1508) : 설백민과 나씨부인의 무남독녀로 태어나 신말주(1429~1503)와 결혼하였다. 불심이 돈독하고 문장과 회화에 뛰어났다. 남편과 함께 전북 순창에 낙향해 있을 때, 그 고장의 명승지인 광덕산에 절을 세우기 위해 도와달라는 어느 스님의 요청에 따라 〈권선문첩(勸善文帖)〉을 지어준다. 또 그 앞머리엔 부도암 주변의 산수화 두 폭이 그려져 있다.[20]

(2) 신사임당(1504~1551) : 신명화와 용인이씨의 5녀 중 2녀로 태어났다. 주로 어머니에게 가학했으며 안견의 산수화를 보면서 독학하기도 하였다. 7살 때부터 그림, 수, 글씨 등을 배우고, 19세에 이원수와 결혼하나 어머니처럼 20여년 동안 친정에서 생활한다. 사임당은 38살이 되어서야 시집으로 들어가 9년 남짓 살았다. 일생 동안 꾸준한 예술활동으로 많은 시서화를 남기고, 율곡 이이를 비롯한 7남매를 가르쳐서 훌륭히 성장시킨다. 사임당의 딸 매창과 손녀인 벽오 이시발의 부인도 그와 같은 가학을 이어받아 탁월한 예술활동을 펼친다.[21]

(3) 송덕봉(1521~1578) : 자는 성중, 호는 덕봉. 송준과 함안이씨의 3남 2녀 중 막내딸로 태어났다. 어릴 때부터 집안에서 경서, 역사, 시문 등을 두루 섭렵했으며 여사(女士)의 풍모가 있었다. 16세에 유희춘(1513~1577)과 결혼한 후에도 지속적으로 창작활동을 한다. 특히 송덕봉은 시창작을 생활의 일부로 여길 정도로 즐기는데, 시의 성격도 기교를 부리기보단 사실 그대로를 자연스럽게 표현하기를 좋아하였다. 또한 평소 편지를 자주 쓰기도 하였다. 현전하는 작품은 한시 30여수와 문 4편 정도이다. 그녀의 재종손녀인 권필의 부인 송씨 또한 뒤를 이어 한시에 조예가 깊었다.[22]

(4) 허난설헌(1563~1589) : 이름은 초희, 자는 경번, 호는 난설헌. 강릉 초당리에서 태어났다. 명문가인 양천허씨 집안의 학문적 배경과 독학으로 8살에 벌써 〈광한전백옥루상량문〉을 지어 신동으로 이름을 날렸다. 결혼 후 남편과의 불화에도 불구하고 시작활동을 계속하면서 많은 한시를 남긴다. 명나라 사신 주지번이 중국으로 돌아가 《난설헌집》을 간행한 이후 두나라 문인들에게 크게 주목받는다. 27살의 나이로 일찍 죽었다.[23]

(5) 이매창(1573~1610) : 부안의 기녀로 자는 천향, 호는 매창이다. 부안의 아전 이탕종의 딸로 태어났다. 어릴 때 아버지에게 간단한 한문을 배웠는데 워낙 재주가 뛰어나 곧 시를 지었다고 한다. 《매창집》을 간행하였고, 거문고와 노래를 잘 불렀다고 한다.[24]

이 밖에 16세기 중종대에 활약한 듯한 기녀 황진이는 시조 6편과 한시 7편을 남겼고, 16세기 후반 선조 연간에 활약한 서얼출신의 시인 이옥봉은 《옥봉집》을 남겼다.

문학 속의 여성상

이처럼 제도적, 관습적인 여권 존중의 전통이 유지되었기 때문에 작가가 남성이든 여성이든, 이 시기 문학 속의 여성들도 자기 감정을 솔직, 대담하게 표현하며 남성들과 자유로운 사랑을 나누지 않았던가 생각한다. 조선전기 김시습의 《금오신화》를 통해 문학작품에 투영된 당대 여성들의 선진적인 삶과 사랑에 대해 살펴보자.

금오신화에는 〈취유부벽정기〉, 〈남염부주지〉, 〈용궁부연록〉 등 현실에서 소외된 문인지식인의 사상을 짙게 표현한 소설들도 있지만,[25] 〈만복사저포기〉와 〈이생규장전〉처럼 당시 사회현실과 의식을 바탕으로 지어진 소설들도 있다. 특히 이생규장전은 조선전기 종합풍속서인 성현의 《용재총화》 '안생이야기'와 매우 흡사하여 그와 같은 생각을 더욱 굳게 한다.

이생규장전은 청춘남녀의 사랑을 그린 것인데, 비록 제목은 이생이란 남주인공을 내세우고 있지만 실제 내용은 여주인공 최랑에 의해 전개된다. 그녀는 시로써 사랑을 주고받을 수 있을 정도로 문학적 재능에 뛰어나다. 그리고 강한 부권(父權)에 제압되어 낯선 남자에게 시집가서 한평생을 보낼 수 밖에 없었던 조선후기 여성들과는 달리, 적극적인 자세로 상대를 선택하여 죽음을 초월한 사랑을 나눈다. 최랑은 결국 철없는 이생을 감동시켜 진정한 사랑의 가치를 일깨워주고, 그로 하여금 적극적인 인생을 살도록 한다.

이 작품에선 최랑의 부모도 대단히 개방적인 태도를 보여주는데, 부모도 모르게 연애하면서 중병을 앓고 있는 딸을 보고는 집안 망신시켰다고 당장 내쫓기보다 "아이구. 까딱 잘못했더라면 내 귀한

딸을 잃을 뻔했구나!"[26]라고 말하면서 그들의 사랑이 결실을 맺을
수 있도록 적극적으로 도와준다.

이상과 같이 조선전·중기는 비록 국가적으론 내외분별의 가부장
제사회였지만, 가족과 친족을 둘러싼 실질사회에서는 고려시대부
터 내려온 여권 존중의 전통이 상당 부분 남아 있던 시대였다. 그래
서 이 시기 여성들은 매우 선진적인 자세로 각자의 개성을 발휘하
여 자기 나름의 방식대로 사회발전에 기여하였다.

2. 주자학적 가부장제

주자학적 가부장제란 주자학 특히 《주자가례(朱子家禮)》에서
비롯된 가부장제를 말한다. 주자가례는 관혼상제 등 가례에 관한
주자의 학설을 수집하여 만든 책으로, 일종의 종법에 바탕한 유교
의례서이다. 이 책에서 유독 강조하는 것이 종법(宗法)인데, 그것
은 간단히 말해서 부계 적장자 위주의 가(친)족제도이다. 모름지기
정실 부인에게서 태어난 큰아들이 집안의 대를 이어가야 한다는
것이다.

이는 대단히 가부장적인 가족제도였다. 이 때문에 둘째아들 밑으
로는 큰아들과 서로 상하관계를 유지해야 하고, 딸들은 아예 집안
의 정통성에서부터 소외되었기 때문이다. 친족간의 관계를 규정한
친족제도도 이와 마찬가지다. 종법적 친족제도에선 친족의 범위가
모계와 처계를 배제한 부계 위주이고, 친족들은 서로 상하관계를
형성하여 질서를 유지해야만 했다.[27]

조선시대에 이러한 주자가례의 수용은, 단순히 의례의 변화만이

아닌 사상과 관습의 변화는 물론 사회제도와 구조의 변동까지 초래하였다.[28] 특히 그것에서 비롯된 주자학적 가부장제는, 이전의 국가적 차원에서뿐만 아니라 실질사회에서까지 여권을 박탈하고 여성의 사회참여를 철저히 배제했다. 그리하여 여성들을 집안에서 남성세계를 뒷바라지하는 보조자로 전락시켰다.

정착과정

주자학적 가부장제는 상당히 점진적으로 정착한다. 조선전·중기엔 여전히 여권 존중의 풍습이 남아 있었으나, 고려말에 중국의 주자학이 전래되면서 다른 한편으론 주자학적 가부장제 의식이 점차 확산되었다. 즉 조선전·중기는 일종의 과도기인 셈이었다.

그러나 조선후기에 예학이 발달하고, 당쟁이 치열해짐에 따라 문벌사회가 도래하면서, 그것은 하나의 사회제도로 정착한다. 또한 그것은 17세기 중후반에서 18, 19세기로 넘어가면서 전 사회계층으로 확산되며, 특히 상류사회로 갈수록 더욱 극심하게 작용한다. 완월회맹연을 비롯한 조선후기 여성소설도 이처럼 막힌 사회의 여성현실을 배경으로 출현한다. 그러므로 여기에서는 주자학적 가부장제의 정착과정을 여성소설이 출현한 사회사적 배경으로 삼고자 한다.

고려말 신흥사대부들은 불교에 대한 반성에서, 또 사회질서를 회복하기 위해 실천윤리에 관심을 갖고 중국의 주자성리학을 적극 수용했다. 정몽주나 조준 등은 주자가례에 따라 가묘(사당)를 세우고 조상의 제사를 받들 것을 주장했다.

조선조에 들어서도 문란한 사회제도를 정비하기 위해 주자가례를 중요한 수단으로 사용했다. 조선초의 지배층은 주자가례에 따라 제사를 받들도록 함으로써 유교식 조상숭배의식을 널리 퍼뜨렸고, 종법적 가족제도를 통한 신분질서의 확립을 꾀했다. 특히, 그들은 부계 적장자 위주의 가족제도를 수립하기 위해, 유처취처(有妻娶妻)를 금지하고 처첩을 구분함으로써 일부일처제식 가족제도를 확립코자 했다. 유처취처란 처가 있는 상태에서 다시 처를 얻는 일부다처의 형태를 말하는데, 고려말엔 별다른 사회문제로 떠오르지 않았으나 조선 성종대에 들어오면서부터 한 집안에 적처가 둘이 있을 수 없다는 종법적 입장에 따라 규제하였다.

이처럼 조선초부터 사회제도의 정비과정에서 보급된 주자학적 가부장제 의식은, 조선중기 사림(士林)의 진출에 따라 점차 사회전반으로 확산된다. 16세기 사림은 관혼상제를 주자가례대로 실행했을 뿐만 아니라, 특히 《소학(小學)》의 이해와 실천을 강조하였다. 그 대표적인 사람이 김굉필과 김안국이다. 김굉필은 평생동안 소학동자라 자처하며 소학을 적극 숭상하였고, 그의 제자인 김안국은 이를 간행하여 전국에 보급하였다.

또한 16세기 중후반에 이르면 향약(鄕約)의 발달이 최고조에 달한다. 이 시기에 이르러 퇴계와 율곡의 향약이 나옴으로써 조선 특유의 향약이 토착화된다. 그런데 향약의 정신은 오륜의 가치를 향촌 생활에 입각하여 세분화한 것으로서, 이전부터 보급하던 주자가례나 소학의 정신과 일맥상통한 것이었다. 따라서 향약이 토착화되었다는 것은 조선초부터 이어져온 주자학적 가부장제 의식이 지방에까지 널리 확산되었다는 말에 다름 아니다.[29]

이로써 늦어도 16세기 중엽에는, 주자학적 가부장제 의식이 전 사회계층에 광범위하게 확산된다. 물론 이 시기의 그것은 주로 의식적인 측면에 국한될 뿐, 하나의 제도로서의 그것은 아직까지 왕실과 사대부를 비롯한 일부 지배층을 중심으로 한 보급 단계에 불과하였다.

하지만 두 차례의 전쟁을 겪고 난 조선후기에 이르면, 주자학적 가부장제는 의식적인 차원만이 아니라 하나의 사회제도로서 정착한다. 그것은 특히 17세기 중반 이후 가열된 당쟁으로 인한 문벌사회의 도래에서 비롯됐다.

양란 후 조선후기에 이르면 군공, 납속, 관직매수 등을 통해 양반 수가 급격히 늘어나면서 기존의 신분제에 동요가 일어난다. 게다가 과거의 남발로 예비관료집단이 대폭 증가하여 관직을 얻기 위한 치열한 투쟁이 벌어진다. 조선후기에 심화된 당쟁이 바로 그것이다. 그 결과 주로 서인을 이은 노론계 가문인 벌열은 잇따른 환국으로 반대파를 정계에서 몰아내고, 양반사회의 변칙적인 귀결이라 할 수 있는 벌열정치를 감행한다.[30]

대개 벌열(閥閱)이란 조선후기 양반층에서 분화된 최상의 계층으로, 지속적으로 관인을 배출하여 정치적·사회적 특권을 세습한 문벌가문을 말하고,[31] 벌열정치란 그같은 몇몇 지체 높은 가문끼리 관직을 독점하는 형태를 말한다. 이들 벌열은 다양한 방법으로 문벌을 유지하면서, 자기 가문의 사회적 우월의식인 문벌의식을 내세워 관직을 독점하고 세습했다. 이에 따라 조선후기엔, 가문의 정치적·사회적 지위인 문벌(門閥)을 최우선으로 여기는 문벌사회 혹은 가문주의 사회가 도래한다.[32]

조선후기 주자학적 가부장제의 정착도 이와 같은 문벌사회에서 비롯되었다. 즉 문벌사회의 도래로 가문의 중요성이 대두되자, 벌열들이 자기 가문을 계속 유지하기 위한 방편의 하나로 그것을 수용하면서 점차 전 사회계층에 정착한 것이었다.

34

벌열의 가문유지책

조선후기 주자학적 가부장제는 근본적으로 벌열들의 가문유지책에서 비롯되었다. 그럼에도 지금까지 벌열들의 가문유지에 대해서는 매우 단편적인 사실들을 논의했을 뿐이다. 이에 아래에선 그 실체를 더욱 체계적으로 파악하여 이해를 돕고자 한다.

먼저 벌열들은 관직을 통한 녹봉이나 여러 지방에 퍼져 있는 광대한 농장경영을 통해 가문의 물적 기반을 유지하였다. 그렇다고 그들이 항상 풍족하게 생활했던 것은 아니다. 예학의 시대에서 각종 예를 숭상하며 문벌가문으로서 체통을 유지해야 했기 때문에 그들은 늘 청빈의식을 갖지 않으면 안 되었다.

이와 함께 벌열들은 혼인을 통해 가문간의 결합과 유대를 강화하여 문벌을 계속 유지하였다. 그들에게 혼인이란 가문의 지위를 유지하는 수단이자 번영의 수단이기도 하였다. 그래서 어떻게 하면 조금이라도 지체 높은 가문과 혼인을 맺을 수 있을까 하고 비상한 관심을 기울였으며, 한번 혼인관계를 맺은 가문과는 계속해서 그것을 유지하려고 애썼다. 조선후기에 유행했던 이른바 겹혼, 중혼 등이 바로 그것이다.[33]

또한 벌열들은 족보, 행장, 묘지명과 같은 대외적 가문추증사업을 벌여서 가문의 내적 결속을 도모하거나 자기 가문의 사회적 우월성을 과시하는 수단으로 삼기도 했다.

대개 족보란 편찬 그 자체만으로도 가문의 위세를 안팎으로 과시하는 것이었다. 앞의 안동권씨나 문화유씨처럼 조선전기 문벌가문이 족보를 편찬한 것도 이처럼 족보가 갖는 권위를 인식하였기 때문이다. 그러나 조선후기에 이르러 족보는 가문의 지위를 따지는 가문확인서란 새로운 기능이 추가되면서, 너나없이 기존의 족보를 재정비하거나 새롭게 편찬했다.

　조선후기엔 행장(行狀)에 대한 관심도 크게 늘어나는데, 특히 벌열들은 안으로는 선조의 뛰어난 행적을 자손들한테 알려서 대대로 가문의 전통을 이어가도록 하는 한편, 밖으로는 자기 가문이 명문임을 자랑하는 선전 자료로 이용하였다.[34] 그 대표적인 예로, 김만중은 가문 중흥에 결정적 공로자인 어머니 해평윤씨의 행적을 〈정경부인윤씨행장〉에 담았는데, 이는 어머니의 행적을 후손들한테 전하여 계속적인 가문유지를 기대했을 뿐 아니라, 숙종의 외척이 될 정도로 쟁쟁했던 자기 가문의 우월성을 널리 과시한 것이었다. 조선후기에 새롭게 주목받은 묘지명(墓地銘)도 당쟁의 회오리바람 속에서 자신들의 정당성을 옹호하는 수단이었지만, 넓게 보면 이와 같은 문벌의식에서 크게 벗어나지 않았다.

　그러나 벌열들이 자기 가문을 유지하기 위해 무엇보다 중시한 것은 대내적인 주자학적 가부장제의 정착이었다.

　조선후기는 문벌의 시대요 예의 시대였다. 특히 상대방의 헛점을 이용하여 서로 죽고 죽이는 파행적인 정국 속에서, 지배층의 예에 벗어난 행동은 곧바로 패가망신하는 지름길이었다. 그래서 이들은 조선전·중기 일부 지배층을 중심으로 보급되던 주자학적 가부장제를 철저히 받아들여 계속적인 가문유지를 꾀하였다.

　첫째, 벌열들은 가문의 내적 결속을 도모하기 위해 주자가례의 종법에 의거하여 부계 적장자 위주의 가(친)족제도를 확립했다. 이들은 정실 부인에게서 태어난 큰아들에게만 가계를 계승하여 조상의 제사를 주관케 하고, 둘째 밑으로는 결혼 후엔 분가하여 작은집으로서 큰집과 상하관계를 유지토록 하였다. 그리고 딸들은 결혼과 동시에 출가외인으로 취급하여 재산상속이나 기타 신상에 얽힌 문제를 미연에 방지하였다. 또한 종법적 가족제도는 가계를 이을 후손이 없으면 유지될 수 없으므로, 만약 집안에 대를 이을 아들이 없을 경우엔 양자를 들여서 후사를 잇게 하는 이른바 양자제도를 일반화시켰다. 나아가 처첩 구분과 적서차별도 더 엄격해졌다. 처와 첩을 더욱 뚜렷이 구별하여 서로 상하관계를 유지토록 하고, 그 자녀들인 적자와 서자도 엄격히 구별하여 차별했다. 마찬가지로 홀로 된 여인의 생존을 위한 재혼도 종법적 가족제도를 유지하기 위해 금지하였다.

이러한 결과로 친족제도도 변할 수밖에 없었다. 이전의 친족제도는 본족과 함께 외족·처족까지 망라했지만, 이제 벌열들은 모계를 배제한 부계만의 친족제도로 가문유지를 도모하였다. 이 시기의 족보를 보면, 출가한 딸은 그 남편과 아들의 이름만 기록되어 있다.[35]

둘째, 종법적 가족제도는 남편과 아버지로 대표되는 가장 혹은 가부장권의 확립을 동반하지 않고는 오래 지속될 수 없었다. 그래서 이들은 관혼상제 등 유교식 의례를 철저히 준수하여 가부장권의 확립을 꾀하였다.

원래 유교식 의례, 특히 빈번한 조상 제사는 가족들의 유대를 강화하고 확인하는 수단이자 가부장권을 확립하는 수단이었다. 유교식 제사는 철저히 부계혈연 위주였고, 남성들이 어릴 때부터 가부장적 특권의식을 내면화하는 계기가 되었다. 그래서 이들은 가묘(사당)를 설치하고 고·증·조·부의 4대봉사를 철저히 지키면서, 가부장권의 확립을 통한 가문유지를 꾀하였다.

셋째, 이들은 또한 각종 수신서(修身書)를 보급하여 자녀들 특히 여성들의 행실을 경계하였다. 위의 행장과 마찬가지로 조선후기엔 《소학》을 국가적 사업으로 보급하고, 효경을 강조하며 《내훈》,

《여범》, 《여사서》, 《계녀서》, 《열녀서》 같은 다양한 수신서를 대거 번역·간행하였다. 우리에게 익히 알려진 《사씨남정기》나 《창선감의록》 등 사대부 남성층이 지은 가문소설도 이와 같은 의식에 편승해서 나온 것이다. 이들은 주로 가부장권의 강화를 통한 가문의 유지와 번영을 주제로 내세우고 있는데, 사씨남정기에서는 처첩갈등을 통해 가장의 역할을, 창선감의록에서는 계후(繼後)갈등을 비롯한 다양한 가족갈등을 통해 장자의 자질과 여성의 부덕을 강조하고 있다.

그 밖에 이들은 각종 제도와 이념으로써 여성들의 행실을 단속하기도 하였다. 정절, 내외법, 출가외인 등이 그 대표적인 예다.

우선 종법적 가족제도는 여자가 한 남자에게 정절을 지켜야만 계속 유지될 수 있었으므로, 이들은 여성의 정절을 무엇보다 강조하였다. 심지어 열녀 표창이나 부역 면제와 같은 현실적인 보상책으로 그것을 장려함으로써 농민이나 천민층에 이르기까지 널리 보급하였다. 또한 남녀간에 지켜야할 내외법도 더욱 완고하고 불평등하게 적용하였다. 여자는 7살만 되면 바깥출입을 금지한 채 집안에서만 살도록 했고, 촌수가 먼 친척들과는 서로 대면조차 못하게 하였다. 주택도 안채와 사랑채로 분리하여 여자는 주부권을 가진 안채의 주인으로, 남자는 가장권을 가진 사랑채의 주인으로 각각 살도록 하였다. 또 출가외인 이데올로기도 부계위주의 가족제도를 확립하기 위해 널리 유포하였다.

이상과 같이 조선후기 주자학적 가부장제는 근본적으로 문벌사회의 도래에서 비롯된 것이다. 특히 벌열들이 자기 가문을 유지하기 위한 방편의 하나로 그것을 적극 수용하면서 점차 모든 사회에까지 확산된 것이다. 이로써 조선후기엔 가족과 친족을 둘러싼 실질사회에까지 여권이 사라짐은 물론 여성의 사회참여도 철저히 배제되었다. 분명 한국 여성사에서 조선후기는 역사상 유래를 찾기 힘든 암흑기였다.

3. 문벌사회 여성현실

가문관리자

조선후기에 가문의 정치적·사회적 지위인 문벌을 우선시하는 문벌숭상풍조가 팽배해지면서 바야흐로 문벌사회, 가문주의 사회가 도래하였다. 그에 따라 오늘날의 학벌주의처럼 출신 가문에 따라 개인의 지위가 결정되고 관직 진출의 기회가 좌우되는 등, 가문이 사회생활의 중요한 지표가 되었다. 심지어 사람을 평가할 때도 그 사람 개인이 아니라 어느 성씨의 누구의 자손인가라는 가문을 따져서 평가했고, 서로 지체가 맞아야 자리를 같이 했으며, 결혼도 상대방 가문의 지위가 자기 가문과 걸맞아야 성사되었다. 조선후기에 가문은 비록 제도가 아닌 관습에 불과한 것이었지만, 그 관습은 국가의 권력으로도 어찌할 수 없는 힘과 권위가 있었다.

이렇게 가문의 중요성이 대두됨에 따라 사람들의 인생관과 삶의 형태도 자연스레 바뀌게 되었다. 즉 개인이 아닌 가문 속의 나라는 의식과, 가문을 위한 인생이라는 의식이 사회에 널리 퍼졌다. 그래서 남성들은 가문의 유지와 창달이란 중압감에 억눌린 채, 개인의 의지에 따라 살기보다는 조상과 가문의 명예를 위해 살아야만 했다. 여성들도 또한 예외는 아니어서 가문유지를 위해 늘 행동을 조심하며 근신하는 생활을 했다. 특히 여성들은 가문이 마지막 남은 유일한 생존기반이었기 때문에 살아남기 위해서라도 가문유지에 힘써야 했다.

이처럼 조선후기 여성들은 여권을 박탈당하고 사회참여에서 배제된 채, 오직 집안에서 가문을 관리하는 이른바 '가문관리자'로서 일생을 보내게 되었다. 당시 여성들의 가문관리는 매우 복잡다단했지만 간략히 설명하면 다음과 같다.

우선 여성들은 결혼하면 며느리, 곧 가문의 안주인으로서 집안의 일상생활을 책임져야 했다. 아침저녁으로 음식수발, 집안 청소, 철마다의 의복수발…… 등, 온갖 궂은 일을 도맡지 않을 수 없었다. 그와 더불어 3대, 4대의 식구가 모여 사는 대가족제 사회에서 자식관리뿐 아니라 남편과 시부모 나아가 주변의 친인척과 식객들도 관리해야 했다.

또한 예학이 발달하고 물건을 직접 교환하여 쓰는 시대에서 제사를 모시고 손님을 접대하는 봉제사 접빈객(奉祭祀 接賓客)은 다른 무엇보다 중요했는데, 그것은 지금 우리가 생각하는 것만큼 그렇게 쉬운 일이 아니었다. 당시 양반들의 생활상을 비교적 자세히 보여주는 오희문의 《쇄미록》이나 남평조씨의 《병자일기》를 보면, 제사는 월 평균 2회 이상이었고, 어느 달에는 제삿날이 하루가 멀다하고 찾아오곤 하였다. 마찬가지로 손님접대도 그저 인사나 하고 차나 술 한잔을 내주는 정도가 아니었다. 찾아오는 사람은 반드시 물건을 가져오고, 주인 역시 음식이나 살림도구 등을 챙겨주어야 하는 아주 번거로운 일이었다.

더구나 여성들은 집안의 경제적 책임까지 떠맡아야 했다. 조선후기는 상품경제의 발달에 따라 경제력이 인간관계의 중요한 조건으로 부각된다. 그럼에도 남성들은, 집안일과 무관하고 경제활동에 경험이 없는 선비를 이상으로 여기면서, 다만 예를 지키며 가문유지를 기대할 뿐이었다. 자연히 그 공백은 여성들의 수고로 채워질 수밖에 없었는데, 이에 따라 여성들은 길쌈, 농업경영, 절약 등을 통해 가정경제를 운용하였다.

그 밖에 각종 교양을 습득하기 위한 여성들의 정신적 고충도 결코 만만치 않았다. 문벌사회란 예의범절을 목숨보다 중시하는 사회이다. 그러므로 당시 규방여성들은 가문관리를 하면서 신분에 걸맞는 까다로운 예절과 각종 교양까지 쌓지 않으면 안 되었다. 언어와 동작에 품위를 갖추어야 하고, 봉제사 접빈객을 비롯한 여러 가지 범절을 익혀야 했다. 또한 인간의 도리를 깨우치는 경서를 비롯해서 역사, 일반상식, 가문의 전통 등을 기록한 책을 읽으며 나름대로 교양도 쌓아야 했다.

특히, 여성들에게 국문 공부는 시집가기 전에 반드시 익혀야 할 교양필수에 가까운 것이었다. 당시 식구들 사이의 의사소통은 주로 국문편지인 언간을 통해 이루어졌는데, 그 필법이나 문장력이 곧바로 자신과 자기 가문의 교양을 가늠하는 척도가 되었기 때문이다.[36] 이에 여성들은 어릴 적부터 길쌈이나 바느질을 익히면서, 틈틈히 국문 번역책이나 소설책으로 글씨 쓰기와 문장 만들기를 연습하였다.

국문 공부

조선후기 여성소설은, 규방의 여성들이 글씨 쓰기나 문장 만들기 등 국문 공부를 하면서 자연스럽게 이루어진 것이었다. 그만큼 여성들의 국문 공부는 매우 중요한 의미가 있는데, 그것을 소설 창작과 관련하여 좀더 자세히 살펴보자.

당시 여성들의 국문 공부는 오늘날과는 사뭇 달랐다. 이 시기 여성들의 국문 배우는 방식을 흔히 '군디목'이라고 했는데, 당시엔 책이 따로 있는 것이 아니라 어른들로부터 한글의 닿소리와 홀소리를 차례로 익히고 받침하는 법을 배운 다음에, 간단한 문장을 만들어 외우면서 한글을 익혔다고 한다.[37] 또한, 시인이자 소설가였던 박종화의 회고담을 보면 근대에는 '반절'이란 것도 있었던 듯하다. 어린 시절에 그가 겪었던 일화 한 대목을 살펴보자.

　　동전 한 푼을 주면 양지쪽에 박은 반절(反切)이란 것이 있었다. 세종대왕의 28자(二十八字)를 그대로 벌려놔서 박은 것이다. 나는 밤마다 서당에서 돌아온 뒤에 촛불 아래서 국문을 깨쳤다. 이때는 문법이 있을 리 없고 철자법도 생겨나지 아니했다. 그대로 자음과 모음을 붙여서 소리를 내고 글자를 쓰고 읽기 시작했다. 더구나 표준말이 있을 턱이 없었다. 철자법과 표준말이 없기 때문에 소리를 내기는 다종다양으로 아름답고 훌륭하게 낼 수 있었다. 이리하여 나는 우리나라의 고대소설을 어른 모르게 밤중이면 이불 속에서 읽었다.[38]

　여성들 사이에서 국문은 생각보다 빠르고 깊숙하게 퍼져나가 실생활에서 아주 다양하게 활용되었다. 한글이 창제된 지 불과 6년만인 단종 1년(1453)에 궁궐의 시녀가 언문으로 쓴 연서(戀書)를 주고받으며 별감과 간통한 사건이 있었는가 하면, 성종 13년(1482)에는 제안대군의 처 박씨가 종들과 언문으로 쓴 연서를 주고받으며 사통한 일도 있었다.[39]

　이후 조선중기에 이르면, 여성들은 생활 속에서 일어나는 사건과 느낌을 자유자재로 국문으로 표현할 수 있게 된다. 예컨대 순천김씨(1548년 이전~?)의 묘에서 출토된 언간을 보면, 16세기 여성들

은 일상생활에 얽힌 온갖 희로애락을 수십 통의 언간에다 그야말로
풍부하게 표현했음을 알 수 있다.[40] 시집간 딸을 그리며 애태우는
모정, 시집은 갔어도 먹을 것과 입을 것을 챙겨주며 걱정하는 친정
어머니의 정성, 병들고 가난한 노년의 적막한 심회, 시앗 본 남편에
대한 미움과 하소연……

또, 17세기 중엽 남평조씨(1574~1645년)는 매일같이 국문으로
일기를 써서《병자일기》란 책으로 묶기도 한다. 이 일기는 1636년
12월부터 1640년 8월까지 근 4년에 걸쳐서 쓴 것인데, 당시 대가문
에 얽힌 생활 이야기를 별다른 꾸밈없이 아주 생생하게 기록하고
있다. 심지어 남평조씨는 다소 추상적일 듯한 꿈이야기조차 아주
자연스럽게 표현하고 있다.

다음 장에서 보겠지만 17세기 중후반 지식인 여성들은 국문장편
소설을 중심으로 독특한 소설문화를 형성했는데, 그것은 바로 이와
같은 국문 체험의 바탕 위에서 이룩한 것이었다.

여성지식인의 등장

조선후기에는 문벌사회의 도래에 따라 여성들의 가문내 역할이
대폭 늘어난다. 그래서 이 시기 여성들은 여권 말살과 더불어 역할
증대라는 이중고를 겪게 된다. 하지만 여성들은 이를 계기로 놀랄
만한 정신적 성장을 거듭한다. 예컨대 안살림을 주관하면서 조직능
력을 배웠고, 경제적 책임까지 떠맡으면서 현실적·합리적 사고능
력을 키웠다. 게다가 각종 교양을 쌓음에 따라 여성들의 지식 수준
은 그 어느 때보다 양적·질적으로 크게 향상되었다. 특히 국문 공
부는 그녀들의 문예능력을 월등히 끌어올렸다.

그 결과, 17세기 이후에는 지식과 교양을 갖춘 여성선비[女士] 곧

여성지식인이 대거 등장하였다. 비록 지금까지는 별로 주목받지 못했지만, 조선후기에는 수많은 여성지식인이 있었을 뿐만 아니라, 그 어느 시기보다 활발한 문예활동을 펼쳤다. 이는 뒤에서 다시 이야기하기로 하자.

그럼에도 주자학적 가부장제는 여성들의 창조적 활동을 통한 사회참여를 예외로 취급하거나 철저히 금하였다. 그 단적인 예로써 18세기 실학자인 이덕무조차 이렇게 말했다.

부인들은 마땅히 경서(經書)와 사서(史書),《논어》·《시경》·《소학》·《여사서》 등을 대강 읽어 그 뜻을 통하고, 여러 집안의 성씨, 조상의 계보, 역대의 나라 이름, 성현의 이름자를 알면 족하다. 부질없이 시사(詩詞)를 지어 바깥에 전파되게 하는 것은 옳지 못하다.[41]

이처럼 조선후기에는 여성들의 기본적인 교양을 쌓기 위한 독서는 용인했으나, 창작을 통한 사회참여는 금지하였다. 여성이 시를 지어 남들의 입에 오르내리는 것은 대단히 마땅치 못한 일로 여겼던 것이다.[42] 심지어는 여자가 지식이 많고 문장에 능하면 팔자가 세다는 속담까지 성행한다.[43]

16세기와 달리 조선후기 여성들이 단지 가문내의 지식인으로 남을 수밖에 없었던 까닭도 바로 여기에 있다. 앞서 말한 것처럼 16세기는 비록 국가 가부장제사회였으나 실질사회에선 여권을 제도적으로 보장할 뿐만 아니라 여성들의 선진적인 활약상도 어느 정도는 인정하였다. 그래서 여성들은 일생 동안 꾸준한 예술활동을 펼치면서 자기 나름의 방식대로 사회발전에 기여하였다. 그녀들은 명실상부한 여성예술가였다.

하지만 조선후기에는, 모든 사회에서 여권을 박탈함은 물론 여성들의 사회참여도 철저히 배제하였다. 이에 따라 17세기 이후 재능 있는 여성들은 더는 드러내놓고 예술활동을 펼치지 못하고, 오직 가문내의 지식인으로서 일생을 보내거나 아니면 거의 비공식적으로만 활동하였다. 이와 같은 사회 변화를 가장 극명하게 보여준 여성이 아마 17세기의 안동장씨와 안동김씨가 아닐까 한다.

안동장씨(1589~1680)는 이문열이 소설 《선택》[44]의 주인공으로 등장시켜 세간에 적잖은 파란을 일으킨 여성이다. 그녀는 장흥효와 안동권씨의 외동딸로 태어났는데, 16세기 여성들처럼 그녀도 역시 어릴 적에는 아버지에게 가학(家學)을 받았다. 외동딸인지라 아버지가 유난히 사랑하여 《소학》과 《십팔사략》을 가르쳐주니, 별로 힘들이지 않고도 글의 의미를 이해했다고 한다. 그리하여 10세 전후에 벌써 시와 글씨에 두각을 나타내서, "글씨의 형세가 호탕하고 굳세어 조선사람의 서법과 같은 종류가 아니니 중국사람의 필적이 아닐는지?"[45]라는 찬사를 받기도 한다.

그러나 좀더 자라선 시를 짓고 글씨를 쓰는 것이 모두 여자의 일로는 마땅치 않다고 여기고는 그만 손에서 붓을 놓고 만다. 그녀도 변화하는 사회현실을 결코 무시할 수 없었던 것이다. 이후 그녀는 이시명과 결혼하여 집안일과 자식교육에만 몰두한다. 시부모를 모시고 남편을 섬기며 자식들을 키우는, 즉 가문관리에 자신의 예술적 기질을 쏟아부었던 것이다.

이러한 17세기 여성지식인의 사회적 좌절은 안동김씨를 통해서도 확인할 수 있다.

안동김씨(1679~1700)는 유학자이자 문장가인 김창협과 연안이

씨의 셋째딸로 태어났다. 그녀는 용모가 단정하고 총명하여 어려서
부터 아버지에게 각별한 사랑을 받았다.

나이 11살에 아버지를 따라 영평 백운산에 은거한 적이 있었다.
그때 남동생과 함께 수십 종의 책을 배웠는데, 문리(文理)가 빨리
트여 혼자서도 《주자강목》을 막힘없이 읽을 뿐 아니라 밤낮으로
책에 몰두하여 거의 침식을 잊을 정도였다고 한다. 아버지 김창협
도 그것이 귀엽고 기특해서 굳이 말리지 않고 《논어》, 《상서》 등
을 대략 가르쳐준다. 그런데 공부가 채 끝나지 않았음에도, 그녀의
뛰어난 이해력은 경서 전체를 읽은 사람도 따를 수 없을 만큼 탁월
했다.

이후로도 그녀는 6년여 동안 아버지와 더불어 고금의 일과 성현
의 언행을 논하면서 산중생활을 보낸다. 조부와 숙부도 또한 그녀
를 각별히 사랑해서 더불어 이야기하며 여사(女士)로 대접한다. 일
찍이 그녀는 형제들한테 이렇게 말했다.

"내가 남자가 될 수 있다면 다른 소원은 없다. 다만 깊은 산중에
띠집을 짓고 책을 백권이고 천권이고 갖추고선 호젓하게 늙어갈 수
있다면 그만이다"[46)

하지만 오진주와 결혼한 뒤 안동김씨도 그만 손에서 책을 놓고
만다. 오씨가문에 출가하여 7년여를 살았지만, 오씨 식구들은 물론
남편조차도 그녀가 책을 펴고 있는 모습을 본 적이 없었다고 한다.

그녀는 아들 한 명을 낳고 22살의 젊은 나이에 유질(乳疾)로 요
절하였다. 세상을 떠날 무렵, 안동김씨는 남편에게 아래와 같은 유
언을 남겼다.

> 나는 여자로 태어나 후세에 남길 어떤 공덕도 이룰 길이 없으니,
> 차라리 일찍 죽어 아버님께 몇 줄의 비문을 얻어 묘석에 새기게 된
> 다면 그것이 더 나을 듯…….[47]

여자의 몸으로 태어나 세상을 위해 어떠한 일도 할 수 없으니, 차라리 일찍 죽어서 자기를 알아준 아버지의 비문을 얻어 영원히 살겠다는 것이다. 그야말로 가슴 뭉클한 말이다.

이처럼 17세기 여성들은, 불과 몇 세대 앞의 여성들이 결혼 후에도 계속 책을 보고 글을 쓴 것과는 너무도 다른 현실에 처해 있었다. 때문에 조선후기 여성들은 늘어난 지식 수준과 막힌 현실이라는 모순으로 큰 괴리감을 느낄 수밖에 없었다.

그런데 흥미로운 사실은 바로 이 시기, 곧 17세기 중후반에 지식과 재능이 있는 여성들이 국문장편소설을 중심으로 본격적인 소설문화를 형성했다는 점이다. 이는 과연 무엇을 말하는 것일까. 바로 위와 같은 처지의 여성들이 어느덧 소설에 눈을 돌리기 시작했다는 것이다. 그 구체적인 상황은 장을 달리해서 살펴보기로 하자.

제2절 조선후기 소설문화사

1. 17세기 여성지식층과 소설문화 형성

조선시대 여성들이 소설을 읽고 쓰면서 하나의 소설문화를 형성한 시기는 17세기 중후반인 조선후기에 이르러서이다. 이 시기는 또한 한국문학사에서 본격적인 소설시대가 열리는 때이기도 하다. 물론 여성들의 소설독서의 전통은 그 이전에도 있었다. 아직 제대

로 밝혀지진 않았으나 한문에 소양이 있는 여성들은 전기소설, 몽유록 같은 한문소설을 직접 읽었을 터이다. 최근에 발견되어 대단한 흥미를 끌었던 〈설공찬전〉, 〈왕시전〉, 〈왕시봉전〉, 〈비군전〉, 〈주생전〉 같은 소설의 국문 번역본이 그와 같은 여성들의 소설독서를 단적으로 말해준다.[48] 하지만 여성들이 독서만이 아니라 창작에도 직접 뛰어들면서 본격적인 소설문화를 형성한 것은, 앞에서 말한 것처럼 지식과 재능이 있는 여성들이 대거 소설에 관심을 보이기 시작한 17세기 중후반부터이다. 여기엔 임진왜란 전후로 급속히 들어온 중국소설이 커다란 촉매제로 작용했는데, 이것을 화두로 그 구체적인 상황을 살펴보자.

중국소설 독서열

선조 2년(1569) 조정에서까지 중국소설이 거론될 정도로 그것은 이미 임진왜란 전부터 국내에 유입되고 있었다. 그리고 임진왜란 도중과 직후에는 거의 대부분의 중국소설이 전래되어 식자층을 중심으로 급속히 확산되었다. 또, 늦어도 17세기 중반에는 국문으로 번역되어 여성층에게까지 퍼져나갔다. 예컨대 김만중이 《삼국지연의》에 대해 "임진년 이후에 우리나라에 성행하여 부녀자나 어린애들까지 다같이 외워서 말할 수 있다"[49]라고 언급한 것이 그러한 사실을 증명해 준다. 이들 중국소설은 18·19세기에 이르면 국내소설과 함께 활발하게 향유된다.

이렇게 조선후기엔 중국소설의 전래와 번역에 따라 독서물이 풍부해지면서 다양한 계층의 사람들이 소설문화에 참여하게 된다. 특히 이에 큰 관심을 보였던 계층이 규방여성이다. 당시 규방여성들은 연의소설(演義小說)이나 재자가인소설(才子佳人小說)과 같은 중국소설을 통해 고금 역사에 대한 관심 곧, 역사의식을 충족하거나 막힌 사회에서의 자유로운 사고의 출구로 삼기도 하였다. 그리하여 소설독서가 조선후기 대표적인 여성문화로 자리잡는 데 선구적인 역할을 담당하였다. 이러한 상황을 보여주는 가장 대표적인 인물이 17세기 후반의 남원윤씨이다.

남원윤씨(1647~1698)는 단아하고 순수한 성품에다가 여사(女士)의 풍모를 지닌 여성지식인이었다. 일찍이 아버지께서 그녀가 만약 남자였다면 집안을 일으켰을 것이라고 개탄할 정도였다.

그녀는 18살에 조가석의 후실로 들어가 아들 조태억을 소론의 영수로 키운다. 그러나 별다른 저술을 남기지 않았던 것으로 보아 더 이상의 지식활동은 펼치지 못한 듯하다. 다만 《서주연의(西周演義)》 십수 편을 국문으로 직접 베껴서 소중히 간직할 정도로, 소설에 대단한 애착을 보였다. 서주연의는 중국 서주시대의 역사를 허구화하여 만든 연의소설인데, 이를 통해 그녀는 역사지식을 습득한 듯하다. 나아가 그녀는 이것을 주변 여성들과 서로 돌려가며 읽음으로써 여성층의 소설독서를 확대시켰다. 다음 글은 그와 같은 남원윤씨와 주변 여성들의 소설독서에 관한 아들 조태억의 기록이다.

우리 어머니께서 《서주연의》 십수 편을 국문으로 베껴놓은 것이 있었다. 이것은 본래 한 권이 빠져서 권질을 채우지 못해 어머니께서는 늘 서운하게 여기셨다. 오랜 뒤 한 호고가(好古家)에게 전질을 얻어 부족한 부분을 채워 넣음으로써 비로소 완전하게 되었다. 얼마 지나지 않아 한 여염집 여자가 어머니께 그 책을 빌려 보기를 간청하므로, 어머니는 그 전질을 빌려 주었다. 얼마 후 그 여자가 다시 찾아와 사과하기를, "빌린 책을 삼가 돌려 드립니다. 그런데 길에서 책 한 권을 잃어버렸습니다. 아무리 찾으려 해도 찾을 수 없으니 정말 죽을 죄를 지었습니다" 어머니께서는 짐짓 용서하시고 잃어버린 것이 어느 책인지 물었더니 바로 나중에 베껴서 채운 그 책이었다. 완질로 갖추었던 책이 이제 다시 불완전하게 되었으므로 어머니께서는 몹시 애석해 하셨다.

그로부터 2년이 지난 겨울, 내가 며느리를 데리고 남산 아래에서 살고 있을 때였다. 며느리가 마침 몸도 성치 않고 무료하던 차에 안집에 있는 족부(族婦)에게 가진 책이 있느냐고 물었더니 족부가 책 한 권을 보여주는 것이었다. 그런데 그 책은 바로 어머니가 손수 베껴 쓰셨던 그 책이었다. 며느리가 나를 맞이하며 그 책을 내 앞에 내미는데 내가 보아도 틀림없이 그 책이었다. 이에 며느리가 족부를 찾아가서 그 책을 얻게된 경위를 자세히 물어보았더니 족부가 대답하길, "이 책은 우리 일가 아무개에게서 빌렸는데, 일가 아무개는 동네 사람 누군가에게서 산 것이고, 그 동네 사람은 이것을 길에서 주었답니다" 이에 며느리는 책을 잃어버린 내력을 이야기해주고 돌려달라고 청하였더니, 그 족부 또한 신기해하며 선뜻 돌려주었다. 불완전한 채 전해 오던 책이 이제 다시 완전하게 되었으니 이 또한 기이하지 않은가.[50]

이처럼 남원윤씨는 중국소설 《서주연의》 십수 편을 직접 베껴서 애독할 뿐만 아니라 주변의 여염집 여성들에게도 빌려준다. 또한 조태억의 며느리는 무료하던 차에 소설을 빌려보려 하고, 친척의 여인도 소설을 빌려보는 등 적잖은 여성들이 소설을 읽고 있다.

이 시기 여성들의 중국소설 독서열은 이 밖에도 곳곳에서 발견될 정도로 대단하였다. 뒤에서 보겠지만 함평이씨, 용인이씨, 인선왕후 등도 모두 중국소설을 베껴서 애독한 경험이 있다.

지식층의 소설창작

17세기 중후반 여성들 사이에 소설독서의 분위기가 조성되자 더이상 중국소설만으론 충당할 수 없게 된다. 그리하여 국내의 남녀 지식층도 직접 소설을 지어서 여성들의 소설독서열에 부응하기 시작한다.

우선 남성지식층의 참여는 구운몽과 사씨남정기의 김만중, 창선감의록의 조성기 등이 대표적인 경우인데, 그들은 다른 무엇보다 어머니의 독서열을 충족시키기 위해 소설을 지었다. 즉 일종의 효도의 도구로써 소설을 지은 것이다. 아래의 두 기록이 그와 같은 정황을 잘 보여준다.

패관소설 가운데 《구운몽》이 있는데, 곧 서포(김만중)가 지은 것이다. 내용은 부귀공명이 일장춘몽에 지나지 않는다는 것으로, 어머니(해평윤씨)의 근심을 위로하고 풀어드리려 지었다. 이 책은 지금 부녀자들 사이에 널리 읽히고, 나도 어릴 적에 그 이야기를 익히 들었다.[51]

내 선조 졸수공(조성기) 행장에 이르기를 "어머니(청송심씨)께선 고금사적을 두루 꿰뚫고 계셨으며, 만년에는 또 누워서 소설 듣기를 좋아하시어, 이를 잠을 막고 근심을 풀 거리로 삼으셨다. 그래서 공은 다른 소설에 의거해서 여러 편 소설을 지어드렸는데, 세상에 전하는 《창선감의록》, 《장승상전》이 그것이다"라고 했다.[52]

이처럼 김만중과 조성기는 그 어머니인 해평윤씨와 청송심씨를 위해 소설을 지었다.

사실 김만중의 어머니 해평윤씨나 조성기의 어머니 청송심씨는 모두 지식과 교양을 두루 갖춘 여성지식인이었다. 예컨대 해평윤씨(1617~1689)는 윤지와 남양홍씨의 외동딸로 태어났으나, 유독 선조의 따님이자 할머니인 정혜옹주의 영향을 깊이 받았다. 정혜옹주는 다른 손자녀가 없었기 때문에 그녀를 매우 아끼고 사랑하였다. 그래서 몸소 안고 길렀을 뿐만 아니라 글을 가르치면서는 "아깝구나, 여자가 되다니"라고 탄식하며, 그 총명함을 아까워하였다.

해평윤씨는 결혼 뒤에도 계속 학문을 했는데, 남편과 일찍 사별하고 친정에서 생활하였기 때문이다. 친정에서 그녀는 집안살림을 돌보면서 틈나는 대로 경서나 역사책을 읽으며 식견을 넓혔다. 이에 할아버지 윤신지도 "내 손녀와 함께 이야기할 때마다 마음과 가슴이 활짝 열리는 느낌이 드니, 만일 사내아이라면 대제학이 될 수 있을 텐데"라고 칭찬했다.

이 같은 식견으로 그녀는 집안일과 자식교육에 몰두해서 아들 만기와 만중을 대제학으로 키운다. 하지만 비록 책을 좋아하여 늙을 때까지 놓지 않았지만 직접 글을 쓰거나 시를 읊을 수는 없었다. 왜냐하면 출가 전에 할머니 정혜옹주가 "너희 집안은 예법의 가문이다. 혹시라도 부인의 도리에 어긋나 나를 부끄럽게 해서는 안 된다"라고 조심스럽게 훈계하였기 때문이다. 그녀들은 모두 가문유지를 위해 자신들의 창조활동을 억제하지 않을 수 없었던 것이다.[53]

조성기의 어머니 청송심씨도 이와 마찬가지다. 그녀도 역시 총명하고 슬기로워 고금의 사적과 전기를 널리 보아서 모르는 것이 없을 만큼 해박한 여성지식인이었다. 그래서 집안살림과 자식교육에 모범을 보이며 여중군자(女中君子)라는 말을 듣기도 하였다.[54] 특히 그녀는 소설에 매우 열성적이었다. 앞의 인용문처럼 만년에는 누워서 소설을 들으며 잠을 쫓고 시름을 풀기도 했는데, 이에 자식들은 힘껏 소설을 구해 드리거나 직접 지어서 바치기도 하였다.

하지만 재능 있는 여성들은 이에 만족하지 않고 자신들이 직접 소설을 지으면서 그야말로 본격적인 소설문화를 형성한다. 17세기 후반의 《한강현전》과 《소현성록》 연작의 작가가 그 대표적인 여성들이다. 이들은 당시 유행하던 중국소설의 창작방법을 차용하되 자신들의 평소 경험을 최대한 살려서 전혀 새로운 소설을 내놓는다. 이름하여 국문장편소설 또는 장편 여성소설이 바로 그것이다. 이들 소설은 과거 한문단편 위주의 남성소설과 달리 순국문 대하장편소설이요, 본작과 별작 및 기타 방작들로 계속 이어지는 연작소설이다. 내용도 기존 소설과 달리 조선후기 대가문에서 살아가는 가족들의 이야기, 특히 여성 이야기가 주를 이루고 있다. 이의 단초는 한강현전에서 보이지만, 본격적인 형성은 역시 소현성록 연작에서 비롯된다.

《소현성록》 연작은 본작 〈소현성록〉과 별작 〈소씨삼대록〉(총 15권 15책)으로 이루어진 《소현성록》만이 아니라, 방작 〈한씨삼대록〉(2권), 〈설씨삼대록〉(?), 〈수제옥환빙〉(4권) 등을 거느린 연작소설이자 대하장편소설이다.

이 작품에 누구보다 꾸준히 관심을 갖고 연구한 학자가 박영희인데, 그녀는 방작 한씨삼대록이 1680년대부터 1694년 사이에 필사된 점에 의거하여, 본작과 별작의 소현성록은 그보다 빠른 17세기 중반에 이미 형성되었을 수도 있다고 주장하였다. 이로써 국문장편소설의 형성 시기는 기존보다 대폭 앞당겨진 17세기 중후반으로까지 거슬러 올라가게 되었으며, 18세기 이후 대거 쏟아져나온 국문장편소설도, 기존에 주목했던 사씨남정기나 창선감의록이 아니라

이 작품에 힘입어 출현한 것으로 수정되었다.[55]

《소현성록》의 작가문제

그럼에도 소현성록 연작의 작가문제는 아직까지 별다른 진전을 보지 못하고 있다. 이에 아래에서는 박영희의 논의를 참고하여 작가문제를 바라보는 시각을 더 좁혀보기로 한다. 우선 현재까지 수집한 이 작품에 관한 기록은 다음과 같다.

돌아가신 어머니 정경부인 용인이씨께서 손수 필사(手寫)한 책들 가운데,《소현성록》대소설 15책은 장손 조응에게 주니 가묘 안에 보관하고,〈조승상칠자기〉와〈한씨삼대록〉은 내 동생 대간군에게 주고,〈한씨삼대록〉과〈설씨삼대록〉은 여동생 황씨부에게 주고,〈의협호구전〉과〈삼강해록〉은 둘째아들 덕성에게 주고,〈설씨삼대록〉은 나의 딸 김씨부에게 주니, 각각의 자손은 대대로 잘 보존하거라.[56]

이 기록은 권섭(1671~1759)이 오늘날의 유서처럼 작성하여, 돌아가신 어머니 용인이씨께서 남기신 소설들을 자손들에게 분배한 기록이다. 이렇듯 소현성록 연작은 용인이씨가 필사한 작품이다. 또한 그녀는 〈의협호구전〉 같은 중국소설도 필사해서 즐겼던 대단한 소설애호가였다. 참고로 그녀의 전기를 살펴보면 다음과 같다.

용인이씨(1652~1712)는 좌의정을 지낸 이세백과 연일정씨의 4남 1녀 가운데 큰딸로 태어났다. 그녀는 아주 일찍부터 글을 익혔는데, 소녀시절에는 재주가 뛰어나고 열성적이어서 늘 할머니께 칭찬을 들었다. 무슨 공부든 통달해서 익숙할 때까지는 아무리 덥더라도 방에서 나오지 않았다고 한다. 그리하여 14살 때에는 국문책을 능숙하게 써서 효종비인 인선왕후께 칭찬을 들었다. 용인이씨의 할머니와 인선왕후는 인척간이었다.

이후 용인이씨는 17살에 권상명(1652~1684)과 결혼하여 32살에 그와 사별한 뒤, 61살까지 여가장으로 집안을 단속하며 자녀들을 양육하였다.

그녀의 시댁인 안동권씨 집안도 소설에 매우 우호적인 집안이었다. 대표적으로 시어머니 함평이씨(1622~1663)는 일가친척들에게 여사(女士)라는 칭송을 들었는데, 손수 《삼국지》 3권을 필사해서 애독한 경험이 있었다. 이 밖에 용인이씨의 아들 권섭은 인용문에서 본 것처럼 어머니의 소설들을 소중히 간직해서 자손들한테 물려주었고, 〈설제전〉이란 국문소설을 〈번설경전〉이란 제목으로 한역했으며, 또 다수의 국문시가를 남기기도 했다.[57]

이처럼 용인이씨는 상층의 문벌집안 출신으로서 일찍부터 지식인 기질과 소설을 접한 경험을 갖고 있었을 뿐만 아니라, 친정과 시댁도 소설에 매우 우호적이었다. 용인이씨는 이러한 개인적 열의와 집안 분위기를 바탕으로 일생 동안 위와 같은 소설들을 필사해서 향유했던 것으로 보인다.

그렇다면 소현성록 연작의 작가는 과연 누구일까. 먼저 〈소현성록〉-〈소씨삼대록〉의 《소현성록》이 국내창작이자 여성창작이라는 점은 의문의 여지가 없는 듯하다.[58] 또한 암묵적으론 용인이씨가 지었을 것으로 추정하고 있다. 왜냐하면 작품이 위의 용인이씨의 생애와 너무나 닮았기 때문이다. 다음과 같은 점들이 그러한 추측을 더욱 뒷받침하고 있다.

첫째, 용인이씨는 왕실과 인척간이었는데 작품에도 상궁, 내시, 어의, 수라와 같은 조선조 궁중풍속이 매우 사실적으로 나타나 있다.

둘째, 후대 〈황후별전〉이란 제목으로 따로 묶일 정도로 작품에서 중요한 인물인 선인왕후는, 용인이씨의 소설편력에 후견인과도 같았던 효종비 인선왕후의 이름을 뒤바꿔놓은 것이다. 작품에서 왕실의 인물들은 대개 역사적 실존인물을 차용했으나, 유독 선인왕후는 임의로 설정한 허구 인물이다.

셋째, 작품의 제목을 《소현성록》이라 해서 소현성의 업적을 이야기한 듯하지만, 실제로는 소현성을 통해 여가장 양부인의 치적담을 그린 소설이다. 그런데 용인이씨도 긴 세월 동안 여가장으로서 집안을 총괄하던 사람이었다.

넷째, 용인이씨는 상층의 문벌집안 출신인데, 작품의 실제 배경도 조선후기 문벌가문을 배경으로, 그 속에서 살아가는 사람들의 가족생활을 표현하고 있고, 또 성격도 다른 소설에 비해 상류층 의식이 짙게 배어 있다.

이와 같은 사실에도, 여전히 용인이씨가 작가라고 공론화하는 데까지는 미치고 못하고 있다. 그것은 바로 권섭의 기록태도 때문이다. 작품 내·외적인 정황으로 보아 소현성록의 저술시기는 용인이씨가 살았던 17세기 중후반을 벗어나지는 않을 듯하다. 그리고 큰아들 권섭은 용인이씨와 거의 동시대를 살았으므로 그도 역시 작가를 알고 있었을 것이다. 그럼에도 권섭은 작가는 밝히지 않은 채 단지 어머니가 '손수 필사한(手寫)'이라고만 기록해 놓았다. 누가 보더라도 석연치 않은 점이 있다.

그런데, 당시에 '사(寫)'는 '베끼다'만이 아니라 '짓다'라는 의미도 동시에 가지고 있었다. 예컨대 다음과 같은 사례들을 주목해 보자.

① (16세기 후반) 부인 송덕봉이 손수 편지를 써서 보냈는데(手書), "찬 바람에 17일부터 감기에 걸려, 20일 분석이 갈 때에 손수 편지를 쓰지 못했는데(手書), 이제는 조금 나아져서 손수 언문 편지를 씁니다(手筆)'라고 하였다.[59]

② (16세기 후반) 송진이 정부인 송덕봉이 썼던 시 38수를 책으로 만들어 가지고 왔다(所寫).[60]

③ (18세기 초·중반) 박씨(어머니) 고개 저으며 소저(딸 장성완) 침소에 나아가 구태여 어쩔 수 없을 듯 한설을 아니하고 협사를 두루 들쳐보니, 아득히 모르던 가운데 소저 친필로 수십권 서책을 이룬 것이 있는지라. 한권을 빼어 가지고 나오되……, 박씨 빨리 돌아와 교랑(수양딸)을 보이되, 교랑이 만심 환열하되 거짓 경해 난측하는 빛을 지어 혀 차며 가로대,

"필획도 기이하고 재주도 초출하여이다. 이 재주 이 기질로 부귀가 일신커늘 무슨 것이 그대도록 바쁘던고. 위하여 한되도다……"[61]

위의 ①과 ②는 유희춘(1513~1577)이 자신의 부인 송덕봉이 쓴 국문 편지와 시집을 각각 표현한 것이다. 송덕봉은 시창작을 생활의 일부로 여길 정도로 시를 즐겨 썼다. 그런데 남편 유희춘은 그녀의 시를 '작(作)'이라 하지 않고 '서(書)', '필(筆)', '사(寫)'로 완곡하게 표현하고 있다.

특히 ②는 권섭의 기록태도와 그대로 일치하는데, 유희춘은 자기 부인이 지은 시를 창작이라 하지 않고 필사라고 기록하고 있다.

③은 완월회맹연의 한 장면으로 어머니가 친딸이 지은 작품(아마 국문장편소설인 듯함)을 훔쳐다가 수양딸에게 건네주는 부분이다. 여기서도 여성의 소설을 필사로 표현했지만, 그것은 필획(필체)

만이 아닌 재주(내용)까지 아울러 포함한 이른바 창작과 동의어로 사용하고 있다.

이처럼 당시 '사(寫)'나 '필(筆)'은 '작(作)'과 통용되기도 하였으며, 특히 여성들의 작품을 흔히 창작이라 하지 않고 필사라고 완곡하게 표현하였다. 당시는 여성들의 창조활동을 금기시하던 시대였기 때문이다. 권섭도 아마 이러한 관행에 따라 필사라고 기록했던 듯하다.

이상의 정황으로 추정컨대 〈소현성록〉-〈소씨삼대록〉의 《소현성록》은 용인이씨가 지었을 가능성이 높은 것으로 보인다. 그리고 이로써 그녀는 막힌 사회에서 자아를 실현했을 뿐 아니라, 후대 여성들에게 자신들의 문식을 발휘할 기회를 열어주었던 듯하다.

물론 위에서 권섭이 언급한 작품들을 모두 용인이씨가 지었다고는 생각하지 않는다. 거기엔 의협호구전과 같은 중국소설의 번역본도 포함되어 있고, 뒤에서 보겠지만 방작 〈수제옥환빙〉은 또다른 작가가 지은 것이기 때문이다. 본작-별작-방작들로 이어지는 전체 소현성록 연작은 용인이씨뿐 아니라 다른 작가도 참여한 일종의 공동창작물이다. 권섭이 굳이 필사라고 표현한 까닭은 한편으론 여기에서 비롯된 듯하다.

결국 17세기 여성들의 소설문화는 이처럼 여성지식층의 적극적인 참여로 이루어진 것이다. 그녀들은 독서만이 아니라 창작에도 관여하면서 본격적인 소설문화를 형성하였다. 비록 이 시기에는 일가친척을 둘러싼 가문중심의 소설문화에 불과했지만, 18세기 이후 상업적인 세책가의 번성과 여성 전문작가의 등장은 바로 이러한 바탕이 있었기에 가능했던 것이다.

2. 18·19세기 세책가와 전문작가 출현

18세기엔 양란 이후 계속된 상품경제의 진전에 따라 각종 대중문화가 발달한다. 특히 서울에서는 도시의 상업화로 음악이나 회화 같은 여러 예술이 발달하고, 오락과 도박이 성행하며, 거사패나 사당패 같은 민중연희패가 활기를 띠기도 한다.[62] 마찬가지로 소설사에서도 기존의 중국소설과 국문장편소설만이 아니라 하층의 군담소설, 가정소설, 판소리 같은 다양한 소설이 새로 나타난다. 또한 상업적인 세책가가 번성은 소설의 상품화와 독자층의 저변확대를 유발했다. 그리하여 남성소설가와 더불어 이름 모를 수많은 여성소설가가 출현하고, 심지어는 전문적인 여성작가까지 나타난다. 이렇게 18세기 이후 소설문화의 특징은, 대중문화의 발달에 따른 상업적인 세책가의 번성과 전문작가의 출현이다. 그러므로 아래에서는 이러한 세책가의 실상과 그에 따라 등장한 전문작가에 대해 살펴보기로 한다.

세책가의 번성

세책가(貰冊家)란 오늘날의 출판사＋도서대여점＋서점을 모두 겸비한 서적 전문담당자를 말한다. 물론 16세기인 조선중기에도 책을 파는 서적상은 있었다. 예컨대 유희춘(1513~1677)의 《미암일기》에, "들으니 경성 의금부 북쪽에 책장수인 서책쾌(書冊儈)가 있는데, 이름은 박의석이라 하며 모든 곳의 서책을 반가로 사서 전가로 판다고 한다"[63]라고 기록된 것처럼, 이미 16세기에도 영리적인 서적상이 있었다. 하지만 소설을 출판, 대여, 매매하는 등 본격적인

서책가가 번성한 것은 대중들의 소설독서열이 급증한 18세기부터 이다.[64]

이러한 세책가의 번성으로 조선후기 소설문화는 비약적인 발전을 이룬다. 소설은 이제 과거의 개인이나 가문 중심에서 벗어나 상업적인 생산체제로 변화하고, 독자층도 일반 서민층까지 대폭 확대된다.

세책가의 번성은 무엇보다 여성들의 소설독서열에서 비롯된 것이었다. 비록 세책점은 남성이 운영했다 할지라도 독자층은 거의 대부분 여성들이었다. 예컨대 다음 예문을 보자.

가만히 살피건대 근세에 아녀자들이 능사로 삼아 다투는 것이란 오직 패관소설(소설)을 숭상하는 일이다. 날로 달로 증가하여 그 종류가 수백 수천을 헤아리게 되었다. 쾌가(세책가)에서는 이를 깨끗이 필사해서 무릇 빌려보는 자가 있으면 곧 그 값을 받아서 이익을 얻는다. 부녀자들이 식견이 없어서, 비녀나 팔찌를 팔거나 혹은 동전을 빚내어 서로 다투어 빌려다가 지루한 시간을 보내고자 한다.[65]

이렇듯 세책가의 주요 고객은 여성들이었다. 당시 여성들은 평소 애지중지하던 비녀와 팔찌를 팔거나 빚을 낼 정도로 소설을 좋아하였다. 그래서 소설의 종류가 수백 수천을 헤아리게 되었고, 세책가에선 그것을 깨끗이 베껴 돈을 받고 빌려주었다.

이를 일부 보수적인 사람들은 아래와 같이 목소리를 높여 개탄하기도 하였다.

"언번전기(소설)를 탐독하며 가사를 방치하거나 여자가 할 일을 게을리해서는 안 된다. 그런데 심지어 돈을 주고 빌려보는 등 거기에 빠져 가산을 파탄하는 자까지도 있다"[66]

그럼에도 세책가는 19세기를 거쳐 20세기 초반까지 지속적으로 운영된다. 20세기 초반은 비록 신문학 수용기였으나 근대문학의 영향력은 아직 미미한 상태였다. 세책가에 관한 자료도 특히 이 시기의 것들이 많은데, 이것들을 가지고 구체적으로 살펴보자.

첫째, 그 이전의 상황은 잘 모르지만, 19세기엔 주로 궁색해진 양반들이 세책가를 운영하였다. 조선조 말기로 가면서 몰락양반이 생계를 위해 궁여지책으로 뛰어들었던 듯하다. 다음은 19세기 후반 프랑스 외교관으로 조선에 머문 적이 있는 쿠랑의 설명이다.

책을 볼 수 있는 곳은 이 같은 책방에서 뿐만이 아니고 많은 세책가들이 있어, 특히 소설이나 노래 같은 일반책들을 소지하고 있는데 거의 한글판 인본이나 사본이다. 이곳에 있는 책들은 보다 잘 간수되었고 책방에서 파는 것들보다 양질의 종이에 인쇄되었다. 주인은 이들 책을 10분의 1, 2문의 저렴한 가격으로 빌려주며, 흔히 돈이나 물건으로 담보를 요구하는데 예를 들면 돈 몇냥, 운반하기 쉬운 화로나 솥 등을 들 수 있다. 이런 종류의 장사가 예전에는 서울에 많았으나 점점 희귀해졌다고 몇몇 한국 사람들이 일러주었다. 또한 나는 지방에, 심지어 송도·대구·평양 같은 대도시에서조차 이들이 존재한다는 얘기를 들은 적이 없다. 이 직업은 거의 벌이가 안되는 것이지만 명예로운 일로 생각되어 궁색해진 하층 양반들이 자진해서하는 일이다.[67]

둘째, 세책가에 비치된 소설의 종류와 권수는 무려 수백 종 수천권을 넘었다. 최남선의 조사에 따르면 20세기초까지만 하더라도 한 세책가에 비치된 소설이 총 120종 3,221책이나 되었다고 한다. 오늘날 소규모 도서대여점과 비교해도 전혀 손색이 없을 정도이다. 다음의 기록이 바로 그것이다.

아마 경성에만 있는 듯한 세책이란 것이 있으니, 곧 대소장단을 막론하고 무릇 대중의 흥미를 끌 만한 소설 종류를 등사하여 3, 40장씩 한 권을 만들어, 많은 것은 수백 권 한질, 적은 것은 2, 30권 한질로 하여, 한두 푼의 세전을 받고 빌려주어서 보고는 돌려보내고, 돌아온 것을 또 다른 사람에게 빌려주는 조직으로, 한창 성시에는 그 종류가 수백 종 누천 권을 초과하였습니다. 수십 년 전까지도 서울 향목동(香木洞)이란 데—시방 황금정 일정목 사잇골—에 세책집 하나가 남아 있었는데, 우리가 조만간 없어질 것을 생각하고 그 목록만이라도 적어두려하여 세책 목록을 베껴둔 일이 있는데, 이때에도 실제로 세주던 것이 총 120종 3221책(동종이 13종 491책)을 산(算)하였습니다. 이 중에는 〈윤하정삼문취록〉은 186권, 〈임화정연〉은 139권, 〈명주보월빙〉은 117권, 〈명문정의〉는 116권인 것처럼 꽤 장편의 것도 적지 아니합니다. 또 궁중 언문책 목록에는 〈홍루몽〉120, 〈후홍루몽〉220, 〈속홍루몽〉24, 〈홍루몽보〉20, 〈홍루몽〉만이 합계 384권에 오릅니다.[68]

셋째, 시인이자 소설가였던 박종화(1901~1981)의 회고담을 보면, 주로 언문을 깨친 여성들이 통주발이나 놋대접 같은 전당품을 맡기고서 책을 빌려 보았다고 한다. 특히 근대엔 지방으로 시집간 여성들이 여름이 되면 친정으로 놀러와 많이 이용하였다.

책세집이 한군데 생겼다는 소문이 동네안에 퍼지면 언문을 깨친 처녀색시와 아낙네들은 다투어가며 돈을 주고 책을 빌어다 보았다. 책을 빌어다 보는 데도 옛적일이라 제법 순후하고 멋이 있었다. 책을 빌어오는데 먼저 선금을 내지 아니하고 통주발이나 놋대접 한 개를 먼저 할멈이 계집종을 시켜서 보내고 읽고 싶은 책을 빌어온다. 대접과 사발로 전당품을 삼는 것이다. 빌어온 사람은 며칠동안 책을 다 읽은 후에 비로소 엽전 몇 닢이나 동전 몇 푼을 주고 도로 주발과 대접을 찾아온다. 선비들은 이것으로 생계를 삼았다.

서울 책세집은 여름철이 흥왕했고 시골서는 겨울밤에 이야기책을 많이 읽었다. ……여름 한 철 서울서 책세집이 흥왕한 것은 시집살이하는 새댁들이 여름이 되면 해방이 되어 친정집으로 여름 나들이를 오게 된다. 친정집 어멈은 고추 당초보다도 더 맵다는 시집살이에서 풀려온 귀한 딸을 편안하게 쉬게 하고 참외, 수박, 영계찜 등 맛있는 음식을 대접한다. 석달 휴가를 받고온 새색시는 날마다 맛있는 음식과 낮잠만으로 세월을 보내기도 도리어 괴로운 일이었다. 이야기책 생각이 났다. 이리해서 심심풀이로 책세집에 사람을 보내서 이야기책을 빌어온다. 이 까닭에 장안안 책세집은 석달 장마가 개기만 바랐다. 장마가 지면 비에 막혀서 새색시가 얼른 시집으로 돌아가지 못하게 되는 때문이다.[69]

넷째, 세책가를 이용한 여성들 가운데는 간혹 다음과 같은 일화를 남길 정도로 소설독서에 열중하기도 했다. 이 일화는 조선말기 순조의 외증손녀인 윤백영 여사가 들려준 것이다.

사대부집 부녀자들까지 소설독서열이 대단하여 "사내들 노름과 여자들 언문책은 집안 망친다"고 일렀다 한다. 어떤 남편이 선친의 제삿날이 되어 밤늦게 사랑에서 돌아와보니 부인은 책읽기에 팔려 제사조차 잊고 있었으므로 당장에 책을 내다 불질렀던 것은 그 한 에피소드.[70]

이처럼 18세기 이후엔 여성들의 소설독서열이 급증하여 19세기를 지나 20세기 초까지도 세책가가 크게 번성한다. 또한 그 독자층도, 이전의 지식층과 더불어 경제적으로 여유 있는 일반 서민층까지 대폭 확대된다.

이름 모를 여성소설가들

18세기 이후엔 일반 서민층까지 소설문화에 가담함에 따라 날이 갈수록 더욱더 많은 소설을 필요로 하게 되었다. 즉 수요에 따른 공급을 맞추어야 했던 것이다. 그리하여 새로운 번역가와 소설가가 등장하여 중국소설을 번역하거나 국문장편소설을 창작했다. 여기에는 남성들도 적잖이 참여했을 터이나, 국문장편소설은 주로 이름 모를 수많은 여성소설가가 창작하였다.

우선 19세기에 살았던 홍희복(1794~1859)이란 한 남성의 증언을 들어보자.

대범 언문이 말하기 자세하고 배우기 쉬운 고로 부인 여자는 언문을 위업하고 문자를 배워 익히지 아니하니 이 또한 흠사라. 성경현전과 예기 소학을 비록 언문으로 새겨 언해라 이름하여 부디 사람마다 배워 본받고자 하나, 보는 자 무미하고 지루하다 하여 다만 소설 신화의 허탄기괴한 바를 다투어 즐겨보니, <u>일 없는 선비와 재주 있는 여자 고금 소설에 이름난 바를 낱낱히 번역하고 그 밖 허언</u>

을 창설하고 객담을 번연하여 신기하고 재미있기를 위주하여 거의 누천 권에 지난지라.[71]

이렇듯, 홍희복은 당시 소설은 주로 일 없는 선비와 재주 있는 여성들이 번역하고 창작했다고 말한다. 그리고 몇가지 귀담아 들을 만한 이야기도 하였다. 즉 여성들은 경서, 예기, 소학 등의 언해본이 있으나 무미하고 지루하다 하여 소설을 즐겨 보았다는 것, 그 결과 소설이 거의 수천 권에 이르게 되었다는 것 등이다.

하지만 여성측의 견해는 이와 사뭇 달라서 주목된다. 홍희복보다 앞선 시기에 살았던 송부인(1759~1821)은 국문장편소설은 주로 여성들이 지었다고 증언한다. 이 기록은 본책에서 처음 소개하는 것이므로 더 상세히 살펴보기로 하자.

송부인(宋夫人)은 송형중의 딸로 태어나 창원황씨 가문으로 시집간 여인인데, 창원황씨는 영조의 다섯째 딸 화유옹주가 출가한 가문이다. 그녀는 대단한 소설독서가요 지식인이었다. 왠만한 남자들도 그녀의 해박한 지식에 범접하기 어려웠다고 한다. 송부인의 소설편력은 아주 어릴 때부터 시작된다. 4~5세부터 언문을 익혀 10살 때는 보지 않은 책이 거의 없었다고 한다. 또한 하루에 수십 권을 보면서도 내용을 거의 욀 정도였다. 이로써 그녀는 광범한 역사 지식과 인생 경험을 쌓았다.

하지만 그녀도 오라버니의 충고를 차마 외면할 순 없었던지 한동안 소설책에서 손을 떼었다. 오라버니가 여자란 가사일 이외에는 많이 알 필요도 없을뿐더러 단정치 못한 소설을 보아서는 안 된다고 강조하였기 때문이다. 그녀가 다시 책을 든 것은 결혼 후 시어머니께 소설을 읽어주면서였다.

이렇게 대단한 소설독서가인 송부인이, 국문장편소설의 작가층에 대해 가장 결정적인 단서를 제공해 주었다. 예컨대 다음 인용문을 살펴보자. 이는 송부인의 양아들 황종림이 그녀의 평생 행적을 서술한 《선부인어록(先夫人語錄)》의 일부이다.

외왕모(외할머니) 안환(눈병) 중에 매양 소일하시기 어려워 하시어 내구(외숙)의 형제분과 모든 내고(외숙모) 언문책을 구하여 모두 번갈아 서로 보고 읽으시니, 선비(송부인)께서 사오 세로부터 배우고 익히셔서 십세 전에 거의 못보신 책이 없으시어 전대의 치란흥망한 자취와 인물의 현우숙특한 분수를 보아 아르심이 심히 너르시어, 실로 글 읽는 사나이의 미치기 어려운 바가 계신지라. 열 줄을 한 번에 내리 외우시어 <u>하루에 문득 수십권을 보시고</u> 매양 책을 덮으면 몸소 말씀 외우시듯 하시더니, 하루는 중구(작은외숙)께서 그치기를 청하여 가라사대, "아는 바 이미 많은지라. 또한 아직 그치라. 여자의 행실은 그름도 없고 옳음도 없는지라. 오직 술과 밥을 의논한다 한즉, 비록 사기와 경전의 끄트머리 말이라도 반드시 많이 아지 아니하려든, 하물며 시속의 법되지 않은 글이 말이 설만함이 많으니 여자의 마땅히 익힐 바 아니니 어찌 힘쓰지 아니리오" 하시니, 이로부터 뜻을 결단하사 다시 책을 보지 아니하시니, 사람이 혹시 신기한 책으로써 시험하여 나아올지라도 한번도 돌아보시지 아니하시더니, 말년에 미쳐 불초(황종림)의 무리 만일 빌려 드리는 바 있은즉 혹 뒤적여 보시나 문득 중구의 이전 말씀으로써 가르쳐 가라사대, "나이 젊은 여편네 이로 업을 삼는 자는 다만 가사를 황폐할 뿐 아니라 <u>왕왕이 보니 인가의 여편네 반은 알고 반은 모르는 일로써 문자를 지어 여러 사람 가운데 돌리되</u> 유식한 이의 가만히 웃음을 도라보지 아니하니 심히 아름다운 일이 아니라" 하시더라.[72]

이처럼 송부인은 수십 권이 넘는 언문책, 곧 국문장편소설은 규방여성이 지어서 전파했다고 증언했다. 나아가 그것은 반은 알고 반은 모르는 일, 곧 사실과 허구를 적절히 조화시켜 지었다고 했다. 이는 지금까지 제출된 어떤 자료와도 달리 여성측의 견해라는 점에서 매우 중요한 의미를 갖는다.

결국 18세기 이후 대거 쏟아져나온 국문장편소설은 주로 여성들이 창작한 것이다. 비록 누가 어느 소설을 지었는지는 알 수 없으나, 당대에 수많은 여성소설가가 활동하고 있었음은 더 이상 부인할 수 없을 듯하다.

여성 전문작가

18·19세기에 활약한 여성소설가 가운데는 전문작가도 있었다. 이들은 여러 편의 소설을 지은 전문적인 작가이자, 그것으로써 일정한 물적 보상까지 얻었던 직업적인 작가였다. 그 대표적인 여성이 완월회맹연의 작가와 옥원재합기연 연작의 작가이다.

《완월회맹연》은 서두에서 언급한 것처럼 18세기 초·중반 전주이씨, 곧 이씨부인이 지은 것으로 추정하고 있다. 우선 그녀의 전기를 간략히 살펴보면 다음과 같다.

이씨부인(1694~1743)은, 당대 명문장가로 대사간을 지낸 이언경과 안동권씨의 2남 8녀 중 막내딸로 태어났다. 그녀는 특히 24살에 문과에 급제할 정도로 일찍부터 학문에 몰두한 오라버니 이춘제와 각별한 사이로 자랐다. 아마 그녀는 이러한 학문적인 집안 분위기를 바탕으로 어릴 때부터 수학하여 여사(女士)의 풍모를 갖추었던 듯하다.

이씨부인이 출가한 순흥안씨 집안도 결코 만만치 않은 문벌가문이었다. 시아버지 안시상은 왕세제인 영조의 교육을 맡은 시강원을 역임했고, 남편 안개(1693~1769)는 28살에 생원시를 일등으로 합격한 뒤 40여 년 동안 관직생활을 지냈다.

결혼 후 그녀는 남편이 아직 급제하지 못한 탓에 근 10여 년 동안 경제적 어려움을 겪기도 했으나, 이후에는 군수인 남편을 따라 두 차례에 걸쳐 지방에서 생활하는 등 비교적 여유 있는 중년을 보냈다. 자식교육도 잘 해서 세 아들이 모두 문과에 급제하여 관직에 나갔다. 하지만 외동딸이 출가하기 전인 1743년에 50세의 나이로 세상을 마친다.[73]

이처럼 이씨부인은 어릴 때부터 학문을 습득했을 뿐 아니라 결혼 후엔 가문관리자로서 지식활동을 한 여성지식인이었다. 또한 그녀는 "완월은 안겸제의 모(母)가 지은 바 궁중에 흘려보내서 성예(聲譽)를 넓히고자 하였다"[74]라는 기록처럼, 일생 동안 여러 편의 소설을 창작함은 물론 자신의 최대작인 180권 완월회맹연을 저작한 전문작가였다. 뒤에서 상세히 검토하겠지만, 이 작품은 작가 자신이 지었거나, 또는 주변 사람들이 지었던 여러 기존 소설을 수집해서 한 편의 대하소설로 꾸민 일종의 편집소설이다. 나아가 그녀는 이 작품을 당시 최대의 후원자인 궁중에 들여보내, 자신의 이름을 떨치고 명성을 얻고자 했던, 그야말로 작가적 자부심도 대단한 사람이었다.

《옥원재합기연》의 작가도 〈옥원재합기연〉(21권 21책) - 〈옥원전해〉(5권 5책) - (〈십봉기연〉) 으로 이어지는 연작소설을 지었을 뿐 아니라, 그 밖에도 〈비시명감〉, 〈신옥기린〉, 〈명행록〉 등을 지은 전문적인 작가였다.[75] 옥원재합기연과 옥원전해는 현재 서울대 규장각과 한국정신문화연구원에 남아 있으나, 기타 십봉기연, 비시명감 등은 목록만 확인될 뿐 발견되지 않고 있다.

　이 작품의 작가에 대한 후대인의 평가는 대개 이러하였다.

　　〈옥원〉을 지은 재주가 문식과 총명이 진실로 규중에 침몰하여 한
　갓 무용한 잡저를 기술하고 세상에 쓰이지 못함이 가석가탄이로다.
　명행록, 비시명감, 신옥기린 등이 다 이 한손에서 나온 바로되 각각
　볼수록 신기하고 기이하며 공교하니 이상하다.[76]

　이처럼 옥원재합기연의 작가는 문식과 총명을 두루 갖춘 여성지
식인이었다. 기록자의 말처럼, 후세에 제대로 이름을 알릴 수 없는
소설만 쓰고 있기엔 참으로 아까운 사람이었던 듯하다.

　하지만 그녀가 구체적으로 누구인지는 아직까지 논란이 계속되
고 있다. 예컨대 이 작품의 본격적인 서지연구를 시도한 심경호는
작품 곳곳에 기재된 필사기를 검토한 후 〈옥원재합기연〉은 1786년
에서 1790년까지 3차에 걸쳐 단계적으로 필사되었고, 〈옥원전해〉
는 1790년과 1796년 2차에 걸쳐 필사되었음을 밝혀냈다. 그리고 두
작품은 온양정씨의 주도 아래 며느리 반남박씨, 손자며느리 기계유
씨·해평윤씨 그리고 변생원 고모 등의 도움을 받아 필사되었다고
하였다. 나아가 그는 〈옥원재합기연〉의 권10이 권11보다 나중에
필사되거나, 권12가 권13~17, 심지어 〈옥원전해〉 권1~3보다도
나중에 필사되는 등, 각권의 필사가 불연속적으로 이루어진 점으로
미루어 온양정씨 이하 여성들은 결코 작가가 될 수 없고, 다만 이름
을 알 수 없는 규방여성이 지었을 것으로 추정하였다.[77] 이에 따라
후대 연구자들은 애초부터 온양정씨란 존재를 배제한 채 그녀 주변
의 인물, 곧 이광사,[78] 중인층,[79] 전주이씨[80] 등 연구자 나름의 논리

에 따라 제각기 다른 사람을 지목하였다.

그런데 애초 심경호의 작가추정엔 해석상 재고의 여지가 있다. 만약 선행본을 보면서 필사했다면 어떻게 해서 필사가 불연속적으로 이루어지며, 두 작품을 필사하는 데 10여년이란 긴 기간이 소요되었는지 의문이 아닐 수 없다. 필자가 보기에 그것은 온양정씨를 비롯한 여성들이 공동으로 창작해서 서로 결합했기 때문인 듯하다. 여성소설가는 전통적으로 공동창작을 선호했는데, 이 작품도 그러한 전통을 이어받아 지어졌던 것으로 보인다.

또한, 온양정씨의 증손부인 해평윤씨가 그로부터 60년 후인 1847년에 작품을 새로 개장(改裝)하면서 곳곳에 기록해 놓은 '필(筆)'의 의미를, 심경호는 단지 필사로만 해석한 채 온양정씨는 필사자일 뿐이라고 하였다. 예컨대 해평윤씨는 "증조모 정경부인 온양정씨 수필(手筆)을 공경하여 해평윤이 개장하노라", "드러오는 총부(맏며느리)마다 이 책을 공경조심하여 만대유전하라" 등처럼 필사라고만 기록하였다. 이는 앞의 권섭과 똑같은 기록태도인데, 당시에 '필(筆)'이 '베끼다'만이 아니라 '짓다'라는 의미로도 쓰였음을 다시 상기할 필요가 있다. 즉 여기서의 필사는 창작과 동의어로 쓰였으며, 그래서 해평윤씨는 들어오는 총부마다 작품을 공경, 조심해서 만대까지 유전하라고 당부하였던 것이다.

결국 옥원재합기연은 해평윤씨의 기록대로 온양정씨의 주도 아래 며느리 반남박씨, 손주며느리 기계유씨·해평윤씨, 변생원 고모 등의 도움을 받아 1786년~1796년까지 근 10여 년에 걸쳐 공동으로 창작하여 결합시킨 작품일 가능성이 높다. 또한 그녀는 이 밖에도 〈비시명감〉, 〈신옥기린〉, 〈명행록〉 등을 지은 전문작가였다.

참고로 온양정씨(1725~1799)는 정치권력에서 소외된 가문에서 태어나 이영순과 결혼하여 4남 1녀의 자녀를 두었다. 마찬가지로 그녀의 며느리와 손자며느리의 친정도 지체가 그리 높지 않았다. 시댁인 이광보-이영순 일가는 소론에 속했는데, 정조대에 조정에 들어가 외직을 제수받아 벼슬길에 오르기 시작하였다. 저작 당시 온양정씨를 비롯한 여성들은 서울 정동(현 중구 정동)에 살고 있었다.

이 같은 작가의 배경으로, 옥원재합기연에는 상층사대부 출신인 용인이씨의 소현성록에 비해 신분직·경제적으로 낮은 계층의 생활문화가 많이 반영되지 않았나 생각한다. 이미 앞서 연구한 이들이 지적한 것처럼, 이 작품에는 의술로 질병을 치료하거나 무녀가 점을 치는 모습, 주인공이 고난을 타개하기 위해 날품팔이를 하거나 옷을 지어 파는 모습 등 가난한 양반가의 실상이 잘 나타나 있다.[81]

하지만 명색이 전문작가라면 소설을 써서 부와 명성 같은 물적 보상까지 얻었어야 할 것이다. 과연 조선후기에 그것이 가능했었을지는 의문이다. 그런데 비록 눈에 보이는 명확한 자료는 없으나 흔적, 곧 개연성은 얼마든지 찾을 수 있다.

우선 이 시기 소설이 세책가의 번성으로 상품화되었다는 사실, 그 자체가 이미 직업작가의 존재를 암시한다. 앞의 세책가는 돈을 매개로 움직였다. 돈을 주고 소설을 사서 출판, 대여 매매하였던 것이다. 비록 조선말기 남성작가의 경우이지만, 이러한 사실을 가장 단적으로 보여주는 사례가 다음 예문이 아닐까 한다.

역시 한글의 본고장은 궁중. 국문소설의 발달은 궁중을 중심으로 한 것이라고 그는 다짐한다. 물론 내관 가운데 소설을 쓴 이가 없다 할 순 없으나 대체로 그 작자는 유식하고 한문에 능통한 시골 선비. 지체의 상하를 다알고 세상풍정에 밝은 이름 없는 선비가 슬그머니

<u>세책집에 판다.</u> 예부터 전하는 것인 양 팔기 때문에 소설의 작자는 으레 없기 마련. 그러면 그 중 이야기가 전무의 진기한 것이라면 조신(朝臣)들이 가져다 내전에 은밀히 바친다. 이래서 궁중에 무궁무진한 이야기책이 쌓이노라는 그의 지론이다.[82]

이렇게 조선말기 작가는 소설을 지어 세책가에 팔고, 세책가에선 이를 필사해서 독자에게 판매 혹은 대여하였다. 이 시기 작가는 소설을 써서 친족끼리 돌려보며 자기만족을 얻기도 했지만 다른 한편으론 이처럼 돈을 의식하고 창작하기도 했던 것이다.

여성 전문작가도 이와 마찬가지였으리라 생각한다. 여느 여성들이 길쌈을 통해 가정경제를 운영했듯이, 그녀들도 소설을 전문적으로 써서 살림을 꾸리기도 했을 것이다. 물론 오늘날의 전업작가처럼 소설을 전적인 생계수단으로 삼았다는 말은 아니다. 당시엔 비록 상품경제의 기운이 싹텄으나 대다수 여성들의 생존기반은 여전히 가정이었다. 그녀들은 다만 가정의 부족한 생계비를 보조하는 정도였을 것이다.

한편 상류층 출신의 여성작가는 비록 공식적인 인정은 받지 못했고, 주변 사람들의 시기와 질투의 대상이 되었을지라도, 소설로 이름을 떨쳐 부와 명성을 누렸을 듯하다. 사람들이 겉으로는 아무리 "글 잘하는 여자는 팔자가 드세다"거나 "여자가 밥짓고 빨래나 할 것이지!"라고 비방했을지라도, 속으로는 "뉘집 여자는 대단한 재주꾼이야"라고 선망하지 않았겠는가. 그래서 암묵적으로 그 집안의 명성은 올라가고, 자식이나 남편의 관직상승 같은 간접적인 형태의 보상이 뒤따랐을 것이다.

특히 여성사회에서 그녀는 '영웅'이나 '슈퍼우먼' 같은 최대의 명성을 얻었으리라 생각한다. 왜냐하면 당시 여성사회에선 국문 능력이 교양의 척도였기 때문이다. 또한 이미 말한 것처럼 세책가를 둘러싼 소설문화는 거의 여성을 중심으로 운영되었는데, 그러한 사회에서 얻은 명성이라면 얼마나 대단했을지 가히 짐작하고도 남음이 있다.

이와 같이 18·19세기엔 상업적인 세책가가 번성하여, 이전의 지식층과 더불어 경제적으로 여유 있는 일반 서민층까지 소설문화에 적극 가담했다. 그에 따라 새로운 여성소설가가 대거 출현할 뿐만 아니라 심지어는 전문작가까지 나타났다. 바야흐로 소설문화의 전성기를 맞이했던 것이다.

3. 최대의 후원자―궁중여성들

최상층 독자

조선후기 소설문화에서 궁중여성은 최상층의 독자이자 최대의 후원자 집단이다. 그녀들은 17세기에서 20세기 초반까지 지속적인 소설독서의 전통을 유지했을 뿐만 아니라, 이를 토대로 자신들 나름의 다양한 궁중문화를 개발하였다. 또한 궁 밖의 일반 독서계와 끊임없이 교류하면서 조선 특유의 소설문화를 발전시키는 데 크게 이바지했다. 이렇게 궁중여성은 조선후기 소설문화에서 결코 빼놓을 수 없는 중요한 사람들이다. 이에 본책에선 궁중여성의 소설문화를 별도의 장으로 마련하여 살펴보기로 한다.

조선조 궁중에는 왕비와, 후궁인 비빈(妃嬪)과 기타 궁녀 및 그 아래의 비자들까지 다양한 계급의 여성들이 살고 있었다.[83] 이들은 비록 경제적인 안정을 누렸을지는 모르나 늘 정신적 부담을 안고 살아야 했다. 부모와 생이별한 채 구중궁궐에 파묻혀 엄격한 거주

제한과 규율 속에서 생활해야 했고, 궁중 내부의 음모나 정치적 갈등에 휘말려 희생물이 되는 경우도 많았다.

궁중여성의 소설문화는 바로 이러한 경제적 안정과 정신적 부담이란 모순에서 생겨난 것이다. 이들은 흥미롭고 교훈적인 소설로 근심을 덜어내고 마음의 여유를 찾는 한편, 이를 부덕의 함양이나 지식 습득의 수단으로 삼기도 하였다. 특히 비빈은 모든 여인의 본보기가 되어야 하므로 평소 높은 학식과 부덕을 쌓아야 했다. 그래서 이들의 소설독서열은 대단할 수밖에 없었다. 다음 인용문은 조선조 말기 비빈들의 소설독서열을 잘 보여준다.

특히 이조말에는 내전에 문학열이 선풍적이었다. 왕비들이 소설을 즐겨 목청고운 지밀나인은 중전을 모시고 소설을 읽는게 일. 시조 비슷한 소설 독법이 여기서 생긴 것이라고 한다. 순조비 순원숙황후 김씨나 철종비 철인장황후 김씨는 유독 문필을 좋아하여 손수 읽고 쓰는 예가 많았고, 그런 때라 그의 친정 할머니 덕온공주는 시집올 때 받은 책이 국·한문해서 4천 권…….[84]

이처럼 비빈들은 문필의 수단으로 소설을 즐겨 읽었다. 특히 덕온공주는 시집갈 때 4000권의 책을 가져갔다고 하니 이들의 지식열이 얼마나 대단했는지 짐작할 만하다.

물론 궁중여성의 소설문화가 꼭 비빈들에 의해서만 유지된 것은 아니다. 위의 예문에서처럼 상궁을 비롯해서 여타 나인들까지 광범위하게 참여하였다. 또한 《곽장양문록》이란 국문장편소설을 보면, 정조의 후궁 의빈성씨(1753~1786)를 위시해서 영희, 경희, 복연 등 나인들도 함께 참여해서 필사했음을 알 수 있다. 이들은 소설을 공

동으로 필사하면서 본문의 위아래에 여백지를 붙여 자신들의 필적임을 명백히 하였다.[85]

이와 같은 광범위한 궁중여성의 소설문화를 가장 단적으로 보여주는 것이 일명 '낙선재본 소설'이다. 낙선재본 소설이란, 20세기 전반 한때 창경궁 낙선재에 깊숙히 보관되어 있었던 소설들을 말한다. 이들 소설은 대개 앞에서 살폈던 중국과 조선의 장편소설이 여러 왕대를 거치며 궁중으로 유입되이 독특한 흘림글씨인 궁체로 재필사된 것들이다. 특히 조선후기 비빈과 기타 궁녀를 포함한 여러 궁중여성의 소설문화의 집적물이다.

이들 소설이 세상에 모습을 드러낸 것은, 1966년 정병욱의 주관 아래 몇몇 학자들이 그 문고의 목록을 작성하면서부터이다. 이때 낙선재문고에선 소설·가사·기행문 등 총 122종 2,361책의 고전작품이 쏟아져 나왔는데, 그 가운데 72종 1,500여 권의 국문장편소설은 학계에 전혀 알려진 적이 없어서 충격을 더해 주었다.

당시 낙선재문고를 정리한 정병욱은 이것들의 발견 의의를 다음과 같이 지적하였다. 이 지적은 1966년 8월 22일자 《중앙일보》에 실려 있는데, 여기에선 요약하여 대강만 살펴보기로 하자.

첫째, 우리나라 고전소설은 단편밖에 없고 한국인은 기질적으로나 능력면에서 장편에 합당하지 않다는 정설이 바뀌게 되었다.

둘째, 장편임에도 거의 완전무결한 구성을 갖추고 있으며, 심지어 1백 명의 주인공이 대단원에 이르기까지 한 사람도 빠짐없이 합리적으로 처리된 점으로 미루어, 궁중을 후원자로 하는 전문소설가가 있지 않았을까 한다.

셋째, 문장의 우수성이다. 하나의 테마 아래 단편적인 많은 이야

기를 엮어낸 점이라든지, 섬세하고 사실적인 묘사와 특히 심리묘사
가 풍부한 점 등은 고대소설사에 하나의 장르를 만들게 될 것이다.

넷째, 낙선재문고의 소설에는 '적극적인 여성상'이 현저히 눈에
띤다. 종래 소설들은 소극적이요 수동적인 여성상인 반면, 이들 장
편소설의 여성들은 그런 상식을 넘어서 때로 대담하고 적극적인 행
동을 연출한다. 여성이 사랑을 쟁취하기 위해 온갖 사건을 꾸며내는
《천수석》과 《화문록》이 그 예로, 규중의 독자들은 그들의 억제된
감정을 소설을 통해 풀었던 것으로 보인다.[86]

다시 말해서 낙선재본 소설은 한국문학사에서 장편소설에 대한
인식을 획기적으로 전환시켰고, 또한 그것들은 질적인 면에서도 매
우 우수할 뿐 아니라, 내용 면에서는 여성과의 친연성이 두드러진
다는 것이다. 이로부터 국문장편소설은 현대 학계의 본격적인 주목
을 받기 시작한다.

이들 낙선재본 소설은 1920년대까지만 하더라도 지금의 창덕궁
안에 있는 연경당에 소장되어 있었다. 1920년 5월에 이왕직이 조사
해서 엮은 〈연경당언문책목록〉을 보면, 당시 연경당엔 총 225부
3,094책의 언문책 가운데 국문소설이 180여 종 2,600여 책이 수집되
어 있었다. 그것들이 바로 낙선재문고의 전신이었던 것이다.

이들 연경당의 소설이 언제 낙선재로 옮겨졌는지는 정확하지 않
다. 서지학자 천혜봉은, 순종의 계비 윤씨(1894~1966)가 순종의 승
하 후 모든 권속과 나인을 거느리고 낙선재로 이주한, 1928년 무렵
에 옮겨진 것이 아닐까 추정했다. 이는 당시 낙선재에서 기거했던
최명길, 박창복 등 상궁들의 증언에서도 확인된다. 그러나 본래 연
경당에 어떻게 그처럼 많은 소설들이 소장되었는지는 알 길이 없

다. 아마 이전부터 각 궁에 흩어져 있던 소설들을 이왕직이 한일합
방을 전후하여 모두 수집해서 연경당에 소장했던 듯하다.[87]

새로운 궁중문화 개발

조선조 궁중여성은 최상층의 독자이자 매우 열렬한 소설애독자
였다. 이를 토대로 그녀들은 새로운 궁중문화를 개발하기도 했는
데, 그 대표적인 여성이 18세기 영빈이씨와 완산이씨이다.

영빈이씨(?~1764)는 상민 출신으로 궁궐에 들어가 사도세자와
9명의 딸을 낳고 후궁이 되어 정실 이상의 지위를 차지한 여인이다.
하지만 가지 많은 나무에 바람 잘 날 없다고, 그녀의 딸들은 유독
조사(早死)한 자가 많았다. 그리고 세자를 낳은 지 100일 만에 저승
전(궁궐)의 나인들한테 보내야 했으며, 그들에게 심한 업신여김을
당하기도 하였다.[88] 또한 그 왕세자가 부왕인 영조와 심한 성격대립
을 빚으며 정신분열을 일으키고, 급기야는 아버지의 손에 의해 9일
동안 뒤주에 갗혀서 굶어죽는 참변을 직접 목격하기도 하였다.

이와 같은 삶의 행방 속에서 그녀는 신마(神魔)적, 영웅(英雄)적
인 내용의 소설을 통해 복잡다단한 인생사의 시름을 잊고자 했던
듯하다. 예컨대 낙선재본 번역소설 가운데 《손방연의》와 《무목왕
정충록》을 보면 '영빈방(暎嬪房)'이란 인장이 찍혀 있는데,[89] 이는
곧 영빈이씨의 소유였음을 나타낸다. 또한 그녀는 이처럼 수동적인
입장에만 머물지 않고 《여범(女範)》이란 수신서를 직접 번역하여
편집하기도 하였다.[90] 이 책은 중국의 역대 여성 가운데 모범적으로
살다간 여인들의 기록을 모은 것으로써, 그녀의 고금 행적에 관한
해박함을 엿볼 수 있다. 그녀의 며느리 혜경궁 홍씨(1735~1815)가
실기문학인 《한중록》을 저작한 것은, 이 같은 그녀의 문학적 분위

기를 이어받은 것이라 여겨진다.

이와 비슷한 시기에 완산이씨(?)는 《중국소설회모본》이란 화첩을 편찬하여 궁중여성의 문화적인 역량을 유감없이 발휘한다. 완산이씨는 위의 영빈이씨가 아닐까 추정되나 분명치 않다. 이 화첩은 1762년 완산이씨가 83여 종의 방대한 중국소설을 열람하고, 그 가운데서 인상적인 장면들을 선정하여 화원 김덕성으로 하여금 128폭의 삽화로 판화케 한 것이다.

중국소설회모본의 체제는 서두의 서(序)와 소서(小敍) 및 본문의 128폭의 판화로 구성되어 있다. 《서유기》삽화가 40폭으로 가장 많고, 《수호전》의 28폭, 《삼국지》가 9폭, 《동서한연의》가 5폭, 《열국지》와 《전등신화》가 각 4폭, 《손방연의》 2폭, 《수당연의》, 《문원사귤》, 《열선전》, 《평산냉연》, 《금고기관》, 《형세언》 등이 각 1폭씩이다.[91]

그러나 실제 판화의 주제는 크게 인물화와 장면화로 나뉜다. 인물화는 대체로 소설의 주인공이나 인상적인 인물의 행태를 정적으로 묘사한 것이고, 장면화는 전쟁과 같은 군담이나 정감어린 애정 장면을 동적으로 표현한 것들이다. 특히 완산이씨는 인물들의 무용담(武勇談)을 즐겨 선정하였고 노골적인 성적 표현도 과감하게 표현하였다. 이들 그림은 중국소설에 실린 원래 삽화와는 상당한 거리가 있는 것들로서, 중국소설회모본은 완산이씨가 중국소설을 토대로 창조적인 변용 곧, 예술적으로 승화시킨 작품집이다.

인선왕후

조선후기 소설문화에서 궁중여성의 의의는, 무엇보다 그들이 당시 소설계에서 최대의 후원자였다는 점에 있다. 확실히 이들은 조선후기 소설계에서 최대의 물질적·정신적 지주였다. 앞서 지적한 것처럼 이들은 민간 세책가의 소설을 지속적으로 구입하여 궁체로 재필사해서 읽었다.

조선은 이러한 왕실의 후원 덕분에 여타 주변국과 다른 특유의 소설문화를 꽃피울 수 있었다. 또한 이들은 재능 있는 여성소설가의 정신적 지주 역할을 하기도 하였다. 완월회맹연의 작가 이씨부인의 경우에서처럼, 이들은 최상층 평가자로서의 역할을 계속하면서, 여성들이 숨겨진 재능을 발휘할 수 있는 기회를 열어주었다. 이렇게 물질적·정신적으로 최대의 후원자 역할을 담당한 대표적인 여성이 효종비 인선왕후이다.

인선왕후(1618~1674)는 장유의 딸로 태어나, 왕비가 되어 아들 현종과 숙안, 숙명, 숙휘 등 5명의 딸을 두었다. 그녀는 딸을 비롯한 여러 사람들과 주고받은 언간을 70여 건이나 남겼다.[92] 또한 인선왕후는 열렬한 소설독자이기도 하였다. 그녀는 딸들의 출가 후 대단히 쓸쓸하고 무료한 세월을 보냈는데, 그래서인지 딸인 숙명공주와 《녹의인전》, 《하북이장군전》, 《수호전》 등을 돌려보면서 무료함을 달랬다.

① 글월 보고 무양하니 기뻐하며 보는 듯 든든 반기노라. 그리 나간 지 여러 날이 되도록 아마도 섭섭무류하여 하노라. 〈녹의인전〉은 고쳐 보내려하니 깃거하노라. 네 일역은 하는구나. 숙휘는 좀 벼개귀여아를 맞으니 기고 서고 벼개귀여아 하려하고 시방 맷노라 브스다하는데 너는 어찌 하려느냐.[93]

② 글월 보고 무양하니 기뻐하며 보는 듯 든든 반기노라…… 〈하북이장군〉 간다 감역집의 베낀 책 찾아 들어올 때 가져오너라.[94]

③ 글월 보고 무양하니 기뻐하며 보는 듯 든든 반기노라…… 〈수호전〉은 내일 들어와서 네가 차려 보내거라.[95]

이처럼 인선왕후는 보기 드문 소설애호가였다. 그래서 ②와 같이 초기 세책가인 감역집을 이용함으로써 민간의 소설유통을 활성화하기도 하였다.

뿐만 아니라 인선왕후는 초창기 여성소설가인 용인이씨의 최대 후원자였다. 앞에서 본 것처럼 용인이씨는 14살 때 언문책을 필사해서 인선왕후의 칭찬을 받은 적이 있었다. 이후 용인이씨는 일생 동안 화려한 소설편력을 펼치는데, 그것은 곧 소녀시절 인선왕후의 따뜻한 격려가 있었기 때문인 듯하다. 17세기 여성들의 소설문화는 이와 같은 국모(國母) 인선왕후의 후원에 힘입어 형성되었다고 해도 과언이 아니다.

이와 같이 조선조 궁중여성은 최상층의 독자이자 최대의 후원자였다. 그녀들도 지속적인 소설독서의 전통을 유지하면서 다양한 궁중문화를 개발하는 한편, 민간의 독서계와 부단히 교류하면서 물질적·정신적 양면에서 최대의 후원자 역할을 담당한다. 앞으로는 궁중여성의 업적도 정당한 평가를 받아야 하리라 본다.

제3장 창작에서 글쓰기까지

제1절 여성소설 창작 과정

1. 공동창작

조선후기에는 문벌사회의 도래로 주자학적 가부장제가 정착하면서 여성들의 사회참여가 철저히 배제된다. 이 시기 여성들은 앞선 16세기 여성들과는 달리 드러내놓고 작품활동을 할 수 없음은 물론 심한 사회적 좌절을 겪게 된다. 그리하여 17세기 중후반의 지식 있는 여성들은 새롭게 소설에 눈을 돌려, 국문장편소설을 중심으로 본격적인 소설문화를 형성한다. 나아가 18·19세기엔 상업적인 세책가의 번성으로 경제적으로 여유 있는 보통 서민층까지 소설문화에 적극 가담한다. 이에 따라 유능한 여성들은 독서만이 아니라 창작에도 참여하면서 수많은 국문장편소설 곧 장편 여성소설을 내놓는다. 비록 가문유지를 위해 자신의 이름을 밝힐 수는 없었지만, 그것들은 주로 여성들의 필요에 따라 여성들이 지어서 유포한 것이었다. 그 대표적인 작품이 17세기 소현성록 연작, 18세기 옥원재합기연 연작, 완월회맹연 등이다. 이 장에서는 그들 작품을 중심으로 여성소설의 창작 과정과 글쓰기 방식을 살펴보기로 한다.

생활 속의 문학

조선후기 여성소설은 기본적으로 연작소설이요 대하소설이다. 이들 소설은 기존 한문단편 위주의 남성소설과 달리 본작과 별작, 방작, 파생작으로 계속 이어지는 연작소설이자 수십 수백 권에 이르는 대하소설이다. 예컨대 소현성록 연작은 1대(祖)-2대(父)-3대(子)-4대(孫)로 이어지는 직계가족 이야기를 본작과 별작으로 꾸미고, 작가나 또는 다른 이가 그 확대가족 이야기를 방작으로 꾸몄다. 그리고 후대의 작가가 그것들을 보고 파생작을 짓기도 하였다. 또한 완월회맹연은 4대에 걸친 어느 집안의 가족 이야기를 중심으로, 그들과 가까운 다른 집안의 이야기를 계속 끼워넣어 180권이란 거질의 장편소설로 꾸몄다.

이를 통해, 작가는 조선후기 대가문을 둘러싸고 살아가는 사람들의 인생사를 되도록 모두 보여주려 하였다. 물론 주된 이야깃거리가 없는 것은 아니지만, 작가는 가능하다면 이사람 저사람에 얽힌 이야기를 전부 말하고자 하였고, 또 그들 개개인이 어떻게 태어나서 살아가고 죽었는지를 자세히 들려주려 하였다.

사실 가족을 둘러싼 세계만큼이나 사연이 많은 곳도 없을 것이다. 한핏줄을 타고나서 한지붕 아래에 살면서도 식구들의 성격은 저마다 다르기 마련이고, 또 집안의 살림살이는 해도 해도 끝이 보이지 않는 마치 밑 빠진 독과 같다. 여성들은 평소 그것을 가슴속으로 삭이며 살아간다.

여성작가가 이것 저것 모두 말하면서 연작소설로 끌고 가거나 대하소설을 꾸밀 수밖에 없었던 것은 바로 여기에서 비롯된 듯하다. 그녀들은 뭔가 말하지 않고는 도저히 참을 수 없었고, 소설은 그녀들의 푸근한 대화 상대가 되어 주었던 것이다. 조선후기 여성소설의 주요한 외적 특징인, 연작소설과 대하소설의 형태는 본디 이러한 여성들의 현실적 처지에서 비롯된 것이었다.

여성소설의 창작 기초도 무엇보다 그와 같은 가족과 친족을 둘러싼 생활의 표현이다. 이들 소설은 규방의 여성작가가 평소 주변에서 보고 듣고 느꼈던 삶의 모습들을 있는 그대로 소설로 꾸민 것뿐이다. 그래서 이들 소설은 구운몽이나 사씨남정기처럼 주로 작가의 허구적 상상력에 의존해서 쓰여진 소설과는 사뭇 다르다.

물론 이들 소설도 당시 유행하던 중국서적을 폭넓게 참고하고 있다. 《논어》와 《맹자》 같은 경서의 한 구절을 문장에 인용하거나, 《송사(宋史)》와 《명사(明史)》 같은 역사책을 차용해서 시공간의 배경으로 삼기도 한다. 예를 들어 완월회맹연만 하더라도 표면상 중국 명나라 영종대 역사를 차용해서 인물들의 활동 배경으로 삼고 있으며, 삼국지, 서유기, 수호지 같은 중국소설을 응용해서 일부 사건(주로 외부사건)을 꾸미기도 하였다. 특히 이 작품은 삼국지에 크게 의존하고 있는데, 외부의 전쟁 이야기는 아예 그 전법과 인물 모양까지도 상당 부분을 패러디하고 있다. 하지만 작품 전체에서 그것들이 차지하는 비중은 극히 미미한 부분에 지나지 않는다. 그것들은 주로 외부 사건에 한해서이고, 작품의 근간은 역시 작가 주변의 가족생활의 표현이다.

소설을 쓰기 위한 준비 과정도 오늘날보다 간단하였다. 당시 여성작가는 평소 국문 공부를 위해 언문책을 베끼다가, 어떤 계기를 만나 허구적인 소설을 지었고, 그 횟수가 점점 늘어나면서 대하소설을 꾸밀 수 있는 숙련된 전문작가가 되었다.

이미 살펴본 것처럼 조선후기 규방여성은 가문유지를 위해 까다로운 예절과 함께 경서, 역사, 일반상식, 가문의 전통을 기록한 책들을 통해 각종 교양을 쌓아야 했다. 또한 국문 공부는 출가 전에 반드시 익혀야 할 교양필수에 가까운 것이었으므로, 어린 시절부터 틈틈히 국문 번역서나 소설책을 가지고 글씨 쓰기와 문장 만들기를 연습하였다. 여성들의 소설창작은 바로 이러한 과정에서 이루어졌다. 즉 국문 공부를 위해 기존 소설을 보고 베끼던 중, 송부인의 지적처럼 반은 알고 반은 모르는 일, 곧 역사적 사실이나 문학적 관습에다 자신의 체험을 적절히 조화시켜 한 편의 소설을 꾸몄던 것이다.

역사적 전통

국문장편소설의 창작 과정의 특징은 작품을 혼자서 짓기보다 여러 사람이 함께 짓는 경우가 많았다는 점이다. 물론 재주 있는 작가나, 비교적 짧은 중·장편소설은 혼자서 짓기도 하였다. 하지만 수십 수백 권에 이르는 대하소설은 대부분 일가친척이 분담해서 공동으로 지었다. 그러므로 이들 소설은 작가 개인만의 독창적인 창작이라기보다, 여러 사람의 사고가 반영된 저작이라고 보는 편이 타당하다. 조선조 여성들의 소설을 창작이라 하지 않고 필사라고 기록한 것은 한편으론 이런 이유에서인 듯하다. 이렇게 국문장편소설을 공동으로 창작하는 모습은 아래의 인용문에 잘 나타나 있다.

이원교(이광사)의 자식 남매가 언서고담을 지어 이름을 《소씨명행록》이라 하였다. 집안에 변고가 생겨 한쪽으로 치워 두었는데, 원교의 꿈에 한 여자가 나타나 스스로 소씨라 칭하며 꾸짖기를 "어찌 사람을 위태로운 지경에 빠트려 놓고선 그 원을 풀어주지 않는가?"
하였다. 이에 크게 놀라 잠에서 깨어나 남은 부분을 이어서 지었는
데, 형제들과 숙질이 함께 앉아 도와주었다. 제삿날에 밤이 깊어져
제사가 점점 늦어지는 것도 몰랐다. 아! 이야말로 문자의 묘(妙)가
신의 경지에 드는 것이 아니겠는가?[96]

위의 인용문은 《소씨명행록》에 얽힌 사연인데, 이를 보면 남매
를 비롯한 형제숙질(兄弟叔姪)이 함께 앉아서 공동으로 소설을 짓
고 있다.

여성소설의 창작 과정도 이와 마찬가지다. 여성소설가는 전통적
으로 자기 주변의 사람들과 공동으로 창작하여 서로 합치는 일종의
공동창작을 선호하였다. 그 선구적인 작품이 17세기 소현성록 연작
이다.

앞서 말한 것처럼, 이 작품은 본작 〈소현성록〉과 별작 〈소씨삼
대록〉으로 이루어진 《소현성록》만이 아니라, 방작 〈한씨삼대록〉,
〈설씨삼대록〉, 〈수제옥환빙〉 등을 거느린 연작소설이다. 그리고
《소현성록》의 본작과 별작은 문벌집안의 규방여성(용인이씨)이
지은 것으로 추정된다.

그런데 전체 소현성록 연작은 용인이씨뿐 아니라 그녀 주변의
또다른 여성들도 참여해서 지은, 넓은 범위의 공동창작물이다. 이
를 알 수 있는 가장 단적인 작품이 〈수제옥환빙〉인데, 이 작품은
《소현성록》과 같은 시기에 용인이씨 주변의 또 다른 작가가 지은
것으로 보인다. 이러한 사실은 소현성록의 맨 뒤에 첨부된 발문 곧,
작가후기를 통해 확인할 수 있다.

여느 국문장편소설과 같이 소현성록의 말미에도, 중국 송나라 신

하들인 '조증', '여이간', '여성'의 이름을 빌린 작가의 발문이 실려 있다. 이러한 발문은 19세기 남성창작 한문장편소설인 〈삼한습유〉, 〈옥수기〉, 〈난학몽〉 등에서도 볼 수 있는데, 쉽게 말해서 현대소설의 작가후기와 비슷한 것이다. 단지 차이가 있다면 국문장편소설은 작가가 타인의 이름을 빌려서 우회적으로 창작 경위와 과정을 설명하고, 한문장편소설과 현대소설은 작가가 자신의 목소리로 직접 설명했다는 점일 뿐이다.

그럼에도 앞서 연구한 이들은 이를 있는 그대로만 받아들여, 중국 송나라 역사책에 그들이 소설을 지었다는 기록이 없으므로 이것은 모두 허구이거나, 아니면 이야기가 실제인 것처럼 보이려는 작가의 소설기법이라고 하면서 별로 주목하지 않았다. 하지만 이것은 여성들이 자신의 이름을 내걸고 공개적으로 창작할 수 있는 시대가 아니었기 때문에, 역사상의 인물에 의탁해서 우회적으로 창작 과정을 설명한 것이다. 실제로 이러한 시각에서 발문을 읽어보면 그 내용이 매우 진지함은 물론 사실과도 어느 정도 들어맞는다는 것을 알 수 있다.

예컨대 발문에 따르면 《소현성록》은 '조증'과 '여이간'이 지었다고 한다. 그들이 송나라 인종의 명령을 받아 소씨 집안의 일기를 가져다가 전(傳)을 지었다는 것이다. 그런 다음 화자는 〈설경윤전〉을 소개한 뒤, 그것의 문제점을 간략히 지적한다. 그 작품은 소현성의 셋째딸 소수아의 딸과 설규의 아들 설경윤의 결혼과정 및 부부관계에 얽힌 이야기인데, 화자는 특히 인물 형상화와 사건 전개에 문제가 많다고 지적한다. 그런데 사실 그 작품은 '여성'이란 또 다른 사람이 지었다고 한다. 하루는 '여성'이 〈설경윤전〉을 지어서 두 사람한테 보여준다.

설참정의 문생 여성이 책 네 권을 지어 조공(조증)과 여승상(여이
간)을 뵈여 가로대,

"설문 행적이 기특하여 후세에 전할만한 고로 하관이 기록하여
보이노라"

한대, 이 인이 펴보고 크게 웃어 왈,

"설소부(설경윤)의 경박함이 본디 이러탓다. 그러나 작위 높고 오
라지 아니나 소부의 열에 있으니 〈경윤전〉이라 함이 천하고 그중
옥환금 서징이 가장 기이한지라 가히 〈수제옥환빙〉이라 하라"

드디어 《소현성록》을 내어 빙준하니 정시랑 부인의 투기와 정시
랑의 근본이 악함이 분명하되, 다만 〈옥환빙〉에 소부인 친척을 넣
지 않아 설참정이 격장에 있으므로 성공의 부인만 소부인과 형제인
줄을 밝히니 말이 가장 모호하고 서의한지라. 여공이 〈옥환빙〉을
고치자 하거늘 조공이 말려 왈,

"정새 번다하니 《소현성록》을 곧 보면 〈옥환빙〉이 그 자손인 줄
아나 〈옥환빙〉을 곧 보면 《소현성록》을 알지 못할지라"[97]

이처럼 〈설경윤전〉 4권은 본디 '여성'이 지은 것인데, '조증'과
'여이간'은 그것의 제목이 너무 천하다며 〈수제옥환빙〉으로 고치
도록 한다. 또한 두 사람은 그것을 본편 《소현성록》과 대조해 보고
는 내용이 너무 동떨어져 보여서 고치려고 하다가, 소현성록을 보
면 수제옥환빙이 이해될 것이라 여기고 그만둔다. 이후 두 사람은
또다시 그것을 검토해 보지만 인물과 내용이 너무 지나치게 꾸며져
있어서 결국 포기하고 만다.

위의 내용은 실제로 있었던 일이다. 왜냐하면 수제옥환빙은 소현
성록과 별개로 전파되었고, 최소한 19세기 후반까지는 남아 있었기
때문이다. 19세기 후반 프랑스 외교관으로 조선에 머물렀던 쿠랑의

《한국서지》목록을 보면, 설경윤전은 슈제옥환빙이란 제목으로 거두어져 있다.

이와 같이 방작 〈수제옥환빙〉은, 《소현성록》과 동시대에 또 다른 작가가 지었고 최소한 19세기 후반까지는 남아 있었다. 하지만 작가가 과연 누구인지는 현재로선 명확히 알 길이 없다. 다만 발문에 따르면 그것을 지은 작가는 하층민이거나 아니면 그와 가까운 사람이었던 듯하다. 예컨대 '조증'과 '여이간'의 이름을 빌린 작가는 '여성'의 이름을 빌린 작가를 이렇게 표현한다.

〈옥환빙〉 말씀이 번화하고 다사하여 재상의 이름을 쓰지 않고 벼슬로 일컬었으니, 이는 여성이 천인으로 시절 재상을 알기 쉽고 또 감히 이름을 쓰지 못하여 문득 작명을 존칭하여 원려를 두지 않으니, 가히 웃음즉하고 분명치 않으니…….[98]

이처럼 두 사람은 수제옥환빙의 작가가 천인이며, 규방의 자신들에 비해 당시 재상들을 알기 쉽고, 또 감히 그들의 이름을 쓰지 못할 정도로 낮은 계급의 사람이라고 말한다. 당시 내외분별의 풍속을 고려한다면, 그것의 작가는 아마도 용인이씨 주변의 하층여성이 아니었을까 생각한다. 하층여성의 소설참여는 완월회맹연에서도 발견되는데, 이의 자세한 사항은 뒤에서 다시 논의하자.

이러한 소현성록 연작의 창작 과정은 이후 18세기 여성소설가에게로 그대로 이어진다. 예컨대 〈현씨양웅쌍린기〉-〈명주기봉〉-〈명주옥연기합록〉으로 이어지는, 《현씨양웅쌍린기》 연작은 비록 작가는 밝혀지지 않았지만 여성소설로 추정되는 작품이다.[99] 그런데 이지하는 이 연작을 각 작품의 구조, 주제, 세계관 등이 서로 다름

으로 미루어, 각기 다른 작가가 창작한 것으로 보았다.[100]

나아가 〈옥원재합기연〉-〈옥원전해〉의 《옥원재합기연》 연작은 그야말로 공동으로 창작하여 서로 결합시킨 작품으로 추정된다. 앞서 살펴본 것처럼 〈옥원재합기연〉 21권 21책은 주로 온양정씨가 짓되 부분별로 변생원 고모와 손자며느리 해평윤씨가 도왔으며, 〈옥원전해〉 5권 5책도 온양정씨가 짓되 며느리 반남박씨와 손자며느리 기계유씨가 도왔다. 이렇듯 옥원재합기연 연작은 온양정씨의 주도 아래, 여러 명의 여성들이 공동으로 창작해서 서로 결합시킨 작품이다.

편집소설

180권의 완월회맹연의 창작 과정은 이들과 유사하면서도 약간의 차이를 보인다.

우선 이씨부인도 역시 위의 작가들처럼 주위 사람의 도움을 받기는 마찬가지였다. 왜냐하면 완월회맹연은 이전에 작가 자신이 지었거나, 주위 사람이 지은 기존 소설을 폭넓게 수집해서 한편의 대하소설로 꾸민, 일종의 편집소설이기 때문이다. 그래서 선행 연구자인 정병설이 집단창작의 가능성을 제시했듯이,[101] 이 작품도 넓은 의미에선 공동창작물에 속한다.

그러나 이씨부인은 이미 몇 편의 소설을 지어본 경험이 많은 작가이자, 어느덧 대하소설을 꾸밀 능력도 지니고 있었다. 즉, 이 작품은 작-가 혼자서 모든 과정을 주관해서 만든 작품이라는 것이다. 이처럼 완월회맹연은 전문작가가 여러 기존 소설을 모아서 만든 일종의 편집소설이었다.

실제로 이 소설의 창작 과정에는 많은 기존 작품이 활용되었다.

이 작품을 보면 이야기가 한참 진행된 후, "이 내용은 어느 작품에 자세하므로 여기선 대강만 기록하노라"는 언급이 가끔씩 나온다. 이는 일종의 인용 각주에 해당한다. 물론 그에 따른 작품명도 명백히 밝히고 있다.

그것들은 다름 아닌 작품을 짓는 데 활용한 바탕작으로서, 완월회맹연은 이렇게 여러 기존 작품을 활용해서 지어졌다. 그래서 앞서 이를 연구한 김진세도 후편 및 속편이란 항목으로 따로 정리한 적이 있다.[102] 물론 그것들은 이야기의 불필요한 확산을 막기 위한 작가의 의도적인 말일 뿐 실재 작품은 아니라는 견해도 있다.[103] 완월회맹연에 언급된 기존 작품을 순서대로 정리하면 다음과 같다.

① 〈양가본전〉 : 양씨가록, 양씨본기라고도 하는데 주로 양씨 집안의 이야기를 담고 있다.

② 〈문청공선생의별서〉 : 정한에 대한 천자의 제문, 붕당들의 제문, 행장 등을 기록한 것이다.

③ 〈의행록〉 : 자객 석형이 정한을 범하고, 요담도 월임군 앞에서 논박했으나 정한은 오히려 정을 두텁게 하여 그들을 중용케 했다는 이야기다.

④ 〈맹성호연〉 : 성호연, 의맹성호연이라고도 하는데, 주로 장씨 집안의 이야기를 담고 있다.

⑤ 〈쌍벽완취록〉 : 완취록이라고도 하는데, 대개 주성염을 비롯한 주씨 집안의 이야기를 담고 있다.

⑥ 〈채부일기〉 : 채씨 집안의 일기이다.

⑦ 〈남정전승사적〉 : 정잠과 정인성 등이 서융을 대파한 역사기록이다.

⑧ 〈정씨후록〉 : 후설, 하편이라고도 하는데 정씨 집안의 제3대
　　이하 자녀들의 이야기다.
⑨ 〈장씨별록〉 : 정월염에 관한 이야기다.
⑩ 〈사록〉 : 정인광에 관한 이야기다.
⑪ 〈상문쌍성충행록〉 : 상씨 집안의 이야기다.
⑫ 〈정씨효행보응록〉 200권 : 정인성의 사적이다.

이처럼 완월회맹연의 저작에는 다양한 기존 작품이 활용되었다. 얼핏 보아도 단편적인 소품들(②⑥⑩), 속편격인 기존 소설(①③④⑤⑦⑨⑪⑫) 등 매우 다종다양하다. 그리고 후편격인 연작소설의 제목(⑧)도 포함된 것으로 보아서, 이 작품도 본래는 연작소설이거나 아니면 그렇게 기획한 소설인 듯하다.

대체로 완월회맹연은 정씨 집안의 이야기를 중심으로 여타 집안의 이야기를 중간중간 삽입해서 꾸민 대하소설인데, 작가는 정씨 집안을 중심으로 작품을 꾸미면서 필요할 때마다 이들 기존 작품을 적절히 활용하여 전체 내용을 풍부하게 만들었다.

하지만 이들 각 편의 작가가 과연 누구인지는 자료가 부족하여 현재로선 명확히 밝힐 수 없다. 아마 작가가 이전에 지었거나 또는, 작가 주변의 가족과 친척 그리고 시녀들이 지은 것으로 추정된다. 왜냐하면 이들 중에는 작가가 지은 본편 정씨가의 이야기와 비교해서 그 창작 방법이 눈에 띠게 다른 것도 있기 때문이다.

예컨대 작가가 지은 것으로 추정되는 대표적인 작품이 ④번 〈맹성호연〉이다. 이 작품은 주로 장씨 집안의 이야기인데, 본편과 동일한 창작 방법이 사용되었다. 작가는 때로 정·장씨 집안의 이야기를 나란히 전개할 정도로 이 작품을 적극 활용하였다. 반면에 타인

의 작품으로 추정되는 대표적인 작품은 ⑤번 〈쌍벽완취록〉이다.
이 작품은 주로 여성인물 주성염을 다룬 이야기인데, 본편과 비교
해서 문체와 형상이 현격히 다르다. 그래서 앞서 이를 연구한 정병
설도 상당한 관심을 보였다. 이는 뒤에서 따로 검토하자.

이상과 같이 조선후기 여성소설가는 자기 주변의 사람들과 공동
으로 창작해서 서로 합치는 공동창작을 전통적으로 선호하였다. 또
한 18세기 이후 전문작가는 이전에 자신이 짓거나 아니면 타인이
지은 여러 기존 작품을 모아서 일종의 편집형식으로 소설을 짓기도
하였다.

2. 편집의 실제

《쌍벽완취록》

180권 완월회맹연은 여러 기존 작품을 활용해서 지은 일종의 편
집소설이다. 그것들은 이전에 작가 자신이 짓거나 혹은 타인이 지
은 작품인데, 앞에서처럼 서로 다른 성격의 작품들이 뒤섞여 있는
것으로 보아 타인의 작품도 상당했으리라 추정된다. 그 대표적인
작품이 여주인공 주성염의 이야기를 담은 〈쌍벽완취록〉이다. 이
이야기는 문체나 인물형상 및 전체적인 분위기가 정씨가의 이야기
인 본편과 사뭇 다른 성향을 띠고 있다. 마치 전혀 딴판인 소설처럼
보인다. 그렇다면 작가는 어떻게 이런 소설을 본편에 삽입했을까.
여기에서는 그 구체적인 편집의 실제를 살펴보기로 한다.
쌍벽완취록은 원래 주성염을 비롯한 주씨·교씨 양집안의 이야기
인 듯한데, 이씨부인은 거기에서 여주인공 주성염에 관한 이야기만

을 선별해서 본편인 정씨 집안의 이야기(정인경의 결혼담)에 연결시켰다. 그래서 완월회맹연의 주성염 이야기만 따로 분리해서 본다면, 〈박씨전〉, 〈설제전〉 등 조선후기 단편 여성소설과 상당히 비슷하다. 다만 분량은 그들보다 훨씬 길어서 어림잡아도 중·장편소설에 육박한다.

주성염 이야기의 출처는 명확히 밝혀져 있다. 이씨부인은 주성염의 활약상을 모두 기술하고나서, 그 집안의 뒷이야기는 쌍벽완취록에 있다고 거듭 강조하였다. 또한 뒤에 가서도 주성염의 과거사를 이야기하면서 "이야기가 이미 상편에 있고 쌍벽완취록에 있으므로 다시 올리지 않느니라"[104]고 분명히 밝히고 있다. 이렇듯 완월회맹연의 주성염 이야기는 쌍벽완취록이란 기존 소설에서 따온 것이다.

하지만 쌍벽완취록의 작가가 누구인지는 현재로선 알 길이 없다. 단지 작가층만 추정해 본다면 아마 이씨부인 주변의 유모나 시녀와 같은 하층여성이 아니었을까 생각한다.

흔히 전통시대 사람들을 생각할 때, 그 사람의 신분이 낮으면 당연히 지식 수준도 낮았으리라 생각하지만, 사람살이란 그렇게 틀에 짜여진 것만은 아닌 법이다. 그들도 엄연히 한세상을 살았던 인간이며, 가진 자보다 기회만 적었을 뿐 앎의 의지는 그들과 똑같았다. 특히 조선조 양반가 주변의 하층여성은 안주인과 늘 함께 생활했기 때문에 지식 세계에 참여할 기회도 적잖이 있었다. 예컨대 완월회맹연을 살펴보면, 시녀들은 주인과 더불어 바느질, 길쌈만이 아니라 문사(文詞)와 고적(古籍)도 함께 익혔음을 알 수 있다.

청미의 심골이 경상하고 두발이 숫그러하니 자연 떨림을 깨닫지 못하거늘, 설영의 죽은 바에 다다라 그 삼오 청춘을 앗기고 혈심 단

충을 감상 통도하고 명위 노주나 향규의 벗이라 정이 간측하되 양
비 노주의 분을 잡아 사주하는 예 사군하는 진신지도를 다하니, 소
저 체면을 잃지 아니하여 위의를 잡으나 탁초한 인물이 진애에 물
들지 않음을 사랑하고 <u>가선하여 침선 방적과 문사 고적을 훈회하여
지극한 뜻이 잠시 떠남을 훌연하니,</u> 양비 감히 앙위라 하지 못하나
모르는 바를 깨닫게 하고 알고저 하는 바를 이르니 대개 설영의 강
항 직백하여 계영의 온화 숙자함 많으니, 소저 매양 계영을 배우라
하되 천성을 고치지 못하더니 그 요몰함이 저의 명이 아니라 자기
환란을 인함이니 백인이 유아이사 아니리오.[105]

이는 주인(주성염)이 시녀(설영)의 죽음을 듣고 과거를 돌이키며
애통해 하는 장면으로 일종의 제문과 같은 것이다. 여기서 주인은
시녀를, 비록 명분은 노비와 주인의 관계였으나 침선 방적과 문사
고적을 함께 익힌 규방의 벗이었다고 말하고 있다. 그녀들은 비록
신분은 달랐지만 삶의 동반자였던 것이다.

쌍벽완취록의 작가가 하층여성일 가능성은 주성염 이야기의 곳
곳에서 확인된다.

첫째, 주성염 이야기의 문체는 영웅소설, 판소리 소설과 같은 조
선후기 하층소설에 가까운 편이다. 언어는 일상의 구어투를 주로
사용하고, 문장도 짤막한 단문형을 구사하고 있다. 그래서 이 이야
기는 영웅소설처럼 '차설', '선설', '익설' 같은 장면 전환어를 빈번히
사용하면서 사건을 빠르고 요약적으로 전개한다.

둘째, 내용 면에서는 하층여성의 역할이 절대적이다. 이 이야기
는 겉보기에는 여주인공 주성염에 관한 것이지만, 실제로는 그녀
주변의 시녀들이 거의 모든 사건을 주도한다. 특히 설영, 빙섬, 홍

매 등 실명의 하층여성이 대거 등장하여 주체적인 활약을 펼친다.

셋째, 인물의 형상과 세계관이 관념적이기보다는, 생존의식에 바탕한 구체적인 생활인의 모습 그대로이다. 이 이야기에서 규방여성은 더 이상 예의범절의 표상이 아니다. 심지어 주성염조차 고난에 처하자 시녀들과 함께 후미진 방에서 생활하는 등 생존의식에 따라 행동한다.

이렇게 볼 때 쌍벽완취록은 궁녀가 창작한 〈계축일기〉에 견줄 만한 작품이며, 이씨부인 주변의 유모나 시녀와 같은 하층여성이 지은 작품이 아닐까 생각한다.

편집방법

이씨부인은 쌍벽완취록의 주성염 이야기를 모두 세 차례에 걸쳐 끌어다가 정씨가의 이야기인 본편에 삽입하고 있다.

처음에는 대략 3권의 분량(권45 후반~권48 초반)으로 차용하였다. 작가는 정씨가의 이야기를 한참 서술하다가, 갑자기 '선설(先說 : 이에 앞서)' 하면서 새롭게 주씨가를 소개하고 주성염 이야기를 전개한다. 그 내용은 주성염이 친부모를 잃고 교씨가에 입양되어 온갖 고난을 겪는다는 것인데, 이 부분의 표현방식은 본편과는 현저한 차이를 보인다.

그 가운데 가장 눈에 띠는 것은 문체가 너무 다르다는 것이다. 본래 이씨부인의 문체는 비교적 고아한 장문형이다. 어느 때는 정말이지 지루할 정도다. 하지만 이 부분의 문체는 짤막짤막한 단문형이며, 그에 따라 서사가 매우 급박하게 전개된다. 서술의 초점도 본편과 독립된 주성염에게 맞춰져 있다. 게다가 내용상 본편과 모순, 중복 현상을 보이면서 가끔씩 혼동을 일으키기도 한다. 예를 들어 여기에선 홍윤이란 인물이 서울에 머물며 위기에 처한 정인경을 구하는데, 이후 본편에선 정잠을 따라 안남지방에 출정한 것으로 나와 있다. 뿐만 아니라 본편이 다시 시작하는 권48에서는, 정씨가의 입장에서 이 이야기를 간략히 요약하고 들어가기도 한다. 이로 보아 주성염 이야기는 다른 작가의 작품이고, 이씨부인은 그것을 가져다가 단순 편집형식으로 본편에 삽입한 것으로 보인다.

두 번째는, 권68 후반에서 다시 이야기를 끌어와 권79까지 대략 12권 분량으로 차용하였다. 여기에서 주성염은 탕자 윤경주의 폭력을 물리치고, 또 역적으로 몰린 집안까지 구하면서 일종의 가문영웅으로 받들어진다. 그런데 두 번째 주성염 이야기는 그 속에서 다시 한번 변화를 겪는다. 즉, 같은 이야기를 전개하면서도 서로 다른 표현방법이 동원된 것이다.

먼저 뒷부분인 권78, 79는 첫 번째 이야기와 그 표현방법이 동일하다. 짤막한 문체가 사용되고, 모순된 내용이 가끔씩 보인다. 인물 형상화도 본편의 작가와는 사뭇 차이가 있다. 심지어 똑같은 인물임에도 그러한데, 그 대표적인 예가 정삼이란 인물의 형상이다. 본편에서 그는 처사(處士)로서 가히 성인군자처럼 행동하며 점잖은 인품을 유지하지만, 여기에선 갑자기 완고하고 권위적인 인물로 돌변한다. 그래서 가족들에게 괜한 짜증을 내며 말다툼을 벌인다. 언어도 일상의 비칭을 그대로 사용하며 상대를 무시하는 태도까지 보인다.

하지만 앞부분인 권68 후반에서 권77까지는 특이하게도 본편의 전아한 장문형 문체를 사용하고 있으며, 그 밖의 표현방법도 서로 동일하다. 이로 볼 때 이씨부인은 첫 번째 이야기처럼 단순 편집만이 아니라 이렇게 굴절 혹은 개작형식으로도 기존 소설을 차용한 듯하다.

세 번째는, 권89, 90, 107에서 부분적으로 차용했는데, 본편인 정씨가의 이야기를 전개하면서 위의 주성염 이야기를 단편적으로 언급한 것일 뿐이다. 이로써 작가는 기존 소설에서 차용한 주성염 이야기를 본편에 자연스럽게 융화시키려고 했던 듯하다. 하지만 그에 따라 내용이 자꾸 반복되는 서사성의 한계를 노출하고 말았다.

이와 같이 이씨부인은 기존 소설 쌍벽완취록에서 주성염 이야기만을 선별하여, 첫 번째와 두 번째 후반부처럼 단순 편집형식으로 차용하거나, 두 번째 전반부처럼 굴절·개작 형식으로도 차용해서 본편의 이야기에 삽입하고 있다.

제2절 새로운 글쓰기 방식

1. 장황한 서술태도

조선후기 여성소설은 기본적으로 생활 속의 문학이다. 이들 소설은 가족과 친족을 둘러싸고 살아가던 사람들이 공동으로 창작해서 결합시킨 작품이자, 독자들의 실생활에 직접적인 도움과 위안을 주는 문학이다.

여성소설의 글쓰기 방식도 마찬가지다. 이 시기 여성작가는 소설이라고 해서 특별히 기교를 부리기보다, 자신의 평소 경험을 최대한 살려서 자신에게 가장 알맞는 방식으로 소설을 썼다. 그리하여 당시 문학사에서는 대단히 새로웠던 매우 독창적인 글쓰기 방식을 개발하였다. 이는 동시대 남성소설이나 오늘날 여성문화와 비교해서 생각하면 더욱 선명히 드러나는 특징이다. 이에 아래에서는 완월회맹연을 중심으로 여성소설의 글쓰기 방식을 살펴보기로 한다.

세상 사는 이야기

　장편 여성소설은 인생 그 자체의 모습을 있는 그대로 표현한 작품이다. 물론 장편소설은 인생의 종합적 반영이라는 소설 원론을 생각해 볼때, 이는 지극히 당연한 것일뿐더러 너무 남녀 편가르기식 얘기처럼 들릴지도 모른다. 하지만 여성소설을 남성들이 지은 여타 장편소설과 비교해 보면 미묘하지만 결코 간과하기 힘든 차이가 발견된다.

　먼저 17세기 김만중의 사씨남정기와 조성기의 창선감의록, 18세기 이정작의 옥린몽 등을 살펴보자. 이들 남성창작 소설은 밖으론 정치적 갈등, 안으론 처처(첩)갈등이나 계후갈등과 같은 다양한 사건을 통해 권선징악이란 뚜렷한 주제를 제시하고 있다. 이들 소설의 이야기는 모두 주인공의 활약상을 구심점으로 최대한 집약되어 있다. 그만큼 사건은 긴장되고 유기적일 뿐 아니라 처음부터 끝까지 완결되게 짜여져 있다. 또한 주제도 가장의 역할이나 부덕의 함양과 같이 아주 선명하게 제시하고 있다.

　이에 반해, 여성소설은 특별한 사건이 별로 없는 단조로운 구성으로 가족과 친족을 둘러싸고 살아가는 사람들의 인생사, 곧 사람들의 세상 사는 이야기를 있는 그대로 표현하고 있다. 예컨대 17세기 소현성록 연작, 18세기 현씨양웅쌍린기 연작, 옥원재합기연 연작, 완월회맹연 등은 수십 수백 권의 분량임에도 기껏해야 부부갈등과 그에 따른 몇 가지 가족갈등을 토대로, 대가문을 둘러싸고 살아가는 사람들의 인생사를 적나라하게 표현하고 있다. 그 결과 이들 소설은 서술이 매우 장황하고 분량도 방대하다. 또한 사건 전개도 느슨하며, 주제 역시 겉과 속이 다르거나 아예 설정조차 하지 않았을 정도로 희미하다.

총체적 기술방식

여성소설은 사람들의 인생살이를 더욱 폭넓게 보여주기 위해 독특한 글쓰기 방식을 사용하고 있다. 일종의 '총체적 기술방식'이 그것이다. 이는 등장인물을 어느 한 사람도 놓치지 않고 저마다 살아 숨쉬게 하는 방법으로, 여타 남성소설과 다른 독특한 글쓰기 방식이다.

우선 여성소설을 읽다보면 '어시에(이에 앞서)' 혹은 '선시에(이에 앞서)' 라는 표현과 함께 장황하게 펼쳐지는 인물들의 과거사를 자주 목격하게 된다. 대개의 소설에서 과거사는 사건의 유기적인 연결을 위해 꼭 필요한 경우에 간략히 서술하는 것이 보통이고, 그것도 대부분 주인공에게만 한정되어 있다. 하지만 여성소설에선 인물이 등장하면, 그 인물이 누구든지 간에 시간을 과거로 되돌려서 그의 과거사에서부터 출현 경위까지 자세히 설명한 뒤에야 비로소 새로운 상황을 서술하기 시작한다.

이렇게 이야기가 모든 등장인물을 충분히 배려하면서 전개되기 때문에, 여성소설에선 특정한 주인공이 따로 없다고 해도 과언이 아니다. 물론 주인공이 없는 것은 아니지만 다른 소설에 비한다면 그에 대한 추종의식은 매우 희박한 편이다.

또한 여성소설은 그와 같은 총체적 기술방식 때문에, 갈등 당사자를 둘러싼 주변 인물들의 역할이 대단히 중요하다. 이들 소설엔 비록 주변인에 불과하지만 사건 전개에 없어서는 안 될 중요한 인물들이 상당수 등장한다. 예컨대 소현성록의 석파, 현씨양웅쌍린기의 공씨 가족들, 완월회맹연의 정염 형제와 큰딸 정태요 등이 대표적이다. 이들은 약방의 감초처럼 갈등하는 사람들 사이에 자꾸 끼어든다. 그래서 해학과 우스갯소리로 긴장을 풀어주거나, 풍자와 우회적인 목소리로 문제 인물을 비판한다. 특히 이들은 항상 고난을 당하는 여성의 입장에서 행동하며 은연중에 여성주의적 성격을 표출하고 있다. 예컨대 다음과 같은 완월회맹연의 한 장면을 살펴보자.

설파의 존당의 신성하러 가니 태부인이 장씨(장성완)의 오지 않음을 묻거늘 화부인이 그 병이 있음을 고한대 태부인이 한림(정인광)을 돌아보아 왈,
"이 병이란 향자처로 속이지 말고 치약 구병하라"
상부인(정태요)이 작야 경운당 소식을 비취에 규시하여 고함으로써 알오되 태부인이 염려를 과도히 하실까 하여 장씨의 병이 위중하던 바를 고하지 않았는지라. 이에 함소 왈,
"현질이 안해를 보고 처음으로 병을 당함에 경악함을 비할 데 없을지라. 붙들고 울지 아니하였느냐?"
한림이 소이 대 왈,
"제 죽지 아니하였으니 울지 않았나이다"
좌우 대소하더니 유부인이 옥교 함소 왈,
"재보(정인광) 장공을 통한하는 고로 그 딸이 죽은들 무엇이 비통하여 울리잇가?"
함림이 역소 왈,
"인정과 선악이 다 한가지니 저저 세상을 버리시는 날에 유형이 한번 곡림함이 없을진대 저저의 영백이 고마워하시리잇가?"
유부인이 낭소 왈,
"재보의 하는 일이 인정의 가깝지 않으므로 인하여 장씨 죽어도 울지 않을까 함이어늘 어찌 살아있는 나를 두고 유군의 울며 아니 옮을 의논할 것인가. <u>또한 살아서 불평하던 자야 죽은 후 운들 무엇이 고마우리오?</u>"[106]

이 장면은 아침 문안 자리에서 상부인(정태요)을 비롯한 여인들이 정인광의 잘못을 비판하는 대목이다. 그는 이전에 장인 장모의 잘못을 아내 장성완에게 연좌해서 심하게 괴롭혔다. 그리하여 장성완은 중병을 앓았고, 끝내는 입에서 피를 토하는 지경에까지 이르고 말았다. 이에 놀란 그는 지난밤 아내를 찾아가 간호하고 돌아왔다. 부인들은 지금 그 사실을 두고 정인광을 꾸짖고 있는 중이다. 왜 죄없는 아내를 병들게 만들고 또 찾아가서 간호했느냐는 것이다. 특히 부인들은 마지막 부분처럼 "살아있을 때 잘해라"는 일상어를 사용해서 그의 잘못을 사실적으로 비판하고 있다. 이렇게 여성소설은 총체적 기술방식에 따라 갈등 당사자만이 아니라 주변 인물들과 함께 사건을 전개하는 독특한 방식을 취하고 있다.

나아가 여성소설은 그들을 둘러싼 기타 인물도 결코 제쳐두지 않는다. 어쩌면 이들 소설의 인물은 모두가 살아있다고 해도 지나친 말이 아니다. 나머지 인물들도 어떤 방식으로든 자신의 입장을 대변하고 심회를 토로하면서 어느 정도 살아있는 존재로서 역할을 다하기 때문이다. 이에 따라 여성소설엔 양반가의 하층 노비만이 아니라 때로는 여염집 서민의 모습도 생생하게 나타나 있다. 그 단적인 예로써 완월회맹연의 석대랑이란 여인을 살펴보자.

열섬이 고두 응명하고 물러와 동린의 자식 갓 낳은 자를 듣볼 새, 석대랑이란 하리 자녀를 연생하여 십수인을 죽이고 말년의 또 잉태하였으나 스스로 기뻐 아니하여 상해 가로대,

"비록 백을 낳으나 기르지 못하는 자식을 하여 무삼하리오. 여럿을 낳아 굶김이 차라리 아니 낳음만 같지 못하다"

하여 매양 슬퍼하더니, 이미 낳으매 또 아들이라 석대랑 부부 기

뿐 듯 두려운 듯하여 조심함을 극진히 하여 기르매 무릇 사람이 다 가로대,

"기르지 못하는 자식은 남 주어 기르면 좋다"

하고 석대랑이 또 여러 곳에 문복하매 제 부모에게 인연이 없으매 마땅히 줄 곳이 없음을 근심하여 민민 지지하더니, 열섬이 이를 자세히 알고 이에 소유를 베풀어 이런 곳을 얻고저 하여도 얻지 못할 바를 누누히 베풀고 재삼 권하니 석대랑이 정을 끊어 돌아보낼새 열섬이 소부인(소교완)이 주던 바 자금 천일을 가져 석대랑을 주니 석대랑이 깊이 추사 왈,

"내 비록 자식을 기르지 못하여 남을 주나 어찌 차마 금을 받고 자식을 팔리오"

매매히 거절하니 열섬 왈,

"이 본디 소부인의 아이 구하는 금이니 이제 도로 갖다가 바치면 필연 의심할지라 결단코 도로 바치지 못할 것이오. 내 가짐은 의가 아니라 비록 대랑이 쓰지 않을지라도 깊이 감추었다가 타일 아이를 찾아 돌아올 시절의 환송함이 옳을까 하노라"

석대랑이 옳게 여겨 금을 받아 피봉의 아이와 금을 받고는 소유와 연월을 써 깊이 감추고 아이를 가져 열섬에게 돌아보낼새, 석대랑 부부 차마 떠나지 못하여 접면 교시하여 실성 통읍하고 젖으로 가유를 먹이다가 열섬의 재촉하므로 쫓아 젖을 빼매 아이 크게 소리하여 우는지라, 석대랑이 더욱 슬퍼 가슴을 두드리고 머리를 부딪쳐 아이를 안고 울며 가로대,

"비록 죽을지언정 너희 중의 주어 무휼하여 남은 한을 없이하리라"

보낼 뜻이 없으니, 석대랑의 지아비 왕삼개 꾸짖어 아이를 열섬에게 보낼새 눈물이 흘러 귀밑과 수염의 연하니, 열섬이 또한 감창하여 눈물을 흘리고 석대랑 부부를 위로하고 안아 돌아오매, 석대랑

이 따라오며 발을 구르고 하늘을 불러 한 자식을 주지 않음을 원하
니, 열섬이 모든 이목을 꺼려 급히 말리고 왕삼개 이끌어 돌아가
니…….[107]

이처럼 석대랑은 소교완이 계집종 열섬에게 신생아를 구해오라
고 해서, 그 과정에서 잠시 등장하는 여인이지만, 여성소설 특유의
총체적 기술방식 때문에 자못 심상치 않게 그려져 있다. 자식을 여
럿 낳았으나 모두 죽고, 늦동이마저 가난으로 남한테 줄 수밖에 없
는 등, 당시 서민층의 삶의 애환이 잘 나타나 있다.

이상과 같이 여성소설은 일종의 총체적 기술방식으로 모든 인물
을 생동감 있게 묘사함으로써 당시 사람들의 세상 사는 이야기를
폭넓게 보여주고 있다. 그래서 비교적 순탄한 구성임에도 이들 소
설의 서술은 지루할 정도로 장황한 것이다.

2. 일상생활의 소설화

장편 여성소설의 두 번째와 세 번째의 글쓰기 방식은 일상생활
과 대화체에 관한 것이다. 이것들은 모두 일상의 여성문화를 반영
한 것인 듯한데, 아래에서 차례대로 살펴보기로 하자.

일상성

여성소설은 대가문을 배경으로 그 속에서 웃고 울며 살아가는
평범한 가족들의 일상생활을 소설화한 것이다. 다단한 가족생활,
말썽 많은 부부생활, 복잡한 가문관계 등 규방의 여성작가가 평소

일상을 살아가면서 보고 듣고 생각했음직한 것들이 매우 사실적으로 표현되어 있다. 그러므로 이들 소설을 올바르게 이해하기 위해선 허구적 상상력과 함께 일상적 상상력을 적절히 발휘해야 한다.

그에 반해, 집 밖의 외부세계는 극히 제한적이고 추상적으로만 제시된다. 아니 외부세계는 주로 가족의 입장에서만 비쳐진다고 해도 과언이 아니다. 이들 소설에서 정치적·사회적 갈등은 아주 미미하여 하나의 독립된 사건을 형성하는 경우는 매우 드물다.[108] 조성기의 창선감의록이나 남영로의 옥루몽처럼 조정에서 치열하게 펼쳐지는 정치적 갈등은 거의 없으며, 전쟁터에서의 호방한 군담도 삼국지나 수호지의 일부 내용을 적절히 고쳐서 보여줄 뿐이다.

심지어 여성소설은 허구적인 사건조차도 철저한 일상생활을 바탕으로 펼쳐진다. 이들 소설은 주로 부부갈등을 중심으로 전개되는데, 그것은 부부가 생활하면서 일으키는 불화를 허구적으로 표현한 것에 다름 아니다. 즉, 부부가 살아가면서 사소한 오해로 불만을 갖기 시작하고, 냉대와 침묵으로 갈등을 일으키며, 이혼지경에서 가족들의 아이를 빙자한 달램과 회유로 겨우 화해하는 등, 마치 작가가 주변의 부부싸움을 직접 목격하고 기록한 것처럼 철저하게 일상의 토대 위에서 전개된다.[109] 이러한 사건의 양상을 소현성록의 '윤씨와 유기의 부부싸움'을 통해 간략히 살펴보자.

본래 윤씨는 집안 노비의 배신으로 부모를 잃고 재산을 몰수당한 채 핍박받고 있었는데, 때마침 호광순무사로 온 소현성에 의해 원한을 풀고, 유기라는 남자와 결혼하여 정상적인 삶을 되찾는다. 남편 유기는 그녀의 처지를 충분히 이해할 뿐 아니라 그 삶까지도 사랑할 줄 아는 남자였다. 그래서 두 사람은 건강하고 행복한 부부생활을 보낸다.

그런데 하루는, 남편 유기가 그녀를 천하게 여겨 첩을 들이려 한다고, 형부 한시랑이 거짓말을 한다. 화가 난 윤씨는 곧장 자기 침소로 들어간다. 그리고는 아이들이 찾아와도 떠밀어 버리고 남편이 돌아와도 냉담하게 대한다. 유기도 또한 그녀의 냉담한 태도를 보고 순간적으로 첩을 들이겠다고 위협한다. 이에 윤씨는 분노하여 다음과 같이 강렬하게 꾸짖는다.

"내 비록 운액이 기구하여 조상부모하고 천신만고를 겪어 겨우 소생(소현성)을 만나 결악형매하여 이에 이르러는 연분이 있어 그대를 만나니 상의하여 산 지 거의 칠 년이라. 이자 이녀 있고 내 비록 불혜하나 칠거를 범치 않았거늘 무단히 구박하여 욕하니, <u>이제 비록 나를 내치나 조금도 두렵지 않으며 열 미인을 취하나 관계치 않되 다만 그대의 경박함을 한하노라.</u> 내 또한 그대를 아니 보나 족히 사모하여 죽지 않을 것이오. 그대 또한 나의 미천함과 불혜함을 보아오매 괴로우리니, <u>금일로부터 부부의 의를 끊어 서로 보지 않음의 만행이라</u>"[110]

이렇게 윤씨는 남편 유기를 향해 그 경박함을 꾸짖으며 당당하게 파혼을 선언한다.

또한 그녀는 유기가 밖으로 나가자 곧장 칼을 들고 머리를 깍아 중이 되려 한다. 다행히 소현성 식구들이 찾아와 만류하고, 유기도 역시 들어와서 "내 아침에 이른 말은 일시 희롱의 일이라. 어찌 그 일로써 촉노함이 이토록 과도하뇨"[111]라며 화를 누그러뜨리려 한다. 하지만 이후에도 그녀는 식음을 전폐하고 마침내는 피를 토하며 혼절하기까지 한다.

결국 이들 부부의 갈등은 친정 식구들이 강력한 중재를 하고 나서야 비로소 해결된다. 즉 친정 어머니가 직접 찾아와 딸을 가르치고 언니가 형부를 대신하여 사죄하자 비로소 그녀는 유기와 화해한다.

이처럼 여성소설은 일상생활을 바탕으로 보통사람의 감정과 논리에 따라 사건을 전개하고 있다.

단편적인 생활상

여성소설은 가족들의 생활상 그 자체를 거의 독립적으로 묘사해서 보여주기도 한다. 이것들은 사건과 별로 상관없이 군데군데 삽입되어 있어서, 그만큼 학술적으로 정리하기도 쉽지 않다. 어느 때는 이것이 과연 소설인지 가족일기인지조차 분간하기 힘들 정도이다. 예컨대 다음과 같은 완월회맹연의 한 장면을 살펴보자. 비록 장황하지만 여성소설의 글쓰기 방식을 선명하게 보여주기 위해 인용해 보았다.

상서(정인성) 주기 점점 올라 봉안이 몽롱하고 홍광이 취지하니 왕모도 화일 천점이 기기히 붉는지라. 몸이 눕는 줄 없이 안석의 누으니 공자(정인웅)의 손을 이끌어 곁에 누이니 공자 형장의 몸을 안으며 누으니 상서는 즉시 잠들어 비성이 실을 드리운 듯하니 부인(소교완)이 웃어 왈,

"술이 마침내 광약이로다. 그 어려운 마음에도 저리 취하여 신기해타하니 좀 사나이는 이를 바 없도다. 너는 술 많이 먹지 말라. 가뜩 미거한 것이 술을 과음하매 그 거동이 오죽하랴"

공자 어지로이 웃고 양 수를 부인 가슴에 넣어 젖을 만지며 가로대,

"무사 일 아니 먹으리잇고, 술 아니 먹으면 풍도 매몰하여 조흔 바 없나니이다……"

(중략)

야심하니…… 상서 병장을 두르고 양제를 당부하여 조심하여 시침함을 이르고 내당의 들어와 취전에 나아가니, 부인이 촉하에서 명일 본부에 보낼 서찰을 이루는지라 나아가 시좌하니 부인 왈,

"이미 밤이 깊었고 네 기운이 불안하리니 일찍 쉬지 않고 어찌 또 들어왔느뇨?"

상서 대 왈,

"갓 자고 깨었으니 잠이 오지 아니하는지라. 어찌 이제부터 누워 장야를 경과하리잇고"

부인이 소 왈,

"무사 일 잠만 자리오. 부인을 대하여 격년 이정이나 베풀고 큰아들 작은아기 엽엽히 누여 어를 것이니 인간낙사 이밖에 더 있느냐?"

상서 함소 대 왈,

"그리하리이다마는 해아 소성이 몽롱 해완하여 종요로운 위인이 아니라 규방의 흔연 다설하기를 못하나이다"

부인이 웃고 서간을 이미 쓰기를 다하매 상서 주소서 하여 봉함하여 드리매 부인이 피봉을 써 안상에 놓고 비로소 상에 오르니 상서 편편 광수 사이로 소수를 내여 벼개를 바로 하며 이불을 편히 하여 취침하심을 청하니, 부인이 교연이 웃어 왈,

"잠이 오면 어련히 자랴. 마음에 없는 사설 그만하고 어서 가 편히 잠이 좋도다"

상서 모부인이 금일은 길게 화평하심을 환열 행심하여……방구를 사개하고 호치를 선연하여 가로대,

"불초가 수무상이오나 어찌 친전에서 마음에 없는 말씀을 베푸리

잇고 모친 취침하심을 본 후 물러가 자고져하나이다. 연이나 석식을
착실히 하였더니마는 허픕하니 일배주를 얻어먹고자 하나이다"

부인이 놀라 왈,

"또 어찌 먹으리오?"

상서 대 왈,

"무방하나이다. 다시 먹어야 쉬이 깨나니이다"

부인 왈,

"짐짓 주객의 말이로다"

하더라.

시야의 소부인이 이부인(이자염)을 명하여 술을 데워 상서를 주
라 하니, 부인이 승명하여 탁상의 주호를 내려와 온냉을 맞춘 후 시
녀로 하여금 나오고자 하더니, 공자 들어와 술을 보고 반겨 가로대,

"점점 야심하니 한기 철냉한지라. 소자 일배를 생각하되……존수
일배를 사하심을 바라나이다"

이부인이 공경하여 듣고 주호를 기울여 일배를 더 치니……상서
양이 차지않아 공자에게 나올 바를 마저 가져오라 하니, 공자 문득
광수를 떨쳐 상서의 앞을 가리우고 새영(시녀)의 나오는 잔을 받고
자 하니, 상서 공자의 사매를 쓰리치고 새영을 호령하여 빨리 가져
오라 하여 마저 거후르니, 공자 원망하여 가로대,

"형장은 종일토록 진취하여 채 깨지 못하시고 또 어찌 저리 과음
코자 하시니잇고. 소제를 사랑하시노라 말씀이 거짓 말씀이로소이
다"

상서 왈,

"채 깨지 않아 또 먹는 것이 주객의 규식이라……가뜩 노도령이
술취심만 하여 무엇에 쓰리오"

(중략)

상서 이미 그릇을 들어 두 번에 진음코자 하니 공자 붙들고 남겨 주소서 하니 일배를 남겨주며 왈,

"괴롭다. 어린 아해 들지이 먹으려 서두는다"

부인이 소 왈,

"여등이 아무리 어여뿐 체하나 술 먹는 양은 가장 아담치 아니하다. 그 술이 가히 적지 않거늘 어찌 다 먹느뇨?"

상서 소이 대 왈,

"낫비 먹었삽거니와 원만치 않아 육칠 배는 하나이다"

부인 왈,

"육칠 배는 적으냐?"

상서 대 왈,

"수는 많되 해아의 양은 차지 않았나이다. 두주 백편은 구태여 배우고자 아니하오대 진량토록 먹게되면 오육십 배는 먹을너이다마는 마침내 광약이라 절차하오대……"

부인이 놀라 왈,

"몰랐더니 네 상풍 대음이랏다. 저런 것을 어찌 참고 견디는요. 나는 그런 줄 모르고 매양 적게 주더니 차후는 네 양을 알았으니 많이 먹이리라. 연이나 밥을 때를 차리지 못하고 술을 마시고 주야를 헤치 아닐 때의 기력이 오죽이 상하느냐"

상서 잔을 놓고 기이배사하여 성자를 사례하니 부인 왈,

"야심하니 사실의 돌아가 취기를 진정하라"

공자다려 왈,

"탁상 위에 동정홍 사 개 있으니 형의 사매에 넣어주라. 주후 해갈하면 좋으니라"[112]

이처럼 여성소설은 우리 주변에서 흔히 보는 가족들의 생활상을

있는 그대로 보여주고 있다. 어린 아들이 엄마의 품에 손을 넣어 젖
가슴을 만지고, 형제가 술을 가지고 장난하듯 서로 다투며, 어머니
가 술 마신 자식을 생각해서 해갈제를 챙겨주는 등, 모자간의 생활
상을 그야말로 적나라하게 보여준다. 그 표현 언어도 평소 가족들이
사용하는 말 그대로이며, 형상도 애정어린 웃음으로 일관하고 있다.
그럼에도 '술은 삼가야 한다', '형제간에 우애하라', '건강을 조심하
라' 등 한 가족의 어머니로서의 생활철학은 충분히 전달되고 있다.

3. 대화체 글쓰기

대화체 소설

조선후기 규방여성의 가장 핵심적인 여가문화는 대화문화였다.
서민층 여성과 달리 그녀들은 유폐된 생활 속에서 주로 대화(말)를
통해 서로 교제하고 스트레스를 해소하였기 때문이다. 물론 바둑이
나 장기, 투호와 같은 놀이를 즐기기도 하였지만, 그 주류는 역시
생활 속에서 끊임없이 나누는 대화였다. 여성소설의 세 번째 글쓰
기 방식인 대화체는 이러한 일상의 여성문화를 적절히 활용해서 이
루어진 것이다.

흔히 사씨남정기, 창선감의록 등의 소설에서는 주로 인물의 외적
행동을 묘사해서 하나의 사건을 들려주곤 한다. 이들 소설에서 대
화는 비교적 짤막하고 제한적이며, 결국은 행동에 종속될 뿐이다.
하지만 소현성록, 완월회맹연 등의 여성소설에서는 인물의 외적 행
동보다 그들이 주고받는 대화를 통해 사건을 전개하는 독특한 방식
을 취하고 있다. 그리하여 일종의 대화체 소설을 연상케 만든다. 마
치 요즈음 TV의 가족드라마처럼 이들 소설은 가족이나 부부 사이

의 미묘한 갈등을 대화체로 들려준다.

이러한 대화체 지향은 근본적으로 공간의 제약에서 비롯된 것으로, 작가의 관심사와 작품의 폭을 가늠하는 중요한 잣대가 되기도 한다. 앞에서 지적했듯이 여성소설은 주로 가문을 배경으로 그 속에서 웃고 울며 살아가는 평범한 가족들의 일상생활을 소설화하였다. 그런데 이 같은 가문 내부로의 침잠은 한편으론 공간의 제약을 받기 마련이다. 즉 사건 전개를 하는 데, 외부 세계를 제한하고 가문 내부로만 몰입한다면, 자칫 서술의 빈곤을 초래하거나 혹은 반복에서 오는 지루함을 자아낼 소지가 있다는 것이다.

여기서 작가가 고안해 낸 것이 바로 대화를 통한 극(劇)적 형식의 창출이다. 즉 사건 전개에 있어서 공간을 제한하는 반면, 상대적으로 인물들의 말 많음, 곧 인물들이 끊임 없이 대화를 주고받게 함으로써 각자의 의식을 표출하고 갈등을 유발하는, 이른바 극적 형식을 만들어냈다는 것이다.

나아가 여성소설은 그와 같은 극적 긴장감을 높이기 위해 인물들의 대화에 속어, 비어, 욕설 등 생생한 일상어를 직접적으로 구사하고 있다. 소현성록을 살펴보자.

① 공(소현성)이 십분 경려하여 서헌에 나와 생(소운성)을 불러 개유하여 가로대, "……하물며 명현공주 하등이 아니라 <u>저만 못한 자도 가장이 울러 사는 이가 많으니</u>, 비록 불인하나 네 대접 곳 잘하면 여자의 마음은 물 같아서 자연 가장을 따라 개과하리니, 매양 사오납다 칭하고 박대한다면 그 원심이 깊지 않으며 이미 원이 깊으면 부부의 은의가 끊기고 부부의 은의가 끊기면 이곳 남이라. 이미 남이 된 후는 그 허물을 구태여 감추지 않고 사나운 것이 없는

허물도 주작하나니……"[113]

　②석파 소 왈, "삼소저(소수아)의 초독함이 이 같으니 정시랑이 어찌 잡히지 않으리오?"[114]

　③석파 대소하고 앉으며 가로대, "이 도적놈 소운성아. 네 아무리 싫어하여도 내 부디 있으리라"[115]

　④어사(김현) 답소 왈, "이 심한 도적들은 날 보챌 줄만 아느냐"[116]

①은 아들 소운성이 부인인 공주와 다투면서 천자의 옳고 그름을 따지는 것을 보고, 아버지 소현성이 아들을 불러 타이르고 부부 관계를 설명하는 대목이다. ②는 서모(庶母) 석파가 소수아의 풍모를 우스갯소리로 칭찬하는 말이다. ③도 역시 소운성이 석파를 희롱하는 말로 내쫓으려고 하자 석파가 그 무례함을 꾸짖는 말이다. ④는 소수빙의 남편 김현이 처가로 아내를 찾으러 왔을 때 소운필이 놀리는 것을 보고 곧장 욕설하는 광경이다. 이처럼 여성소설은 당시 일상에서 사용했음직한 언어를 직접적으로 구사하여 대화의 현장감을 복돋우고 극적 긴장감을 높이고 있다.

여성주의적 성격

이러한 대화체 글쓰기로, 여성소설은 등장인물의 심리분석이 대단히 확대·심화되어 있다.[117] 근현대 여성소설의 토대가 이미 조선후기에 마련되었다는 주장은 특히 이것 때문인데, 이들 소설은 장황한 대화나 독백을 통해 인물의 심리를 매우 섬세하고 사실적으로 표현하고 있다.

하지만 대화체 글쓰기로 얻은 효과는 무엇보다 작품의 비판적인 성격 표출에 있다. 대개 여성소설의 인물들(특히 여성인물)은 평범한 성격을 지니고 있을 뿐 아니라, 부당한 처사를 당하면 언제든지 분노할 줄 아는 사람들이다.

또한 우리들의 편견과는 달리, 이들도 분명 사회적 억압을 자각하고 있으며, 어떻게든 그것을 극복하려 노력한다. 물론 오늘날처럼 본격적인 여성운동을 펼친 것은 아니다. 이들은 다만 "나도 사람이고, 사람답게 살 권리가 있다"는 생존의식의 차원에서 그런 행동을 할 뿐이다. 즉 생활 속에서 처한 상황에 따라 여성문제를 제기하고, 그 해결의지를 보여준다는 것이다.

특히 이들 소설의 인물들은 '말'이라는 직접적인 방식으로 중세시대 여성문제를 제기한다. 예컨대 다처제, 출가외인, 삼종지도 비판에서부터 여성들의 부자유스런 생활에 대한 자의식적 비판, 여성배제의 사회문제, 자매애를 통한 연대의식의 발휘 등, 조선후기 주자학적 가부장제의 정착에 따른 갖가지 문제점을 제기하고 있다.[118] 아래에서는 완월회맹연을 중심으로 몇 가지만 살펴보기로 한다.

먼저 제도적으로 여성의 사회참여를 배제한 조선후기 가부장제 비판부터 살펴보자.

① "……그윽히 한하는 바는 저 같은 재덕으로써 규중에 침몰하여 성덕 문채를 쓸 곳이 없고……"[119]

② "고자에 철부 있어 성을 지키니 부인 여자의 슬기 본디 남자에 지남이 많커니와 마침내 규중의 덕이 무비 무의하여 가흐니 없으니 오직 중궤를 주하고 여공을 임할 따름이라……"[120]

③ "……여등이 남자 되지 못하고 속절 없이 곤성에 떨어져 조, 장 양문의 복경을 보고 아문의 무용지물이 되거뇨……"[121]

①은 정인광이 누이 정월염을 평가한 것이요, ②는 시어머니가 출타 전에 며느리를 불러 집안일을 당부하면서 하는 말이며, ③은 여가장 서태부인이 며느리를 칭찬하면서 하는 말이다. 모두 재주와 덕을 갖춘 뛰어난 인재들이 규방에 처박혀 무익하게 썩어야만 하는 제도적인 현실을 비판하고 있다.

하지만 다음과 같은 장면은 소설 특유의 재미와 함께 더욱 효과적인 방식으로 당대 여성들의 부자유스런 생활문제를 제기하고 있다.

조부인(정명염)이 장부인(정월염)을 도라보아 가로대,

"세간의 남자됨이 어찌 쾌하고 기쁘지 않으며 여자됨이 사사에 구차코 슬프지 않으리오. 아등이 웅제(정인웅)로 나이 몇이 더하리오마는 근친할 생각을 감히 못하는데 인웅은 십세 넘은 아이가 만여리 왕반을 능히 무사히 하여 돌아오니 어찌 기특고 귀하지 않으리오"

태위(정인광) 함소 대 왈,

"그렇다 뿐이리잇가. 저저 우리 남매 군종항에 연기가 으뜸이시니 비록 장매 소임을 하고자 하시나 감히 소제 등을 바라지 못하실 일이 많고…… 저저 감히 행치 못하실 바를 인웅이 능히 행하니, 차후는 남녀의 도가 내도함을 생각하사 감히 소제 등을 업수이 여기지 못할 바를 아르소서"

부인이 잠소 왈,

"……우제 비록 혼용 잔열하나 남자의 기세를 믿어 너무 만모하지 말라. 남자여든 다 저리 기승한 체하여 어른 윤의를 만모하라고 한대 어디 있더냐?"

태위 소이 대 왈,

"저저 나이 점점 많으시고 양자를 생하시니 매이 늦어 계시이다.

조형(남편 조세창) 좌전에 감히 저런 말씀을 하시니이까?"
　금오(조세창) 소 왈,
　"내 호랑이 아니어든 영종매 어찌 나 듣는 데 말씀을 못하리오.
이는 원보 등이 너무 심한 말이로다"
　태위 연소 대 왈,
　"어찌 그러하리잇가……"
　좌우 개소하더라.[122]

　이는 남동생들이 시집간 누이를 찾아가 대화하는 장면이다. 남동생들이 출타 중인 아버지를 찾아뵙고 온 일을 이야기하고 있는데, 겉보기엔 분위기가 상당히 화기애애하다. 하지만 독자들에게 던져주는 문제의식은 결코 심상치 않다. 남자는 아무리 어릴지라도 마음만 먹으면 어디든지 갈 수 있으나 여자는 결코 그럴 수 없는 부자유한 현실, 그래서 정명염이란 부인은 여자로 태어난 것이 구차하고 슬프다고 말한다. 이렇게 여성소설은 대화하면서 은연중에 당대 여성들이 처한 현실을 고발하기도 한다.

　이상과 같이 여성소설은 인물의 행동보다 대화를 통해 사건을 전개하는 독특한 글쓰기 방식을 사용하고 있으며, 이를 통해 등장인물의 심리분석과 함께 다양한 여성문제를 제기하기도 한다.

4. 설화적 표현

환상적 장면

여성소설에는 일상의 생활 이야기가 대단히 많다. 특히 작가 주변의 진솔한 세상 사는 이야기가 매우 풍부하게 담겨 있다. 그러나

이들 소설의 특징은 그와 같은 생활 이야기 속에 늘 환상적인 요소
가 함께 공존한다는 점이다.

　실제로 여성소설에는 현실의 생활 이야기를 하다가도 어느새 비
현실계로 빠져들어가, 죽은 사람이나 신과 교류하는 환상적인 장면
이 자주 등장한다. 우선 간단한 예로써 현대소설《토지》의 한 장면
을 살펴보자. 여기에서도 딸이 죽은 어머니를 생각하고 있는데 어
느 순간 그 어머니가 직접 나타나 호통을 치는, 그야말로 꿈인지 현
실인지 분간할 수 없는 장면이 나타난다.

　　칠월 백중날 월선이는 재(齋)를 올리기 위해 강 건너 선혜사(善慧
寺)로 갔다.
(중략)

　지장경을 송하는 법사의 목소리는 맑고 힘차다. 독경에 목탁 소
리가 어울려 높고 낮음을 이루는 법당에는 사람들이 가득 들어찼으
며 그들 속에 끼여든 월선이는 옷자락이 밟히지 않게 흰 생고사 치
마에 옥색 허리끈을 매고 겉으론 지성스럽게 예배를 올리고 있었다.
그러나 월선이는 정성이 한곳으로 모이질 않아 애를 쓴다. 봄날 흩
어진 병아리 불러 모으듯 지그시 눈을 감고 죽은 어미의 복락을 빌
려 했으나 어느덧 마음은 홀로 사람 없는 사가름길에 서 있곤 하는
것이었다.
(중략)

(어허헛! 대신이야아아)

　외치며 칼춤을 추는 어미의 얼굴, 땀방울이 뚝뚝 떨어진다. 창백
한 얼굴이다. 눈을 크게 벌린 채 웃는다. 운다. 아니 입이 찢어지게
소리를 지른다. 넋 들이는 소리다. 귀신을 꾸짖는 소리다. 무지개처
럼, 달무리처럼 환상이 깜박깜박 졸 듯 다가오고 물러간다.

(월선아! 내 너를 당장 잡아갈 것이로되 정상이 가긍하야 이번만
은 용서하느니, 듣거라! 너 임이네 죽기를 바란 것이 한두 번이 아
니거늘 그 부정한 마음으로 어찌 감히 부처 앞에서 어미의 극락왕
생을 축원할 수 있단 말인고!)

울긋불긋한 색채를 뚫고 요란한 소리를 뚫고 벽력같은 목소리가
울려왔다.

(아, 아니요! 그런 일, 그, 그런 일 없소! 갬히 우찌 남 죽기를 바
라겠소!)

(중략)

월선이는 전신을 떤다. 떨면서 법당 바닥에 엎드린 채 있는 자신
을 깨닫는다. 버선목이 죄어들어 발목이 아픈 것을 느낀다. 지장보
살을 뇌는 소리가 옆에서 들려왔다.[123]

이렇게 여성소설에선 신도 죽은 자도 모두가 살아 있다. 그들도
이 땅을 밟고 살아가는 인간과 별다를 바 없는 것이다. 아마도 여성
소설가는 꿈과 현실, 이승과 저승을 분리하지 않고 하나로 생각한
듯하다. 그녀들에게 꿈은 곧 현실의 연장이요, 저승도 이승의 연장
에 불과한 것이다.

이처럼 환상적 장면을 중시하여, 여성소설엔 신화, 전설, 민담 등
과 같은 설화적 표현이 자주 구사되어 있다. 대개 조선후기 남성들
은 주자학 일변도의 유교사회를 의식하지 않을 수 없었기 때문에
겉으로나마 비현실적 요소를 허탄하다고 비판하였다. 마찬가지로
사씨남정기나 창선감의록 등의 남성소설을 보면, 설화적 표현에 부
정적인 태도를 취하고 있다. 설령 설화적 표현을 쓰더라도 곧장 이
성적으로 진가를 분별해서 그 허탄함을 비판한다. 그들 작품에 여
승이나 도사와 같은 매개적 인물의 활약상이 두드러지고 사건에 우

연성이 많은 까닭은 이것 때문이다.

하지만 여성소설에선 그 같은 설화적 표현이 작품의 또 다른 구성요성일 뿐만 아니라 주요한 흥미거리 가운데 하나로 자리잡고 있다. 이들 소설은 이야기가 아무리 황당무계하더라도 별로 개의치 않는다. 여성소설가는 사는 게 그렇듯이 소설도 무엇보다 재미가 있어야 한다고 생각한 듯하다.

예컨대 소현성록을 보면 지극히 평범한 인물이 유람 도중 갑자기 영웅적인 능력을 발휘하여 호랑이를 처치하거나 나쁜 요괴를 물리치는 등 사뭇 민담적인 이야기가 나타난다.[124] 또한 옥원재합기연에서도 말썽 많은 인물이 저승에 간다거나, 치명적인 병에 걸려 과거의 죄를 뉘우친다거나, 평범한 사람이 용궁에 들어갔다 나온다거나 하는 비현실적인 장면이 등장한다.[125]

이러한 표현은 특히 완월회맹연에서 잘 나타난다. 이 작품에서는 일상적인 인물이 저승세계를 자유롭게 왕래하고, 신과 죽은 자가 직접 나타나 인간에게 위안을 주거나 원한을 풀기도 하며, 신·인간·자연이 서로 교감하면서 환상적인 분위기를 연출하는 등, 설화적 표현이 그야말로 자유자재로 구사되어 있다. 예를 들어 몇 가지만 살펴보기로 하자.

다음은 등장인물이 삶과 죽음의 세계를 자유롭게 넘나들며 소통하는 장면이다.

소부인(소교완)이 일영 삼탄하고 자녀의 거동을 보건대, 총재(정인성) 부인이 주시는 바를 받자와 물러 엎드려 조·장 이부인과 한림 곤계 한가지로 보매 첫머리에 〈천당전 연설〉이라 하였더라.

소부인이 초에 주태부인(어머니)께 나아가 문답하던 사의로부터 다시 천당궁에 이르러 수작하던 설화며 명사일기와 영소전 설화며 다 역력하여 문체와 글씨 희미하지 않고 지상의 풍운이 취지하여 인간 글씨로 다름이 없더라.

총재 곤계가 처음에 주태부인을 상봉하여 애도하던 곳에 미쳐 감회함을 면치 못하더니, 및 말씀이 선비(양부인)께 미치매 척척하여 심회가 비길 곳이 없거늘, 선비께서 자기 등을 권권하고 연연하심이 생사의 다름이 없음을 보매 추모지통이 비비하니, 심담이 촌할함을 이기지 못할지라. 모친이 운명 삼일에 홀연히 부회하고 운이 회생하여 문득 자회 자책하는 말씀이 심곡에 비롯고, 또 이 글로써 자기 남매를 보게 하니 일편되게 허탄함이라 하여 더욱 인자지도의 구원 선친을 추모 감영함이 종신 불망이어늘, 이제 자부인이 엄홀한 사이에 상봉하여 거처하시는 곳과 정령한 말씀을 드르매 반갑고 슬픔이 중리에 가득하여 문득 우럴 듯하니, 회포 참참 비열하여 심신이 여황한지라. <u>어느 겨를에 허실 진가를 분별하리오.</u>[126]

소부인(소교완)은 얼마 전 정신이 혼미한 중에 하늘로 올라가 죽은 부인들을 만나고 돌아왔다. 그녀는 또한 돌아올 때 〈천당전 연설〉이란 책도 가지고 온다. 거기에는 어머니 주부인과 남편의 전처인 양부인과의 대화를 비롯한 천당 여행의 전말이 실려 있었다.

가족들은 지금 그 책을 보고 있는 중이다. 특히 정인성은 어머니 양부인의 천당 행적을 보면서 추모하는 마음을 감추지 못하고 있다. "어느 겨를에 허실 진가를 분별하리오"라는 화자의 진술처럼, 그는 허실과 진가를 분별할 겨를도 없이 천당에서 가져온 책을 보면서 그저 슬퍼할 뿐이다. 이처럼 완월회맹연은 산 사람이 별다른 장애 없이 저승을 방문하거나 죽은 자들과 꺼리김 없이 소통할 정도로, 필요에 따라서는 언제든지 생(生)과 사(死)의 경계를 넘나든다.

또한 이 소설에서는 아래와 같이 신과 인간 그리고 자연물이 서로 교감하면서 신화적인 세계상을 이루기도 한다.

경룡이 공자(정인성)를 업어 행하여 육재와 운학이 한가지로 내려올 새, 영조와 그 신이한 짐승이 혹선 혹후하여 공자를 따르니, 운학 등은 이 무슨 짐승임을 알지 못하여 한갓 신기히 여길 뿐이로되, 공자는 이것이 기린과 봉조임을 깨달아 문득 신색이 척의하여 길이 차탄함을 마지 아니하고 자기를 위하여 호지의 이른 바를 아끼며 척연히 탄 왈,
"……"

인하여 한 글을 읊어 그 때를 만나지 못하고 그릇 호지에 이름을 탄석 차한하니 소리로 쫓아 출처 첨포하여 일월 안광이 저상한지라. ……. 신조와 기린이 공자의 글을 읊음을 듣고 더욱 가까이 나아와 혹 옷을 물며 혹 머리를 조아 낙하는 듯 척하는 듯 측량치 못하더니, 점점 행하여 만분에 다다르매 영조 맑게 울며 기린이 머리 조아 하직을 고하는 듯하더니, 이윽고 영조 아아히 높이 날고 기린이 몸을 두루치매 야색이 창망하고 마음이 린봉에 잠착함이 없는 고로 그 간 바를 알지 못하리러라.[127]

정잠이 천자께 충절을 다하다 중병을 앓자, 아들 정인성은 기수산에 올라가 옥황상제께 자신의 수명을 덜어 아버지의 생명을 연장해 달라고 기도하고 쓰러진다. 옥황상제는 지극한 효성에 감동하여 그의 요청을 들어준다.

위의 인용문은 정인성이 그 일을 마치고 산에서 내려오는 장면이다. 신령스러운 새와 기이한 짐승이 앞서거니 뒷서거니 따라오면서 그의 영웅적인 활약상을 부각하고 있다. 심지어는 그가 글을 읊

자 짐승들도 알아듣고 더욱 앞으로 나와 옷을 물거나 머리를 조아 리면서 슬픈 듯 기쁜 듯 온갖 표정을 짓고 있다. 이렇게 작품은 신· 인간·자연이 서로 하나가 되는 신화적인 세계상을 제시하여 인물 의 활약상을 더욱 돋보이게 만들고 있다.

신비성

이처럼 여성소설은 일상의 생활 이야기와 더불어 환상적인 장면 을 중시하면서 설화적인 표현을 자주 구사하고 있다. 그래서 여성 소설엔 사람의 힘이나 지혜로는 쉽게 이해하기 어려운 신비성이 매 우 강하다. 마치 새벽에 안개가 자욱한 길을 걸어가는 느낌, 이들 소설은 가끔씩 이렇게 시적인 감수성으로 읽어야 할 때가 많다. 특 히 꿈이나 죽음의 세계는 그야말로 시적 세계를 방불케 하며, 그곳 에서 죽은 이와 교류하는 장면도 가히 시적 구도로 그려져 있다.

사실 이러한 신비성은 비단 소설에만 국한된 것이 아닌 여성문 화 전반에 걸친 특징으로, 이는 여성들의 독특한 정신세계를 밝혀 줄 중요한 실마리일 듯하다. 이러한 특징은 그 유명한 허난설헌의 시세계에서는 물론이고, 오늘날 여성문화에서도 자주 나타난다.

예컨대 여성만화가 유시진의 《아웃사이드》, 《마니》, 《신명기》 등과 여성영화가 정재은의 《도형일기》(제2회 서울여성영화제 출 품작)를 살펴보면, 이들 작품도 모두 생활 이야기 속에 환상적인 요 소가 공존하는 독특한 기법을 취하고 있다. 주로 일상의 가족 이야 기가 펼쳐지면서도 꿈과 현실, 삶과 죽음의 세계를 자유롭게 넘나 들며 빚어내는 신비적인 형상, 그래서인지 이들 작품은 대단히 감 각적이고 심리적인 색채가 강하다.[128]

제4장 인간행락의 총서

제1절 《완월회맹연》의 작품세계

　조선후기 여성소설은 규방의 여성작가가 일상을 살아가면서 보고 듣고 느낀 것들을 있는 그대로 소설로 표현한 것이다. 그래서 이들 소설엔 당시 대가문을 둘러싼 여러 가족들의 인생사, 특히 여성들의 인생사가 매우 풍부하게 반영되어 있다. 더욱이 작품에서 제법 흥미를 끌 만한 사건조차도 주로 가족간의 불화인 가족갈등에서 비롯한다. 예컨대 집안의 후계자 문제를 둘러싸고 벌어지는 계후갈등, 부부가 생활하면서 서로 다투는 부부갈등, 형제들끼리 서로 싸우는 형제갈등, 장인과 사위가 대립하는 옹서갈등 등이 그것이다. 여성소설은 그 가운데서도 특히 당시 여성들이 살아가면서 누구나 한번쯤 겪었을 법한 부부갈등을 주요한 소재로 다루고 있다.[129]

　사씨남정기, 창선감의록, 옥린몽 등의 남성소설은 여성 대 여성의 갈등인 처첩갈등이나 처처갈등을 설정하여, 선한 여자를 통해서는 부덕의 함양을, 악한 여자를 통해서는 투부(妬婦 : 질투심이 많은 여자)에 대한 경계라는 가치관을 표현하고 있다. 대표적인 예로 사씨남정기는 사씨와 교씨의 처첩갈등이라는 사건을 통해, 선한 사씨는 무한한 복록을 얻고, 악한 교씨는 처절한 죽음을 맞는 상반된 결말을 보여준다. 이로써 여성들에게 남성중심의 가부장적 가치를 심어주고 있는 것이다.

하지만 여성소설에서는, 여성끼리 서로 다투어 적대시하는 처처나 처첩갈등은 매우 드물다. 설령 악한 여자를 설정하더라도 작가는 그녀의 행위에 충분한 현실적 타당성을 부여해서 궁극적으론 세상의 이치를 깨닫고 더불어 살도록 한다. 심지어 이들 소설의 여성들은 남편을 사이에 두고 서로 적대적인 처지에 놓여있음에도, 둘 중 한 사람이 남편과의 싸움에서 어려움에 처하면 공동으로 대응하거나 아니면 남편과 무관한 그녀들만의 또 다른 세상을 만들기조차 한다.[130]

그 대신에 전통적으로 여성소설은 남녀가 마치 성대결이라도 벌이는 듯한 남녀갈등에 커다란 관심을 보이고 있다. 여성들이 결혼 전에 탕자의 성폭력을 물리치는 이야기와, 결혼 후에 부부간의 성격 차이나 지위 문제를 놓고 서로 대립하는 부부갈등이 바로 그것이다. 이들 갈등은 저마다 치열한 남녀 대립의 형태를 띠고 있는데, 왜냐하면 여주인공이 결혼 자체를 거부하거나 서슴없이 파혼을 선언할 정도로 강한 자존의식을 가지고 있기 때문이다. 이들은 남성소설의 여주인공이 어떻게든 가부장적인 남성세계에 편입하려고 애쓰는 것과는 사뭇 다르다. 이로써 작가는 부정한 남성들의 성폭력을 사회적으로 고발하고, 남편들의 가족내 횡포를 비판하고 있다.

180권 완월회맹연도 이와 같은 여성소설의 특징을 거의 대부분 반영하고 있다. 그러나 가람 이병기가 '인간 행락의 총서'라 지적했듯이,[131] 이 작품은 그들보다 훨씬 폭넓은 이야기를 담고 있다. 그러므로 아래에서는 완월회맹연을 중심으로 조선후기 여성소설의 작품세계를 살펴보기로 하자.

파노라마 형식

완월회맹연에 관해서는 이미 정병설과 필자가 논의한 바 있지만, 여전히 부족한 형편이다. 정병설은 인물의 갈등구조 가운데 두 가지 두드러진 갈등양상만 분석한 후, 서술자의 서술시각에 따라 인물의 유형을 선인형과 악인형으로 각각 구별해 놓았고,[132] 필자는 작가의 사유방식인 여성주의적 상상력을 개괄적으로 검토한 수준이었다.[133] 이에 여기서는 작품의 전반적인 구성을 개관한 후 거기에서 도출된 사항에 따라 작품세계를 차례대로 살펴보기로 한다.

우선 완월회맹연은 제목부터 상당히 인상적인 작품이다. 작품 서두에서 중심 가족인 정씨가(정씨 가문 또는 집안) 사람들이 완월대에 올라 모임을 갖고 자녀들의 혼인을 약속하는데, '완월회맹연(玩月會盟宴)'은 그 때문에 붙여진 제목이다. 모티브 하나로 전체 내용을 암시하는 대단히 상징적인 명칭을 내세운 것이다.

또한 이 작품도 여느 고전소설처럼 우리 나라가 아닌 중국을 시·공간의 배경으로 설정하고 있는데, 표면상 중국 명나라 영종대를 배경으로 사건이 전개된다. 하지만 중국을 배경으로 삼은 것은, 필화(筆禍)를 피하거나 작가의 상상력을 마음껏 펼치기 위한 방편에 불과할 뿐, 실제 배경은 작가가 발 딛고 있던 18세기 조선의 문벌사회 또는 가문주의 사회이다.

이렇게 완월회맹연은 조선후기 문벌사회를 배경으로 정씨 가족과 그 일가친척의 세상살이를 표현하고 있다. 4대에 걸친 정씨 가족과, 그 주변의 장씨, 상씨, 소씨, 주씨, 한씨 등 서로 혼인관계로 얽히고 설킨 수많은 가족들의 인생사가 작품의 대체적인 내용이다.

특히, 그 가운데서도 정씨가와 더불어 이야기의 가장 큰 비중을 차지하는 집안이 장씨가이다. 두 집안은 서로 이웃하고 살며 겹사돈을 맺은 관계로, 두 집안을 중심으로 작품이 전개되며 다양한 갈등이 펼쳐진다. 대표적인 예가 장씨가의 장헌 부부와 정씨가의 정인광 사이에서 벌어지는 장인과 사위의 옹서갈등이다. 그렇다고 두 집안이 기차의 선로처럼 평행을 유지하면서 서로 동등한 의미를 갖는 것은 아니다. 장씨가는 늘상 불화를 일으키면서 정씨가를 더욱 돋보이게 만드는 일종의 반추역할을 담당할 뿐이다. 그 밖의 집안은 정씨가의 각 가족들에 얽힌 이야기를 하면서 이따금씩 등장한다.

작품 구성은 정씨가의 대를 이은 가족 이야기가 수직으로 계속 흐르면서, 그들과 친인척 관계인 여타 가족들의 이야기가 수평에서 중간중간 끼어드는 형태이다. 즉, 이 작품은 정씨가의 중심 이야기에다 다른 가족들의 단편적인 주변 이야기들을 계속 삽입해서 한 편의 대하소설로 꾸민, 일종의 파노라마 형식을 갖추고 있다. 물론 서술도 정씨가와 여타 가족들을 빈번히 오가며 전개된다.

그런데 특이하게도 이들 이야기는 모두 여성의 입장에서 그려지면서, 거의 대부분 여성중심의 서사형태를 띠고 있다. 그리하여 궁극적으로 여성들의 세상 사는 이야기, 곧 여성세계를 표현하고 있다. 딸, 아내, 어머니, 할머니 등 여성의 인생주기에 따라 그 삶의 형태가 복잡다단할 뿐 아니라, 그 삶의 범위도 가문, 사회, 사랑 등과 같이 매우 폭넓게 걸쳐 있다. 이로써 작가는 완월회맹연 한 편만 읽으면 당대 여성계의 흐름을 모두 간파할 수 있도록 만들었다.

중심 이야기

　이제 작품의 구성을 중심 이야기부터 하나씩 살펴보자.

　완월회맹연의 중심 이야기는 여가장 서태부인의 한평생을 그린 것이다. 이 작품은 제1대 정한·서태부인→제2대 정잠·소교완→제3대 정인성·이자염→제4대 정몽창으로 이어지는 4대에 걸친 정씨가의 이야기가 주요 내용이다. 물론 끝부분에 제5대 정천홍의 이야기가 나오지만 그것은 정씨 후손에 대한 간략한 예시 정도에 불과하다. 또한 제1대 정한은 서두에서 집안의 계후와 자녀들의 혼사를 결정한 후 죽고, 제4대 인물들은 대체로 〈정씨후록〉이란 후편에서 다루고 있다. 그래서 정한의 배우자인 서태부인을 비롯한 제2, 3대 인물들을 중심으로 이야기가 전개된다.

　정씨가는 이렇게 아버지가 없는 여가장제 가족이다. 그에 따라 당연히 작품의 중심 이야기도 여가장 서태부인의 치가(治家) 형상, 곧 가문관리에 모든 관심이 모아져 있다. 실제로 그녀는 100세의 일기로 죽을 때까지 여가장으로서 정씨 가족들을 모두 단속한다. 그리고 그녀의 죽음으로 대단원의 막을 내린다.

　우리는 흔히 벌열은 최상층이었기 때문에 별다른 어려움 없이 평탄하게 살았을 것으로 생각하지만, 그들도 그들 나름의 문제거리가 항상 내재해 있었다. 정국 동향에 따라 집안의 형세는 늘 부침을 거듭하였고, 내부적으로도 끊임없는 가족갈등이 이어졌다.

　정씨가도 마찬가지다. 그 가운데서도 서태부인을 가장 힘들게 만든 문제는 자식들의 부부갈등이다. 제2, 3대 정씨 남성들은 비록 집 밖에서는 영웅적인 인물이나, 집안에서는 언제나 말썽을 부리는 평범한 자식에 불과했다. 큰아들 정잠은 집안의 후계자 문제를 둘러싸고 부인 소교완과 지속적인 불화를 일으키고, 손자 정인광

은 장인 장모의 잘못을 아내 장성완에게 연좌해서 심한 부부갈등
을 일으킨다.

그렇다고 쉽게 물러설 며느리들도 아니다. 그녀들도 저마다 상류
층 집안의 자녀로서 만만찮은 교양과 문식을 갖춘 자의식이 강한
여인이다. 소교완은 계실(繼室)로 들어왔어도 집안의 맏며느리인
총부로서의 권리를 완강히 주장하고, 장성완은 심한 고통을 당하면
서도 남편의 부당한 권력 행사에 의연히 맞선다. 작품의 중심 이야
기 가운데 제2, 3대 가족 이야기가 모두 여성의 입장에서 여성중심
으로 전개된 까닭도 이 때문이다.

여가장 서태부인은 그 모든 문제를 가족에 대한 사랑으로 처리
한다. 그녀는 문제 인물을 축출하거나 응징하거나 하는 극단적인
방법으로써가 아니라 항상 가족애로 포용함으로써, 자신의 잘못을
스스로 뉘우치도록 유도하는 인자함을 잃지 않는다. 이러한 방법으
로 그녀는 정씨가의 대를 이어가는 가족 질서를 확립하는 한편 친
인척간의 질서도 유지한다. 또한 자식들을 계속 출사시켜 집안의
지위를 끌어올리기도 한다.

이처럼 완월회맹연에는 여가장 서태부인의 가문관리가 가장 큰
관심사로 설정되어 있다. 그에 더하여 제2, 3대 인물들의 가족갈등
이 세부적인 흥미거리로 자리잡고 있다. 다시 말해서 제1대 여가장
의 가문관리, 제2대 총부의 권리주장, 제3대 손자며느리의 부부갈
등이 그 핵심 내용이다.

주변 이야기

한편 완월회맹연은 정씨가를 둘러싼 여타 가족들의 주변 이야
기가 유독 발달한 소설이다. 특히 그들 집안에서 살아가는 여성

이야기가 대단히 많은데, 이로써 당대 여성사를 더욱 폭넓게 반영하고 있다.

사실 이 작품은 180권이란 대규모의 분량에 비해 중심 이야기는 상당히 빈약한 편이다. 그대신 중심 이야기 도중에 짤막한 사건들이 계속 삽입되면서 내용을 풍부하게 만들고 있다. 이 이야기들은 대개 정씨 사람들과 관련해서 나타나기 때문에, 작품을 다양한 시가에서 보지 않으면 자칫 이야기의 중요성을 놓치기 쉽다.[134] 하지만 작가는 이들 사건을 전개할 때, 그동안 진행했던 중심 이야기를 잠시 중단하고 오로지 이들에게만 몰입하여 서술하고 있다. 더욱이 이들 이야기는 실명(實名)의 여성들을 주인공으로 등장시켜 당시 여성세계를 폭넓게 보여주었다는 점에서 그 의의가 매우 크다. 이러한 이야기들은 대체로 다음과 같은 두 가지 테마로 작품에 등장한다.[135]

먼저 결혼담을 테마로, 조선후기 주자학적 가부장제 시대를 살아가는 여성들의 사회적 삶을 표현하고 있다. 이것들은 정씨·장씨 남성들의 결혼담을 매개로 등장하나 실제로는 단편 여성소설처럼 여주인공의 활약상을 그린 것이다. 그리고 이러한 이야기들 속의 사건은 모두 집안에서 펼쳐지지만, 저마다 사회문제로까지 비화되어 당대 사회에 엄청난 파장을 불러일으킨다. 온갖 역경을 이겨내고 가문영웅으로 받들어지는 주성염, 가부장적 결혼제도의 희생자가 되고 마는 한난소, 외모로 인해 비극적인 인생 역정을 걸었던 여씨 등이 그 대표적인 사람들이다.

또한 작품은 모험담·전쟁담 같은 남성들의 영웅담을 매개로, 문벌사회 여성들의 정신세계, 특히 사랑 감정을 표현하기도 한다. 이들 이야기는 모두 정씨가의 후계자인 제3대 정인성과 관련해서 집중적으로 등장한다.

정인성은, 작가가 그의 행적을 기리기 위해 이 작품을 지었다고 까지 칭찬할 정도로 대단한 인물이다. 집안에서는 지극한 효자이고 집 밖에서는 화려한 영웅이다. 수려한 외모는 물론이거니와 가히 설화적인 능력까지 갖추고 있는 남자다. 그래서 뭇 여성들이 그를 흠모할 뿐만 아니라 더 적극적인 여성들은 그에게 직접 유혹의 손길을 내밀기도 한다. 특히 그의 안남정벌 길에 등장하는 여성들은 그야말로 봉건적 금기를 뒤흔들 만한 사랑을 시도한다. 영웅적인 남성을 짝사랑하다가 결국은 좌절하거나 여승이 된 석순영과 만초란, 적장과의 사랑을 통해 인생의 행복을 느끼고, 그것이 허구였음이 밝혀지자 차라리 죽음을 선택한 해릉공주가 바로 그녀들이다.

그 밖의 사건들

그 밖에도 완월회맹연은 정씨 사람들을 둘러싼 몇 가지 외부 사건을 통해 남성세계의 모습도 보여주고 있다. 정씨 남성들은 가족 생활을 하면서도 빈번히 출타해서 영웅적인 활약상을 펼치는데, 정치활동, 전쟁 참여, 외직 생활, 뜻밖의 모험 등이 그것이다. 이를 기회로 그들은 고위관직에 올라 가문의 정치적·사회적 지위를 높이기도 한다.

하지만 이 같은 외부 이야기는 앞에서 지적한 것처럼 삼국지, 수호지 같은 중국 서적에 의존하거나 매우 추상적으로 제시되어 있고, 무엇보다 당시 규방여성의 특징적인 시각인 가족의 연장선에서 그려져 있다. 그 단적인 예로써 다음과 같은 장면을 살펴보자.

상(천자)이 할토봉공치 못함을 탄하시나 그 뜻이 굳음으로써 더

으지 못하시고, 드디여 군신의 즐김과 기쁨을 다하사 치정을 논책하시며 배주로 흥을 돋우시더니, 이윽고 금오 몰서하매 모연이 창망하니 상림의 저녁 까마귀 우는지라. 상이 조회를 파하사 제신을 돌아보내시되 정·조 이공(정잠, 조세창)을 머물러 가라사대,

"짐이 노영에 빠졌을 적에도 경이 아니면 몸이 의지할 곳이 없고 마음을 부칠 데 없는지라…… 모름지기 짐의 정을 생각하여 물러가지 말고 이에서 혈숙하라"

하신대, 이공이 천은을 감격하여 고두사은하며 인하여 용탑 하에 시위하니, 상이 수라와 이공의 식상을 한가지로 내오라 하사 먹기를 권하실새 찬선을 친히 옮겨 이공의 상에 놓으시니, 이공이 불감황공 감은하여 진반함이 오히려 형상치 못하더라. 이에 수라와 이공의 상을 물리매 만분 간난과 인성의 지효 지성을 새로이 일컬으사 종용히 논의하기를 마지아니시다가 날호여 용상의 취침하실새 천의 간간절절하사 누울 곳을 재삼 가르치시고 어의로써 이공을 덮으라 하사 왈,

"……청컨대 안휴하여 만리의 구치한 병이 있게 말라"

이공이 황공 불안함이 비할 곳이 없으나 또 감히 사양하지 못하여 용상 하에 시침할새 어수 연하여 이공의 팔과 손을 어루만지시니 이공이 황공 감은함이 갚을 바를 알지 못하더니…….[136]

이는 천자가 과거에 자신을 구해준 정씨 사람들(정잠, 조세창)을 극진히 대하는 장면이다. 천자가 신하들과 함께 식사하면서 손수 반찬을 올려주기도 하고, 함께 잠을 자면서 이불을 가져다가 덮어 주거나, 그들의 손과 팔을 어루만지는 등 그야말로 가족적인 분위기 그대로다. 이렇듯 작품은 조정에서의 정치적인 일조차 가족생활의 연장선에서 그리고 있다.

외부 사건 가운데 가장 큰 비중을 차지하는 전쟁담도 이와 마찬가지다. 흔히 전쟁 이야기는 서로 죽고 죽이는 살육의 현장을 떠올리기 마련이지만, 이 작품은 그와 달리 칼과 피보다 주로 마음으로 감화시키는 방법을 쓴다. 예컨대 정잠은 안남정벌에서 몇 번씩이나 적장을 잡았다가 죽이지 않고 살려보냄으로써, 적장이 스스로 감동하여 항복토록 한다. 뿐만 아니라 전쟁담은 위의 정인성의 경우처럼 여성들의 정신세계를 보여주기 위한 수단으로 활용되기도 한다. 즉 전쟁으로 영웅적인 남성상을 만들어, 여성들의 사랑 감정을 표현하는 매개체로 삼은 것이다.[137]

이상과 같이 완월회맹연은 일종의 파노라마식 구성으로 조선후기 대가문을 둘러싼 다양한 가족들의 인생사 특히, 여성들의 인생사를 그린 작품이다. 그래서 공식 역사에서는 소외된 여성의 역사가 180권 대하소설로 장구하게 표현되어 있다. 아래에서는 지금까지 이끌어낸 구도에 따라 그 구체적인 양상을 차례대로 살펴보기로 하자.

특히 이 책에선 작품 구조에 대한 관심보다는, 이야기를 되도록 있는 그대로 생생하게 보여주려 한다. 즉 이야기를 구체적인 상황에서 분석함으로써, 작품의 재미를 충분히 만끽할 수 있을 뿐 아니라 이것만으로도 전체 내용을 파악할 수 있도록 하였다.

사실 이들 소설의 분석에서 단편소설처럼 구조·형식주의 방법론을 사용하면, 살점이라곤 하나도 붙지 않은 앙상한 뼈대만 추리는 격이 되어버린다. 그동안 국문장편소설의 내용이 천편일률적이라는 비판을 받거나 일반인에게 그 제목마저 잊혀진 까닭은 한편으론 여기에서 비롯된 듯하다.

또한 고전소설을 가장 많이 읽었다는 김기동조차 이 작품을 읽는 데 무려 3년이란 시간이 걸렸다고 전해질 정도로, 완월회맹연은 그야말로 거질의 장편소설이다. 그러므로 이 책에선 마치 '한 권으로 읽는 완월회맹연'처럼 작품의 흥미를 잃지 않으면서도 최대한 많은 내용을 담고자 하였다.

제2절 가문내 여성들의 인생사

1. 여가장의 가문관리

서태부인

완월회맹연의 중심 이야기는 정씨가의 대를 이어 살아가는 가족들 특히 여성들의 인생사를 표현한 것인데, 그 가운데서도 제1대 여가장 서태부인의 가문관리가 최대의 관심사다. 우선 작품에서 서태부인의 가문관리 모습을 분석하면 다음과 같다.

정씨가의 제1대 정한은 위로는 명나라 천자 영종의 총애를 받고, 아래로는 백성들의 두터운 신망을 받던 위인이었다. 그는 재상의 지위에 있으면서도 구빈관(求貧館)을 지어놓고 거렁뱅이나 홀애비, 과부, 고아, 독신노인 등 가난한 사람들을 널리 구제한다. 개국공신 서달의 손녀인 서씨도 그러한 남편과 함께 별다른 마음 고생 없이 검소하게 집안살림을 운영한다. 자녀는 모두 2남 1녀로, 큰아들 정잠은 양씨와 결혼하여 2녀를, 둘째아들 정삼은 화씨와의 사이에서 3남 1녀를, 딸 정태요는 상연에게 출가하여 3남 3녀를 각각 두고 있었다.

그런데 정한은 자신의 죽음을 미리 예감한 듯, 서둘러 집안의 후계자를 결정하고 손자들의 배필을 찾아 정혼시킨다. 그리고는 50세를 일기로 부인 서씨에게 집안을 부탁한 뒤 천명에 순응하여 하늘로 돌아간다.

서씨는 가슴이 막히고 오장이 불붙는 듯했으나, 그렇다고 남편의 유언을 저버릴 순 없었다. 정씨 집안은 대가족으로 자식과 손자들뿐 아니라 작은집 식구들과 집안 곳곳에서 일하는 수많은 노비들이 있었다. 그들은 어느새 서씨를 '서태부인(이하 태부인)'이라 부르면서 그녀의 커다란 손길을 기다리고 있었다. 이제 그녀는 정씨가의 엄연한 가장으로서 집안을 총괄하기 시작한다.

멸문 위기

서태부인은 우선 남편의 장례와 삼년상부터 치뤄야 했다. 천자께 표를 올려 남편의 죽음을 알리자 천자는 몸소 신하들을 거느리고 나와서 문상해 준다. 그런 다음 부인은 자식들과 의논하여 태주의 선산에 장사지내고 삼년상을 지내기로 결정한다.

7월 초순, 태부인은 자식들을 데리고 손수 귀향길에 나선다. 딸인 상부인도 6살 된 막내자식과 함께 따라간다. 조씨 집안으로 출가한 큰손녀 정명염만이 남편의 반대로 혼자 남아서 주야로 눈물을 흘린다.

그러던 어느날 정씨 가족들이 역점에 머물고 있을 때였다. 한밤중에 누군가 불을 지르는데 그 빠르기가 마치 귀신과도 같았다. 태부인은 큰아들 정잠과 곧장 산 위로 몸을 피했으나, 도적들의 목적은 오히려 집안의 후계자인 정인성과 여타 손자들에게 있었다. 도적들은 칼을 빼들고 아이들을 에워싼다. 하지만 이쪽도 만만치는 않아서 어린 손자 정인광이 두 눈을 부릅뜨고 덤벼들고, 큰아들 정잠이 하늘에 대고 주문을 외워 귀신들로 하여금 도적들을 쫓아버리

도록 한다. 도적들은 놀라서 사방으로 도망치지만 그들의 추격은
의외로 집요하였다.

그로부터 6일째 되던 날 도적들은 미리 강가에 배를 대어놓고,
다시 역점의 위아래에서 불을 지른다. 그리고 놀라서 허둥대는 정
씨 가족들을 두 배에 각각 나누어 태운다. 태부인은 정잠과 함께 무
사히 강을 건너지만 정인성, 정인광, 정월염 등 손자들이 탄 배는
끝내 보이지 않는다. 결국 태부인은 손자들이 살았는지 죽었는지도
모른 채 태주로 길을 떠난다.

남편이 세상을 떠난 후 태부인에게 닥친 어려움은 그것만이 아
니었다. 당시 정국은 환관 왕진이 전횡을 일삼으며 국권을 농락하
고 있었는데, 때마침 북쪽 오랑캐 마선이 국경을 넘어와 노략질하
자, 왕진은 흑심을 품고 천자가 직접 토벌에 나설 것을 주장한다.
큰손녀 정명염의 남편 조세창이 이에 반박하나 도리어 북방으로 유
배되고, 또 작은집의 정흠도 표를 올려 왕진의 음모를 고발하다가
처형되고 만다. 이 때문에 정씨 가문은 간신들의 미움을 사서 점차
몰락의 길을 걷게 된다.

하지만 태부인은 결코 가족의 원한에만 집착하지는 않았다. 이후
천자는 친히 정벌에 나서 크게 패하여 북노 마선의 포로로 잡히고
마는데, 이 소식을 들은 태부인은 급히 두 아들의 처소를 찾아가 탄
식하면서 이렇게 말한다.

"종사 불행하고 국운이 망극하여 황상(천자)이 노영에 파천하시
니 주우신욕이요, 주욕신사는 자고로 당당한 일이라. 오아 잠과 삼
은 무익지녀만 요동하고 선군의 경계를 쫓아 국가이신 되기를 생각
치 아니할 줄 아라시리오…… 어미 약하므로써 아들을 만리 위지에

나아가라 권치 못할 바로대 선군의 끼치신 말씀을 헛도이 저버리지 말고자 하므로, <u>차아(정삼)는 노모와 처수로 더불어 누대 사묘를 받들어 궁산 심곡의 사세할 바를 생각하고, 백아(정잠)는 사가 이친하여 위국 진충의 신자지도를 다함이 행심일까 하노라</u>"[138]

이처럼 태부인은, 천자가 적국의 볼모로 잡힌 국가적 위기상황에서도 녹녹하게 집안만 지키고 있는 자식들을 결코 가만두지 않는다. 이때는 이미 남편의 삼년상도 마친 상태였다. 그래서 자신은 둘째아들 정삼과 깊은 산속에서 조상을 지키겠다고 말하고, 큰아들 정잠에게는 출사하여 나라를 위해 목숨을 바칠 것을 종용한다.

정잠이, 홀어머니를 두고는 차마 떠날 수 없다고 하자, 태부인은 "자고로 충신이 효자되지 못하거니와 내 아해는 사정으로써 심사를 상손하여 충렬을 버금고자 하니 이는 실로 나의 믿던 바 아니라"[139]고 단호하게 말한다.

다행히 몇 년 만에 가족들은 무사히 돌아온다. 손녀 정월염이 살아 있다는 소식이 들려오고, 손자 정인광은 기골이 더욱 장대해져서 돌아온다. 또한 몰락위기에 처했던 가문의 지위도 완전히 회복될 뿐 아니라 오히려 한층 더 상승한다. 출사했던 정잠이 포로로 잡힌 천자를 구하여 복위시키고 돌아왔기 때문이다. 후계자 정인성도 아버지와 함께 돌아오는데, 그는 국가에 큰 공을 세우고 과거에까지 급제한다. 이에 태부인은 기쁨의 눈물을 흘리며 마침내 가족들을 데리고 상경한다.

가족불화

태운산 옛집에 돌아온 태부인은 손자들의 혼인을 서두른다. 정인성은 이자염과, 정인광은 장성완과 각각 결혼시킨다. 또한 소수의 간곡한 부탁에 따라 정인광은 소소저를 부실로 들인다.

그런데 이들 가운데 정인광·장성완 부부는 신혼초부터 왠지 심상치 않은 기미를 보인다. 결혼 첫날밤 인광이 신방에 들어갔다가 새벽을 기다려 그냥 나와버린 것이다. 또한 하루는 인광이 성완의 계집종들을 잡아다가 매를 치면서 야단을 피운다. 이단인 불교를 숭배했다는 이유에서였다. 가족들이, 성완은 본디 불교를 배척하나 친정어머니의 성의를 못이겨 불경만 받아두었다고 말하여도 인광은 거의 막무가내로 행동한다.

게다가 그들 부부의 결혼기념일 바로 다음날, 갑자기 성완의 친정어머니 박씨가 찾아와 자기 딸을 병들게 만든 책임을 따지며, 사돈어른인 인광의 부모에게 갖은 욕설을 다하고 돌아간다. 이즈음 성완은 입에서 피를 토할 정도로 중병을 앓고 있었는데, 인광은 분노를 참지 못한 채 성완에게 당장 친정으로 돌아가라고 호령한다. 태부인과 부모가 말려도 인광은 계속 화를 내면서 어른들 몰래 독약과 칼을 보내 자결을 요구한다. 이에 태부인은 하는 수 없이 성완을 불러 친정으로 돌아가 몸조리하라고 시킨다. 그리고 인광의 아비 정삼에게는 이렇게 지시한다.

"장애(장성완) 엄엄한 위질을 실어 돌아가니 마음에 잊기 어려운지라. 제 침소에서 조병할 때에도 염려를 놓지 못하던 바로 죽으라 하던 말이 많던가 싶으대, 노모 아득히 모르고 광아(정인광)의 하는 대로 버려둠이 되었으니, 아이 성품이 문풍의 인자함을 닮지 아니하여 과격 시험함이 심히 인덕을 숭상치 아니하니, 장씨의 일생이 안안치 않을 뿐 아니라 광아의 험괴한 성정이 가장 염려로운지라. 엇

지 계책치 않으리오?"[140]

  이처럼 태부인은 아들 정삼에게 뭔가 조치를 취하도록 시킨다.
그러자 정삼은 무릎을 꿇고 "마음에 결하여 부자의 은의를 끊고 문
밖에 내쳐 눈앞에 용납 말고저 하오대 자의를 알지 못하여……"[141]
라고 즉, 부자간의 인연를 끊어 집에서 내쫓겠다고 대답한다. 하지
만 자식의 잘못으로 부자간의 천륜까지 끊는다는 것은 있을 수 없
는 일이었다. 태부인은 평소 이치에 맞게 타일러서 허물을 고치도
록 자식들을 교육하였다. 이에 다만 매를 쳐서 아버지의 엄함을 보
이고, 조용히 타일러서 고집스런 성격을 고치도록 하라고 지시한
다. 또한 "노모 당부치 아니하나 너의 처치 과격함은 없으려니와
너무 중장하여 아이의 몸이 상케 말라"[142]는 걱정스런 부탁도 빠트
리지 않는다.
  얼마 후 인광이 아비에게 매를 맞고 들어오자 태부인은 애석하
여 그의 등을 어루만지면서 다음과 같이 말한다.

  "어인 사람이 자식을 사랑치 아니리오마는 여부의 별난 자애는
타인으로 더불어 많이 다른지라. 평생에 즐타지성이 견마에도 밋지
아닌 바로써 너를 책벌하매 그윽히 몸을 앓아 너의 수장하매 세
번 더할지라. 자식된 자 경심 계지하여 허물을 고칠 만하지 않으리
오. 이미 수장함이 있을진대 거동이 평상치 못하리니 편히 누워 조
리하여 소성한 후 일어다님이 옳커늘 어이 강병하여 부대 다니려
하느뇨?"[143]

  이렇듯 태부인은 매를 친 후에는 언제나 자애로 쓰다듬어 훗날

원망을 갖지 않도록 하였다.

한편 그들 부부가 채 화합하기도 전에, 제2대 큰아들 정잠·소교완 부부가 또다시 심각한 불화를 일으킨다. 정잠이 안남을 정벌하고 돌아온 직후, 천자가 그의 공로를 크게 표창하여 진국공 겸 태자태부를 제수함으로써 정씨 가족들은 이루 말할 수 없이 기뻐한다. 그러나 정잠이 갑자기 계실 소교완의 허물을 들추면서 가족들을 불안하게 한다.

본래 소교완은 죽은 양부인을 대신해 들어왔지만 엄연히 정씨 가문의 맏며느리인 총부였다. 그럼에도 정잠은 양자인 정인성과 죽은 양씨만을 생각하며, 소교완과 친자식들에겐 냉담하게 대한다. 이에 따라 소교완도 자의식을 발휘하여 나이 많은 남편에게 갖은 불만을 표출한다. 특히 그녀는 양자로 들어와 정씨 집안의 후계자가 된 정인성과 그의 아내인 이자염을 온갖 방법으로 죽이려 한다. 태부인은 그들 부부의 갈등을 짐작한 뒤에도, 정잠에게 화합을 촉구할 뿐이었다. 언젠가 사돈어른이 소교완의 과도한 행실을 뒷조사하여 데려갔을 때에도, "과거의 잘못은 개의치 않으니 빨리 보내주소서"라고 감싸주었다.

하지만 이번엔 사정이 달랐다. 안남에서 돌아온 정잠이 소교완의 악행을 낱낱이 파헤치고, 소교완의 친정아버지 소공도 그녀를 빨리 죽여 후환을 없애라고 독촉한다. 정잠은 아무런 꺼리김 없이 혼서를 거두고 소교완에게 집을 나가라고 명령한다.

태부인은, 이미 허물이 드러난 이상 그냥 넘어갈 수는 없겠지만 자식들의 입장을 생각해서 후당에 가두어 스스로 잘못을 뉘우치게 하자고 제안한다. 그럼에도 정잠은 계속 고집을 피우며 소교완에게 두말없이 돌아가라고 한다. 이에 태부인은 "네 뜻이 여차하니 네 임의대로 하려니와 노모 세상 비환을 갖초 겪으나 며느리 출거하는 거조와 딸의 출화하는 거동을 당하지 않았더니 오늘날 이 경색을 마조 보니 명도가 갖초 험흔함을 한하노라"[144]고 탄식한 다음, 며느리 소교완을 불러 다음과 같이 부탁한다.

"노모 혼용 암열하여 평생의 사람의 지휘를 쫓아 일을 하고 자결 자단함이 없거늘 쇠모지년을 당하여 더욱 무슨 강단이 있으리오. 아들의 뜻을 어기지 못하여 오늘날 이 길이 있게 하니 한갓 그대를 볼 낯이 없을 뿐 아니라 타일 자녀를 볼 낯이 없는지라. 모듬이 오래지 아니하려니와 영당의 불효 비경하고 노모의 불행이 이에 더함이 없는지라. 돌아가 길이 안심하여 영자당의 현훈을 받자와 회과 자책하여 돌아올진대 진실로 노모의 기쁨이오 자녀의 만행이라. 노모가 위하여 더욱 아끼고 슬퍼하는 바는 웅아라. 오늘날 경색을 양제 있어 당할진대 죽어 모르고저 하리니 어찌 애닯지 않으리오"[145]

이렇듯 태부인은, 늙으막에 이런 일을 당하니 며느리와 그 자식들을 볼 면목이 없다고 말한다. 그리고 머지않아 돌아오도록 하겠다고 약속한 뒤, 자식들을 생각해서 마음을 돌렸으면 한다고 부탁한다.

이후 소교완이 마음을 바꾸어 돌아올 때에도, 태부인은 "이제 기왕을 물구하라. 다시 일컬음이 무익하니 빨리 승당하여 노모의 뜻을 위로하고 자녀의 불안함을 돕지말라"[146]고 환대한다.

이상적인 가문상

이러한 태부인의 노력으로 결국 정씨가는 조선후기 사람이라면 누구나 꿈꾸었음직한 이상적인 가문상을 이룬다.

이로 쫓아 가국의 반점 시름이 없어, <u>집에 들매 부모 존당에 채의를 춤추고</u> 후정 훤초에 작추를 희롱하여 구경지하에 형제 구존하니 인생지락이 일신에 모도였고 만실화기는 복록을 천자하니 전일 같이 우수 척척함이 있지 않아 만사 무흠이어늘, <u>밖에 나매 성조의 은총을 띠어 영광이 혁혁하니</u> 어찌 반점 시름이 있으리오.[147]

이처럼 정씨가는 가문 내적인 안정과 외적인 영화를 누린다. 집 안에는 부모와 형제가 모두 살아 있고, 집 밖에서는 천자의 총애를 받아 가문의 영광이 뚜렷이 드러난다.

지금까지 살펴본 것처럼, 서태부인은 100세의 일기로 죽을 때까지 여가장으로서 모든 자식들을 단속하며 정씨 가문을 훌륭히 관리한다.

앞에서 보았듯, 둘째아들 정삼을 제외한 제2, 3대 정씨 남성들은 비록 집 밖에서는 화려한 영웅이나 집안에서는 언제나 말썽을 부리는 평범한 자식들에 불과했다. 특히 제2대 정잠·소교완, 제3대 정인광·장성완 부부는 끊임없이 불화를 일으키며 집안을 혼란에 빠트린다. 그리하여 정씨가는 모든 가족들이 갈등에 휩싸이는, 몇 대에 걸친 총체적 가란에 마주치게 된다.

이에 서태부인은 상황에 따라 수시로 개입하여 문제의 자식들을 타이르고 깨우치며 가문의 질서를 확립하는 한편, 명백한 잘못을 묵인하면서까지 친인척 가문 사이의 질서를 유지한다. 또한 나라가 위태로울 때에는 자식들을 계속 출사시켜 국가의 안위를 도모하기도 한다. 그 결과 정씨가는 안으로는 안정을, 밖으로는 영화를 누리며 이상적인 가문상을 이룬다.

2. 총부의 권리주장

소교완

완월회맹연의 중심 이야기 가운데 시종일관 꾸준히 일어나는 사건은 계후문제를 둘러싼 제2대 정잠·소교완의 갈등이다. 그 갈등을 통해, 작품은 총부 소교완이란 여성의 인생사를 표현하고 있다. 그녀에 얽힌 이야기를 분석하면 다음과 같다.

소교완은 15살의 꽃다운 나이에 탁월한 미모와 총명한 기질을 갖춘 여자였다. 막내인 탓인지 부모인 소공과 주부인은 과도할 정도로 그녀를 사랑하여 15살이 되도록 시집보낼 곳을 찾지 못하고 있었다. 그때 문득 정씨가의 큰아들 정잠이 총부 양씨를 잃고 재취한다는 소식이 들려온다. 소공은 평소 정잠을 매우 아꼈으므로 후취를 꺼리지 않고 쾌히 허락한다. 이에 소교완은 두말없이 정씨 집안에 시집가서, 어린 나이에도 집안의 맏며느리 역할을 충실히 해낸다. 지성으로 시부모를 봉양하고 온화한 얼굴로 남편을 따른다. 봉제사 접빈객도 아주 민첩하게 해내는데, 하루에 수천 사람을 대접해도 한 터럭 구김살이 없었다. 전처 소생의 자식들도 아끼고 사랑하며, 일가친척과도 서로 화목하게 지낸다.

하지만 남편 정잠은 가문에 대한 집착이 아주 강한 사람이었다. 그는 이미 동생 정삼의 아들 정인성을 양자로 들여서 정씨 가문의 대를 잇고 조상의 제사를 받드는 계후자로 정했으며, 그를 태산 같이 믿고 사랑하였다. 또한 정잠은 전처 양부인을 여전히 잊지 못한 채 결혼 첫날밤부터 소교완을 소박함은 물론, 서너 달이 지나서야 부모의 강요로 찾아와 동침하고는 곧장 나가버린다.

얼마 후 소교완은 정인중, 정인웅이란 쌍둥이 아들까지 낳지만 그것도 별 도움이 되지는 않는다. 정잠은 오직 양자 정인성에게만 집착할 뿐 친자식에겐 그리 관심을 갖지 않는다. 심지어 그는 자식들의 글을 시험하는 자리에서 정인중의 글을 보고는 "……차아의 시문이 우리 정씨의 서얼도 이 같음을 보지 않았나니 어찌 문호의 불행이 아니리오"[148]라고 심하게 질책하는 한편 상대적으로 정인성을 극찬하는, 그야말로 한쪽으로 치우친 태도를 보이기도 한다. 나아가 그는 소교완과 한마디 상의도 없이 정인웅을 작은집의 양자로 주어버린다.

이처럼 소교완은, 정잠에게 한낱 죽은 양부인의 대리인이자 정인성의 보호자(계모)에 불과했다. 그녀에게 붙여진 총부란 이름은 그저 허울뿐이었다. 이에 소교완은 비로소 자신의 존재를 명확히 깨닫고 아래와 같이 가슴 속의 불만을 토로한다.

"우리 부모 성덕하시매 내 자소로 부모의 교훈을 받들고 의방을 드대어 여행의 그름이 없거늘, 하물며 부모의 만래 필아로 귀중 귀애함이 비길 데 없고 일가제족의 사랑을 오로지 점득하여 신세 쾌활하고 여행의 정정함이 숙녀의 일두를 사양치 아닐지라. 하물며 재주는 영설 회문을 묘시하니 무엇이 부족하리오마는 어찌하여 노수의 부실이 되어 신세 이렇듯 뜻 같지 못하고 어느 때에 양미 토기하여 내 뜻을 펴리오"[149]

이렇게 소교완은 어릴 때부터 여공을 착실히 익혔을 뿐 아니라, 막내딸로서 일가친척의 사랑을 독차지한 여자였다. 그 결과 남들 못지않은 숙녀의 풍모를 지니고 있었지만, 정잠의 계실로 들어오면서부터 그녀의 인생은 완전히 달라지고 말았던 것이다.

과도한 행실

소교완은 이 모든 불행의 원인을 양자 정인성에게서 찾았다. 정인성만 없으면 친자식 정인중이 집안의 계후자가 될 것이고 자신은 명실상부한 총부의 지위를 누릴 것이며, 그때에야 비로소 자신의 인생도 온전하리라고 생각한 것이다.

소교완은 우선 친자식 정인중을 단속한다. 그에게 "……내 죽지 않았은즉 인성과 이씨를 서릇고 종통이 너에게 돌아감을 보고 말지니 모름지기 학행을 수련하여 정씨 문풍 도덕을 빛낼지어다"[150]라며 계후를 위한 학문과 덕행을 쌓도록 한다. 그리고 겉으로는 화순한 모습을 지으면서도 속으론 정인성을 없애고자 갖가지 흉계를 꾸민다.

그녀는 앞에서 본 것처럼, 도적들을 보내 태주로 내려가는 정씨 가족들을 습격해서 정인성을 죽이도록 시킨다. 하지만 정인성은 어엿한 성인이 되어 돌아와 과거에 급제하고 이자염과 결혼까지 한다.

소교완은 다시 그들 부부를 차례대로 죽이려 한다. 정인성과 이자염에게 독약을 먹이고, 그들의 아기를 탈취해서 연못에 버린다. 하지만, 그때마다 그들은 해독약을 먹고 살아나거나 신인(神人)의 도움을 받아 되살아난다.

정인성이 안남에서 대공을 세우고 돌아왔을 때이다. 가족들이 모두 그를 칭찬함은 물론 그의 아내인 이자염을 여중성인(女中聖人)에 빗대며 추켜세운다. 소교완은 분통과 시기심을 누르지 못하고 정인성의 자식인 정몽창에게 독약을 먹인 후, 이자염이 한 것으로 모함한다. 정인성은 어머니의 모함인 줄 알면서도 차마 허물을 드러낼 수 없어서 아내를 후원에 가둔다. 그녀는 이때를 틈타 갖은 방

법으로 이자염을 학대한 후, 낯가죽을 벗기고 독약을 먹여 강물에
던져버린다. 하지만 이번 사건은 친정어머니 주부인의 귀에까지 들
어가고 만다.

어머니의 가르침

본디 주부인은 마음씀씀이가 남편 소공보다 넓은 사람이었다. 소
공이 영민한 막내딸을 남의 게실로 보낼 때에도 속으로 "넓고 넓은
천하에 길이 구하매 어찌 한낱 인걸의 장부를 만나지 못하여 구태
여 연치 부적한 재취를 주리오"[151]라며 매우 불만스럽게 여겼다. 이
후로도 주부인은 날마다 딸의 시집살이를 걱정한다. 과연 시간이
흐를수록 딸의 과도한 행실이 들려오고, 어느덧 정씨가를 멸문케
할 지경에까지 이르렀음을 알아챈다. 이에 주부인은 딸의 행실을
바로잡기 위해 자식들과 의논한 후 소교완의 계집종들을 모조리 잡
아들인다. 그리고 나서 차례대로 심문하여 딸 모자의 평소 행적을
기록한 글을 받아낸다.

그런데 하필 남편 소공도 이 사실을 알고만다. 소공은 성격이 과
격할뿐더러 관대하지 못한 사람이었다. 그는 분노하여 즉시 고소장
을 써서 나라에 바치려다가 자식들이 만류하자, 정잠을 시켜 딸의
모자를 죽이려 한다. 주부인은 중간에서 고소장을 가로채고 병을
핑계삼아 딸 모자를 데려오도록 시킨다.

이윽고 소교완이 도착하자 주부인은 마당에 거적을 깔고 자식들
을 양편으로 세운 뒤 아들을 보내 남편을 찾는다. 소공은 곧 내당으
로 들어와 모든 문을 폐쇄하고, 소교완과 정인중을 데리고 후당으
로 나간다. 그리고는 두 눈을 부릅뜨고 큰소리로 극약을 마셔 죽기
를 명한다.

하지만 소교완은 결코 그러한 처분에 승복하지 않는다. 부모는 자신의 처지는 고려하지 않고 단지 정인성만 생각하고 있었기 때문이다. 그녀는 후회하는 기색을 전혀 내비치지 않는다. 소공은 귀를 막고 오로지 약을 마시도록 권유한다. 다행히 바로 그 순간 이자염의 혈서가 날아들고, 정인성과 정인웅이 달려와 소교완에게 지극한 효성을 다한다. 또한 서태부인도 소교완을 빨리 돌려 보내달라는 요청을 해온다. 이로써 소교완은 겨우 죽음의 위기를 면한다.

소교완이 돌아오기 전날 밤, 주부인은 딸들을 곁에 누이고 말없이 잠옷을 벗어 가슴 부위를 내보인다. 손으로 쥐어뜯은 자국마다 붉은 혈색이 선연하였다. 딸들은 모두 오열하기 시작하고, 특히 소교완은 펄펄 뛰면서 아무 곳에나 부딪쳐 죽으려 한다. 그러나 주부인은 그녀의 머리를 눌러 편안히 눕히고 길게 혀를 차며 이렇게 그 연유를 설명한다.

"너를 구로생지하여 탁이한 재질만 두굿기고 전혀 가르치지 못하여 공연히 대간 대악의 제일이 되어 이제 불효를 받으니 뉘 탓이리오. 너를 죽인 후 노모 뒤를 쫓아 죽어 골육상잔한 변고를 천하에 사코저 하니, 구태여 애통함이 없으되 혜음없이 손이 가슴에 임하여 뜯음을 깨닫지 못하니, 과연 대효의 지성을 힘입어 안여평석하니 노모의 뜻이 통도한 바 아니로되 너의 전전 행악을 생각하고 일후를 염려함이 심신이 경악하여 정치 못하니, 노모 비록 완한하나 이로 병을 더해 죽는 날도 통도함을 참지 못할까 하노라"[152]

이처럼 주부인은 그동안 딸을 제대로 가르치지 못한 것을 한탄하고 있었다. 그래서 날마다 손으로 가슴을 쥐어뜯으며 마음을 조려왔다.

자매들은 소교완을 붙들고 제발 어머니의 가르침을 저버리지 말라고 부탁한다. 소교완은 눈물을 흘리면서 "차라리 부도를 사하사 친측에 종신하여 행악을 근심하시는 염려를 그치시게 하리이다"[153]라고 말한다. 하지만 주부인은 단호하게 거절하면서 다음과 같이 당부한다.

"모름지기 밤을 당하거든 편히 자고 음식을 당하거든 예사로이 먹어 병을 이루지 말고, 부정 사심과 간흉한 번우를 끊어 태평 연월에 부귀 환락하고, 스스로 불길 잔포한 사람이 됨을 달게 여기지 말라. 여모의 가슴이 겉으로 상함을 놀라고 슬퍼할 뿐이오, 너로 인하여 속이 썩는 줄 모르고 밖으로 승순인효함을 짓고 안으로 불순포원하니, 어둡고 불초 불효 불명하니 너 같은 자 없고, 그 천생의 웅아(정인웅) 같은 자식의 궁통한 정리를 생각하여 고치지 아니하고 부자 포악이 금수에도 없는지라. 전출을 꺼리고 친생을 위한 뜻이 무엇이 유익함이 있느뇨. 네 효의 없음이 아니요 자애 없음이 아니로되 어버이를 우분 성질케 하고 자식이 모과를 부끄러워 초사함이 있게 하니, 효애 두 속에 박함이 너 같은 이 업느니라"[154]

이렇게 주부인은 세상을 물 흐르듯이 평탄하게 살라고 말한다. 그리고 가슴이 겉으로 상한 것에만 놀라지 말고 속이 썩는 줄을 알고 한 뒤, 제발 친자식을 생각해서라도 마음을 고쳐먹으라고 말한다.

그럼에도 소교완은 총부로서의 권리주장을 결코 포기하지 않는다. 시댁으로 돌아온 그녀는 여전히 정인성 부부를 모해할 뿐 아니라, 이번에는 전실자식인 정명염과 정월염 및 그 남편들까지 독살하여 한다. 게다가 며느리 이자염의 둘째아들을 민가에서 사들인 석대랑의 아이와 바꾼 뒤 독약을 먹여 강물에 던져버린다. 그리하여 앞에서 언급한 것처럼 정잠에 의해 완전히 집에서 쫓겨나고 만다. 정잠은 안남에서 돌아오자마자 그녀의 과거사를 낱낱이 파헤치고 친정으로 돌아갈 것을 명령한다.

하지만 소교완은 이제 갈 곳이 없었다. 친정에서도 이미 내놓은 자식이었기 때문이다. 그녀는 가마 속에서 흰 천을 목에 감아 자결을 시도한다. 다행히 오라버니의 구호로 정신을 차린 후에도, 입을 다물고 혀를 물어 식음을 전폐하며 그저 죽기만을 바란다.

"거거(오라버니)는 원컨대 소매(소교완)를 빨리 죽여 죄를 속게 하소서. 소매 또 구태여 이같고자 함이 아니로되 천성을 회복하지 못함이 능히 본인지성을 찾기 어려운지라. 편작의 영공과 화태의 신술이라도 소매의 병을 고치기 어려우니 빨리 죽음이 원이로소이다. 인성의 지효 지성을 모름이 아니로되 그사로 미운 뜻을 제어키 어렵고 죽이고자 의사를 그치지 못하니 이 어찌 하늘이 아니리오마는, 정군(정인성)이 돌아오매 소매 다시 행악을 창포치 못하리니 정부 화란은 거의 진정함이 되거니와 우리 부모께 불효는 어느 때에 면하리잇고"[155]

이처럼 소교완은 차라리 빨리 죽어서 과거사의 부끄러움과 분함을 잊고자 한다. 사실 여태까지 그녀의 수고는 하나도 뜻대로 이루어진 것이 없고 오직 몸과 마음만 버릴 뿐이었다. 정인성 부부를 온갖 수단으로 없애려고 했어도 한갓 그들의 선행만 나타내고 자신의 과도한 행실만 드러낼 뿐이었다.

뜻을 굽힘

정인성은 그야말로 타고난 효자였다. 서융(西戎)을 물리치고 돌아온 그는 위와 같은 처지의 소교완에게 지극한 효성을 다한다. 하루는 저녁식사 때였다. 소교완이 입을 다물고 먹기를 완강히 거부하자, 정인성은 한손으로 입을 벌리고 다른 손으로 음식을 넣는다. 순간 그녀는 입을 더욱 크게 벌렸다가 그의 손을 꽉 물어버린다. 이빨이 박혔던 곳마다 피가 솟구쳤다. 또한 소교완은 곁에 놓인 목침을 들어 때리기까지 한다.

그러자 소교완의 오라버니가 대신 사과한다. 하지만 정인성은 뜻밖에도 "이 어인 말씀이니잇고. 자식이 허물이 있으매 부모 꾸짖고쳐 가르침이 당연지사라. 소질이 비록 불초 무상하나 어찌 감히 질 원함이 있으리잇고"[156]라고 말하면서 도리어 이를 부모의 가르침이라고 주장한다.

소교완은 그의 지극한 효성에 그만 감동하고 만다. 이제 계모가 아닌 친어머니로서 그를 대하지 않을 수 없었던 것이다. 이 밖에도 그녀는 친자식 정인중을 더 이상 방치할 수 없었다. 당시 정인중은 밖으로만 나돌며 방탕한 생활을 계속하고 있었기 때문이다.

결국 소교완은 정인성과 함께 나란히 정씨가로 돌아온다. 이로써 정씨가도 오랜만에 평온함을 되찾는다.

이상과 같이 소교완은 계속해서 과도한 행실을 저지르는, 정씨가의 대표적인 악인으로 설정되어 있다. 그래서 앞선 연구자는 그녀를 악인형 인물로 분류해서 근본적으로 나쁜 심성의 사람이라고 규정하였다.[157] 하지만 그녀가 왜 그토록 과도한 행동을 할 수밖에 없었는지에 대한 현실적인 이유와 실체를 간과한 채, 작품 표면에 드러난 성격만 파악하여 전적인 악인으로 몰아붙일 수는 없을 듯하다. 왜냐하면 작가는 이제까지 살펴본 것처럼 그녀의 과도한 행동에 대하여 분명한 현실적 근거들을 제시하고 있기 때문이다.

소교완은 엄연히 집안의 총부임에도 계모 이상의 대우를 받지 못하자, 온갖 모해로 권리를 주장하다가 결국은 좌절할 수밖에 없었던 강렬한 의지의 여성이다. 비록 과도한 행실로 숱한 평지풍파를 일으키고, 가문의 안정을 위하여 뜻을 굽히고 말았지만, 끝까지 자신의 권리를 주장하려는 의지는 결코 폄하할 수 없을 듯하다.

사실 조선후기 여성사의 패배도 이처럼 가문의 안정이란 가문주의에서 비롯된 것으로 보인다. 즉, 여성들이 가문을 위해 자신을 희생하면서 점차 자아실현의 기회를 남성들에게 내줄 수밖에 없었던 것이다. 그러므로 조선후기 여성사의 패배 원인을 여성 자신에게 묻기보다는 당시 팽배했던 가문주의에서 찾아야 하리라 본다.

3. 손자며느리의 부부갈등

장성완

완월회맹연의 중심 이야기 가운데 또 하나 흥미로운 사건은 장성완·정인광의 부부갈등이다. 이 갈등을 통해 손자며느리인 제3대 장성완의 사연 많은 결혼생활을 표현하고 있다. 작품에서 이들의 부부갈등을 분석하면 다음과 같다.

장성완은 장헌의 부실(첩) 박씨에게서 태어난 여자다. 그녀는 매사에 모르는 것이 없을 정도로 박식하고 문필에 뛰어난 여성지식인이었다. 그래서 평소 바느질과 길쌈에 힘쓰면서도 친필로 수십 권 서책을 쓰기도 한다. 또한 그녀는 천성적으로 뜻이 높고 깨끗한, 이른바 고결(高潔)한 성품의 소유자였다.

하지만 장성완의 아버지 장헌은 늘 이욕과 권세에 따라 우왕좌왕하는 사람이었다. 그는 나이 14세에 연씨를 맞아 장창린이란 아들을 낳았으나, 소주자사로 부임하던 도중 도적들에게 탈취당하고 만다. 그 후 부실(첩) 박씨가 장성완을 낳고 연이어 두 아들(희린, 세린)을 낳는다. 박씨 또한 장헌과 성격이 유사한 인물이었다. 그리하여 장헌은 연씨를 폐위하여 친정으로 돌려보내고 박씨에게 부인 직첩을 넘겨주려 한다. 장희린, 장세린도 부귀하게 자란 탓인지 기생집을 드나들며 유희 방탕하게 생활한다.

고결한 성품의 장성완은 이러한 가정불화를 지켜보면서 늘 부끄럽고 근심스런 생활을 보낸다. 또한 부모의 실덕(失德)과 무능함 때문에 어린 시절에 평생 잊지 못할 고난을 겪기도 한다. '범경화의 모함 사건'이 바로 그것이다.

범경화는 화경공주와 범단의 아들이다. 그는 평소 장성완을 짝사랑하고 있었는데, 그녀가 갑자기 천자의 후궁으로 들어간다는 소문을 듣고는 재주를 부려 장성완을 탈취하고, 그 대신에 박교랑이란 여자를 후궁으로 들이려 한다. 어머니와 박교랑도 선뜻 동의한다.

범경화는 우선 장성완에게 연애편지를 보내 짐짓 부모의 눈에 띄도록 한다. 그리고 유모와 궁노(宮奴)를 각각 자신과 왕생이란 남자로 변장시켜 장씨가로 보내, 부모 몰래 만나면서 그녀와 장래를 약속한 사이라고 서로 다투게 한다.

장헌은 또한 어리석은 사람이었다. 그는 고결한 성격의 딸아이가 부모 몰래 밀애를, 그것도 두 남자와 번갈아 가면서 하였다는 말을 전혀 의심치 않는다. 그는 다만 "죽이지도 뜻 같지 못하고 살려 두어서는 주체하기 어지로우니 이를 장차 어찌하리오"[158]라고 분노하면서 어찌할 줄을 몰라 한다.

다음날 범경화의 아버지가 찾아와 소문도 없이 딸을 죽여서 가문의 치욕을 씻으라고 요구한다. 하지만 범경화의 어머니가 다시 편지를 보내어, 죽이지 말고 문밖으로 내치면 자기가 데려다 성씨를 바꾸어 거두겠다고 제안한다. 장헌은 그저 딸을 태운산으로 보낼 테니 훗날 범경화의 첩으로나 삼아달라고 부탁한다.

장성완은 이 소식을 계집종들한테 전해 듣고 모골(毛骨)이 송연해 한다. 그녀는 평소 예의를 받들어 행동 하나하나를 조심했는데, 하루아침에 거리의 노류장화로 취급받는 것을 보고는 분노를 감추지 못한다. 자신이 천금같이 여겼던 가치들이 일시에 무너져버린 것이다.

이윽고 "사람의 집이 망할 징조인가. 딸 하나를 둔들 어디서 그다지 은천 극악한 것이 생겼는고?"[159]라고 말하면서 부모가 찾아온다. 장성완은 차마 들을 수가 없어서 손으로 귀를 막고 머리를 찧으며 다음과 같이 요구한다.

"불초 아이 전세 죄악이 특중하여 황천의 진노하심을 받자오니 여차 흉참한 변고를 당한지라. 어찌 일각인들 지연하여 문호의 참욕과 친위에 불효를 더하리잇고마는, 아이 행혀 왕교랑 가운화의 허물을 지음이 없사오니 참루와 흉얼을 무릅쓰나 마음에 부끄럽지 않아 천지 신기를 질정하오리니, <u>이때 순설로써 발명치 못하오나 타일에 혹자 신설할 조각이 있을까 바라는 의사 없지 아니한지라.</u> 잔천을 멸하지 마옵고 잠깐 세상에 머물러 무설을 벗은 후 한번 죽어 맑은 귀신이 되오리니, 복원 야야와 태태는 흉인의 음참 비어를 다시 이르지 마르시어 비례물시와 비례물언과 비례물청을 생각하소서"[160]

이렇듯 장성완은 더러운 계집이란 누명을 쓴 채로 죽고 싶지는 않았다. 그래서 어떻게든 살아서 자신의 결백함을 밝히겠다고 단호하게 말한 것이다.

하지만 아무리 생각해도 원통한 사정을 풀 길이 없었다. 이에 그녀는 조용히 누워 이불을 뒤집어 쓴 채 낯가죽을 벗기고 귀를 베어 버린다. 이상한 기미를 느낀 계집종들이 이불을 젖혀 보고선 그만 졸도하고 만다. 그것은 시신도 아닌 바로 육괴(肉塊)였던 것이다. 장성완의 동생 장희린과 장세린도 부모가 누이를 죽였다고 모진 소리를 다하면서, 부모한테 어서 육괴를 뜯어먹으라고 야단친다. 넋을 잃은 장헌은 도무지 어찌할 바를 모른 채, 그저 이불로 딸을 휘말아 교자에 싣고 태운산으로 간다.

다행히 장성완은 태운산에 머물던 정인광의 도움으로 회생한다. 그리고 범경화는 이후 또 다른 사건을 범하여 모든 사실이 밝혀지면서, 결국 천자에 의해 유배형를 당한다. 장성완은 이 같은 지난 일을 생각할 때마다 늘 분통함과 부끄러움을 감추지 못한다.

한편 장성완의 배우자 정인광은 서태부인의 둘째아들 정삼과 화부인의 아들이었다. 앞에서 말했듯이, 그는 도적들에게 두 눈을 부릅뜨고 덤벼들거나, 요망한 도사들을 처치하고 동굴에 갇혀 있는 여자들을 구해낼 정도로 영웅호걸이다. 일찍이 할아버지 정한의 뜻에 따라 장성완과 정혼했지만 그녀를 마치 원수의 딸처럼 생각한다. 왜냐하면 장성완의 아버지 장헌과의 과거사 때문이다.

정인광은 8살 때 할아버지 정한의 제사를 지내려 태부로 내려가던 도중 도적들의 침입을 받아 가족들과 헤어져 사방을 떠돌아 다닌다. 그러던 어느날 정인광이 누이 정월염을 찾아 낙성촌으로 들어가는데, 때마침 그 지역에 심한 기근이 들어 장성완의 아버지 장헌이 안찰사로 부임해 와 있었다. 하지만 장헌은 고난에 처한 그를 보고도 짐짓 모른 체한다. 더구나 장헌은 객지에서 예쁜 첩을 얻으려 하는데, 하필 매파가 누이 정월염을 주선한다. 이에 정인광은 부득이 여자로 변장하여 누이 대신 장헌의 첩으로 들어간다. 어리숙한 장헌은 그것도 모르고 온갖 희롱을 다할 뿐 아니라, 딸 장성완을 천자의 후궁으로 들여보내 부귀영화를 누리겠노라고 말한다.

이후에도 장헌은 정인광을 서울로 데려가 온갖 실수를 저지른다. 정씨 사람들의 얼굴을 그려 천자가 정씨가를 멸문토록 하고, 자신의 애정행각을 부인 박씨에게 들키자 정인광을 죽여 속죄하려 하기도 한다. 결국 정인광은 장헌의 얼굴에 침을 뱉고 뺨을 치고서 도망쳐 버린다. 이로부터 그는 장헌을 원수처럼 증오한다.

부부싸움

이처럼 서로 다른 현실적 처지와 성격 차이로 장성완·정인광 부부는 신혼 첫날밤부터 갈등을 빚기 시작한다. 장성완은 과거의 부끄러움 때문에 단지 강개한 기상으로 그를 대하고, 정인광도 첫날밤에 그녀가 장성완임을 알고는 분노하여 다시는 찾아가지 않는다. 서태부인이 아비의 잘못을 자식에게 물어 탓하는 경우는 없다고 타일러도, 정인광은 부자(父子)는 일체(一體)라며 완강히 고집을 피운다.

이후로도 그는 부모의 명에 따라 밤이 깊은 후에 들어갔다가 새벽을 기다려 서당으로 나가버린다. 마찬가지로 장성완도 한 달이 되도록 묵묵히 앉아서 밤을 새운다. 이에 시어머니 화부인이 "(정인광의) 그 심지 예사롭지 못하여 시험 궤집함이 포회한 증분을 아부에게 다 풀고 그치리니, 장아(장성완)의 선연 약질이 능히 견디지 못할지라. 차라리 각 처소에 있어 아부로 하여금 좌우에 임의롭고져……"[161]라고 결단을 내려 한동안 떨어져 지내도록 한다.

하지만 그것도 잠시일 뿐, 정인광의 고집은 곧 되살아난다. 앞의 서태부인 이야기에서 언급한 것처럼, 정인광은 계속 옹서갈등을 일으키며 장성완의 계집종들을 잡아다가 매를 치거나, 그녀에게 독약과 칼을 보내 자결을 요구하기도 한다.

일가인 작은집의 결혼식이 끝난 후였다. 정인광은 가족들이 모여 담소하는 자리에서 장인, 장모인 장헌과 박씨의 과거사를 들추면서 모두의 웃음거리로 만든다. 그들의 망측함이 여지없이 드러난다. 이때 장성완은 방에서 쉬고 있었는데, 유모가 눈물을 머금고 달려와서 그 말을 전한다. 그녀는 한없이 부끄럽고 자존심 상해 한다.

이날 장성완은 몸이 불편함에도 억지로 문안하러 나간다. 방안엔 여러 부인들이 서태부인을 모시고 바둑을 두고 있었다. 곧이어 시아버지를 비롯한 남자들도 들어온다. 서태부인은 장성완과 정인광을 돌아보며 넌지시 바둑 대결을 요청한다. 그녀는 부끄러움을 머금고 그의 앞에 마주 앉는다. 승부는 장성완의 승리, 정인광은 더이상 손을 쓰지 못하고 뒤로 물러난다.

이 때문에 자존심이 상한 정인광은 그날 밤 장성완을 찾아가 지난번 불경 사건을 되뇌이며 꾸짖는다. 하지만 장성완은 그가 지칠 때까지 내버려둔다. 잠시 후 태부인이 사람을 보내 "이미 날이 오랜 바로써 그만하여 풀어버리지 않고 험도이 아부(장성완)를 보채려 하니 아해 십분 궤집하고 용치 아니토다"[162]라고 질책하면서 장성완을 불러내어 다시 바둑으로 기분을 풀어주고는 잠을 재운다.

태부인이 웃고 인하여 장씨(장성완)를 상하에서 자라하며 섬수

를 어루만져 사랑함을 영아 같이 하고 사실에 돌아보내지 아니
하니, 소저 불감청이어정 고소원이라 어찌 한림(정인광)을 생각
하리오.[163]

마침내 두 사람은 얼마간 별거생활을 하는데, 부인을 내친 정인
광의 생활은 초췌하기 그지없었다. 날씨가 추워져 저마다 겨울옷을
입었으나 그만이 홀로 여름옷을 포개입고 지냈다. 그러자 누이 정
월염이 "안해를 내치고 빈희에게 소박맞아 공연히 환부의 우수한
거동을 이루어 추기 상냉하나 양의를 갈 길이 없으니 무죄한 사람
이 박대하매 유익함이 제 몸에 돌아섯도다"[164]라고 면박을 준다. 고
모가 그의 눈치를 살피려 첩 소소저에게 그를 보필하도록 시켰으나
소소저는 완강히 거부한다. 정인광은 어느새 마음마저 초라해지기
시작한다.

사실 부부란 눈에 보이지 않는 공기와 같은 것이다. 함께 살 때는
서로의 소중함을 잊고 티격태격 싸우지만 막상 떨어져 있으면 서로
가 그리워지는 법이다. 특히 인연 있는 부부일수록 더욱 그러하다.

하루는 정인광이 자책과 염려를 되풀이하다가 "연이나 장씨의
무죄함이 백옥이 무하하니 부모 명을 쫓아 수이 맞아오리라"[165]라고
마음속 깊이 다짐한다. 하지만 막상 가족들이 나서서 데려오도록
시키자, 그는 또다시 어줍잖은 자존심을 내세우며 고집을 피운다.

출산과 화해

결국 이들 부부는 극적인 계기를 맞아서야 비로소 서로 화합한
다. 자식의 출산이 바로 그것이었다. 친정으로 돌아온 장성완은 한
차례 죽을 고비를 넘기고 쌍둥이 남매(몽천, 혜주)를 낳는다. 결혼

한 지 3년 만에 맞은 첫 출산이었다. 가족들은 산모와 아이가 모두 건강함을 보고 서로 축하해 준다. 정씨가에서도 그녀를 맞아오도록 사람을 보내고, 장성완이 다시 돌아오자 서태부인 이하 부인네들이 달려나가 그녀의 손을 잡고 귀밑머리를 어루만지며 반겨준다.

정인광은 서천절도사로 나갔다가 뒤늦게야 돌아오는데, 뜻밖에도 그의 자식 사랑은 아주 대단하였다. 아들 몽천은 물론, 딸 혜주를 여중성인이라 하면서 지극히 사랑한다.

하루는 그가 풍경을 감상하고 있을 때, 혜주가 유모한테 안겨 들어오면서 '야야(아빠)'하고 부른다. 이에 그는 환희, 전율 같은 부녀간의 뭐라 표현하기 어려운 애정을 느낀다. 곧이어 몽천도 뒤따라 나온다. 그는 아이들을 데리고 방으로 들어가 혹시 봄바람에 감기라도 걸릴새라 창문을 닫고는 다정하게 어루만진다.

예부(정인광)의 구척 신장이 연연하여 무른 떡 같으니 교구접항하여 정신과 의사가 다 어린지라. 안석에 누워 여아를 가슴 위에 얹고 몽천을 곁에 앉혀 백만 귀중이 불가형언이니…….[166]

이처럼 정인광은 혜주를 가슴 위에 올리고 몽천을 곁에 앉힌 채 한없이 귀여워 한다.

그는 너무 기쁜 나머지 형 정인성이 들어온 줄도 모른다. 정인성이 들어와 왜 아이들을 그토록 좋아하면서 남들 앞에선 자식 사랑을 부끄럽게 여기느냐고 핀잔을 주자, 그는 어느새 "형장의 명교 의외로소이다. 어찌 자식 사랑을 남을 기휘며 더욱 동기지간에 기휘리잇고. 보면 어여쁘고 떠나면 무심할러니……"[167]라며 놀란 표정을 짓는다.

이 밖에 정인광은 큰아버지 정잠의 가르침을 듣고 뉘우친 바가
많았다. 안남에서 돌아온 정잠은 장헌 부부와 정인광의 관계를 회
복시킨 후 다시 장성완한테 찾아가도록 한다. 이날은 공교롭게도
그들의 결혼기념일이었다. 장성완은 혜주를 앞에 앉히고 〈여교(女
敎)〉를 가르치고 있었는데, 밖에서 아비의 기척이 들리자 아이들이
제각기 쫓아나가서 옷자락을 붙들고 들어온다. 정인광은 아이들을
좌우에 앉힌 후 단정히 옷깃을 여미며 지난일을 사과한다. 장성완
역시 상냥히 미안하다고 말한다. 모처럼 부부간에 화해로운 기운이
감돌았다. 이에 혜주가 방긋 웃으며 아빠한테 다가가 글을 배우기
를 청하니, 정인광은 "마땅히 내 가르치리라"[168]며 주저없이 말하고
는 시원시원한 음성으로 아이들을 가르친다.

이상과 같이 완월회맹연의 중심 이야기는 손자며느리의 부부갈
등을 통해 남편들의 가정내 횡포를 비판하고 있다.

제3절 여성들의 사회적 삶

1. 가문영웅

완월회맹연은 정씨가의 중심 이야기에다 여타 집안의 주변 이야
기를 계속 삽입하는 형식으로 이루어져 있는데, 특히 단편적인 주
변 이야기가 유독 발달한 소설이다. 그 첫 번째가 결혼담을 소재로
한 여성의 사회적 삶의 표현이다. 먼저 온갖 역경을 이겨내고 가문
영웅으로 받들어진 주성염 이야기부터 살펴보자.

주성염 이야기는, 〈쌍벽완취록〉이란 기존 소설에서 빌려와 정씨

가의 제3대 정인경의 결혼담에 결합한 것으로 대략 세 차례에 걸쳐 16권 분량으로 등장한다. 그 가운데서 세 번째는 정씨가의 입장에서 단편적으로 반복한 것에 불과하므로, 여기서는 첫 번째와 두 번째를 중심으로 내용을 분석하기로 한다.

주성염과 하층여성들

하루는 주양의 부인 유씨가 교자를 다고 바쁘게 길을 재촉하고 있었다. 친정 아버지의 병환 소식을 듣고 급히 친정으로 돌아가는 길이었다. 유씨의 품에는 태어난 지 5~6개월 된 주성염이란 딸아이가 안겨 있었다. 그때 한 무리의 도적들이 달려들어 닥치는 대로 물건을 빼앗는다. 또한 아직 젖먹이에 불과한 주성염도 앗아간다. 발빠른 사람들이 뒤쫓아가나 끝내 따라잡지 못한다. 주성염의 파란만장한 인생역정은 이로부터 막이 오른다.

주성염을 훔쳐간 자는 도적 장손탈로서 재물을 노략질하거나 어린아이를 납치해서 술집이나 자식 없는 사람들한테 팔아먹는 아주 악질적인 놈이었다. 이번에도 그는 주성염을 납치하여 교한필의 첫째부인인 여씨에게 팔아 상당량의 금은을 챙긴다.

교한필은 안성공주와 교성의 큰아들로, 여씨와 호씨 두 부인을 두고 있었다. 부인들은 차례대로 임신하여, 여씨는 딸을 낳고 호씨는 아들을 낳는다. 그러나 여씨의 딸은 곧 병으로 죽고, 호씨는 또 다시 임신을 한다. 이에 여씨는 독한 마음의 불길을 자제하지 못하고, 장손탈이 약탈한 주성염을 미리 사두었다가 호씨의 출산을 기다려 아이들을 서로 바꿔친다. 또한 호씨의 첫째아들도 훔쳐내어 강물에 버리도록 한다. 게다가 그녀는 호씨마저 모함해서 죽일 뿐 아니라 훔쳐낸 둘째아들까지 독살해 버린다. 다만 주성염만은 '교숙란'이라는 이름을 붙여 유모한테 기르도록 한다. 이로써 주성염은 일찍이 친부모를 잃고 양모마저 잃은 채 교씨가에서 자라게 된다.

주성염의 주변에는 성(姓)을 알 수 없는 많은 하층여성들이 있었다. 우선 여씨의 노비 가운데 열앵이란 여인은 지난해 여씨가 새로 사들인 계집종이었다. 열앵은 원래 호씨의 계집종이었으나, 천만다행으로 되살아난 호씨가 주성염의 안부를 알고자 몰래 교씨가로 보냈다. 그녀는 비록 신분은 노비이나 매우 지혜롭고 재주 있는 여자였다. 교씨가에도, 양민의 자식이나 부모가 가난하여 팔려온 것처럼 속여서 들어온다.

어느날 열앵은 주성염을 후원으로 불러내어 그녀의 어머니가 호씨이고 현재 친정에서 살고 있다고 말해준다. 주성염은 뜻밖의 소식을 듣고 매우 놀란 표정을 지으나, 침착하게 부친 교한필에게 부탁하여 호씨를 만난다. 여씨가 이를 알고 장손탈을 보내 그 거처에 불을 지르나, 그녀는 열앵의 보호를 받으며 무사히 돌아온다.

열앵은 또한 주성염과 정인경의 만남에도 결정적인 공로를 한다. 어느덧 주성염의 나이 12세, 날이 갈수록 빼어난 자태와 향기로운 모습이 더욱 돋보였다. 그러나 가난하고 변변치 못한 집안의 자식들조차 그녀와 결혼하기를 꺼린다. 왜냐하면 여씨가 한 계집종을 주성염으로 꾸며서 그녀의 행실을 모함하였기 때문이다. 다행히 정씨가에서 청혼을 받아주는데, 이로써 그녀는 정삼의 셋째아들 정인경과 정혼하고 정씨 가문과 인연을 맺게 된다.

하지만 여씨는 결코 주성염을 가만두지 않는다. 그녀의 배필로 내심 윤경주란 남자를 점찍고 있었기 때문이다. 여씨는 높은 대를 지어 그녀의 배필을 직접 구하자고 제안한 후, 옥교를 던져 윤경주를 마치도록 열앵에게 시킨다. 그런데 노련한 열앵은 윤경주를 피

하여 뒤따라 걸어오던 정인경을 맞히고는 "옥료 맞은 자 짐짓 소저
의 배필이라"[169]고 웃으며 소리친다. 이렇게 해서 정인경은 다시 한
번 주성염과 운명처럼 짝지어진다.

여씨는 마지못해 그들의 결혼을 인정하지만, 또다시 독한 계교를
준비한다. 우선 자객을 구하여, 결혼하는 날 신랑을 향해 활을 쏘도
록 시킨다. 비록 화살은 빗나가지만 정인경은 주성염을 행실이 나
쁜 여자로 인식하고 돌아간다. 그러고 나서 여씨는 주성염을 후당
에 가둔 채, 계집종을 거짓 주성염으로 꾸며서 음란한 행각을 벌이
도록 한다. 가짜 주성염은 마음껏 음행을 즐기고 다니고, 결국엔 낙
태 사건까지 일으킨다. 당시 이러한 행위는 풍습교화와 관련되어
무거운 처벌을 받게 되어 있었다. 즉, 주성염의 운명은 어느덧 가정
의 차원을 넘어서 사회문제로 비화되고 있었던 것이다.

여씨는 즉시 주성염의 음란한 행실을 천자에게 고발한다. 천자는
교씨 집안이 왕실의 종친이었기 때문에 더욱더 분노를 금치 못하고
무거운 처벌을 내린다. "할머니 안성공주는 3개월 동안 녹봉을 정
지할 것, 아버지 교한필은 관직을 박탈하여 유배시킬 것, 주성염은
사형시켜 풍교를 바로잡을 것." 이로써 주성염은 죽음 위기에, 교씨
가는 멸문 위기에, 각각 처해진다.

그런데 바로 그때 한 여인이 대궐의 신문고를 울린다. 옥관에게
잡혀온 여인은 사건의 전후사를 이야기하며 주성염의 무고함을 호
소한다. 옥관은 곧 가짜 주성염을 잡아들여 정체를 확인한다. 하지
만 갑자기 공중에서 구름과 안개가 흩날리면서 신문고를 울린 여인
과 가짜 주성염의 목이 순식간에 사라진다. 이에 천자는 주성염을
사형하지 말고 교씨가의 장원으로 내쫓으라고 명령한다.

위에서 신문고를 울린 여인은 바로 주성염의 계집종 설영이었다.

그녀는 천성이 곧고 강렬했는데, 주인이 억울하게 사형 위기에 처하자 죽기를 각오하고 대궐에 나아가 무죄함을 호소하였다. 주성염은 그녀의 호소와 죽음 소식을 그 동생 계영에게서 전해 듣고 심한 죄책감에 빠진다.

"오호 애재라 설영아. 내 비록 용미하나 너의 주인이라. 어찌 격고 대사를 자전하여 혈심 단충이 속절없이 긴 명을 지레 끊어 나로 하여금 충비를 마저 잃게 하느뇨. 내 본디 재앙이 중한 몸이라. 완인하여 죽지 않음이 화를 네게 미치니, 어찌 내 손으로 너를 죽임과 다르리오……"[170]

또한 주성염은 내일 일 때문에 이날 밤 전혀 잠을 이루지 못한다. 내일은 장원으로 유배를 떠나는 날이었기 때문이다.

때마침 밖에 나갔던 계영이 돌아온다. 계영은 언니 설영과 달리 온화하고 침착하며 지혜로운 여자였다. 그녀는 가만히 빙섬, 홍매, 채월 등 세 여자에 대한 이야기를 꺼낸다. 그들은 모두 정인경의 어머니, 곧 장래 시어머니의 계집종들로 주성염을 보호하기 하기 위해 와 있었다. 계영이 그들과 함께 가자고 제안하자, 주성염은 처음엔 자기 집안의 허물을 드러내고 싶지 않아 만류하다가 결국엔 허락한다.

계영은 밖으로 나가서 그들과 함께 조용히 의논한다. 채월에게는 거짓 주성염인 체하여 도적 장손탈을 따돌리도록 하고, 자신은 남은 계집종들과 함께 주성염을 데리고 가겠다고 한다.

계영은 유배지인 취봉산에 도착해서도 주성염을 곁방으로 들여보내고, 대신에 자기가 안방에 머문다. 또한 주성염이 죽었다는 소문을 퍼트려 미리 화를 막는다. 채월도 장손탈과 함께 가다가 거짓 자결한 체하여 도적들이 흩어지자 무사히 취봉산으로 돌아온다. 이렇게 해서 주성염은 무사히 유배지에 도착하여 안전한 유배생활에 들어간다.

탕자의 횡포

윤경주는 풍채도 좋고 재주도 출중한 청춘 남아였다. 여씨의 친족인 그는 주성염의 미모에 대해 자주 들으면서 점차 그녀를 깊이 짝사랑하게 되었다. 비록 지난번에는 열앵 때문에 결합에 실패했지만, 결코 그녀를 포기한 것은 아니었다.

어느덧 주성염의 유배 기간이 끝나갈 무렵이었다. 윤경주는 이번에는 결단코 그녀를 놓치지 않으려는 듯 여씨와 함께 주도면밀한 계획을 짠다.

"숙모(여씨) 두어 가지 음식에 미혼약을 섞어 심복 비자로 하여금 취봉산에 보내어 교씨(주성염)를 권하여 진케한 즉 반드시 인사가 혼혼 황이하여 현란함에 미치리니, 그때를 타 용사 장노(장손탈)를 보내는 가운데 충근한 비자와 교자를 아울러 보내어 황장을 싸고 명화적이 교씨를 착란하는 듯이 급히 산중에 자취를 감추고 할 즈음에, 소질(윤경주)이 광명정대하게 제적을 물리치고 교씨를 구하는 바에 잠깐 정인경의 성명을 빌어 위엄과 의기를 가겸 뵈고 은혜와 덕을 끼치면, 교씨 비록 절부의 청정함과 여종의 맹렬함을 초하였은들 장부의 행사 청천 백일 같고 군자의 덕이 양춘 온화를 아우른 바에 무엇이 부족하여 어디를 하자 하며 흠복 경탄함을 두지 않으리잇고"[171]

이렇게 윤경주의 애정표현 방식은 폭력적이었다. 즉 미혼약으로 정신을 혼란케 해서 도적들에게 잡혀갈 때 자신이 영웅처럼 나타나 구호하여 정을 나눈다면, 그때는 주성염도 어쩌지 못할 것이라고 생각한다. 하지만 열앵이 창밖에서 그들의 대화를 엿듣고 즉시 취봉산에 편지를 쓴다.

이즈음 주성염은 계집종들과 함께 안전한 유배생활을 보내고 있었다. 그녀는 험악한 지난일을 잊고자 항상 문을 닫고 곁방에서 나오지 않는다. 대신에 계영이 안방에서 머물며 모든 집안일을 단속한다.

계영은 우선 열앵의 지시대로 단약 한 개를 먹고 죽은 체한다. 과연 장손탈이 칼을 품고 찾아왔다가 그 죽음을 보고 그냥 돌아간다. 네닷새 뒤 또다시 여씨의 유모가 상궁으로 변장하여 찾아오지만 채월이 주성염으로 가장하여 붙잡아서 옥에 가둔다. 하지만 그날 밤 사방에서 고함소리가 들리고, 장손탈이 주성염을 가장한 채월을 붙잡아간다. 게다가 윤경주가 도적들을 이끌고 들어와 집안 곳곳에 불을 지르고 도망친다.

주성염은 계속된 고난에 지친 나머지 그만 죽고자 한다. 계영이 불길을 피해 구하러 들어가도 그녀는 완강히 고집을 피운다. 다행히 정인경이 나타나 그녀를 구한다. 당시 정인경은 아버지와 함께 산으로 놀러다니고 있었는데, 갑자기 취봉산에서 불길이 일어나는 것을 보고 달려와 그녀를 구한다.

한편 이때 채월은 장손탈에게 붙잡혀 어디론가 가고 있었다. 그런데 도중에 윤경주가 길을 막고선 장손탈 일행을 물리친다. 그런 다음 윤경주는 매우 인자한 표정으로 채월을 위로한 뒤, 자기집 별당으로 데려가 화려한 음식을 대접한다. 또한 반주로 약을 탄 술까

지 보내주는데, 눈치를 챈 채월은 시중드는 노파한테 그 술을 먹인
다음 나머지를 도로 윤경주에게 보낸다. 그러고 나서 조용히 협문
을 빠져나와 대궐을 향해 달린다. 윤경주는 채월이 보낸 술을 마시
고는 슬며시 별당의 문을 열고 들어가 옷을 벗고 노파와 동침한다.
　채월은 곧장 대궐로 달려가 신문고를 울린다. 유배된 주성염의
계집종이라는 말에 천자는 신속히 조사하도록 명한다. 그리하여 윤
경주가 붙잡혀오고, 그를 비롯한 여씨와 장손탈의 죄상이 낱낱이
드러난다. 결국 윤경주는 피를 토하며 거꾸러진다.

　　교소저(주성염)의 성자 난질을 마침내 구경도 못하고 속절없이
저의 신명을 마초아 간흉 난음한 죄를 스스로 범하여 형하에 위태
키를 면치 못하기에 미치니, 부끄럼과 애달옴이 좌우에 병출하되 오
히려 뉘웃는 마음으로 이를 만나다 함이 아니라. 교씨의 미말 소학
도 저 같으니 교씨의 기특하고 비상함은 과연 통만세 군천하에 다
시 없을 것을, 나의 명이 박하고 계교 적어 한 여자를 능히 속이지
못하도다 하여 분분하고 한됨이 흉해에 열화 치성하니, 능히 한 말
을 못하고 피를 토하고 거꾸러져 엄미함을 면치 못하니…….[172]

　이렇게 윤경주는 처음엔 한 여자를 쉽게 차지할 수 있으리라 생
각했으나, 도리어 자신이 유배됨을 보고 분통해서 피를 토하며 쓰
러진다.
　반면에 죽은 설영의 묘지엔 충의문이 세워지고, 채월에겐 많은
금은이 내려진다. 주성염도 유배에서 풀려나 아버지 교한필과 함께
집으로 돌아간다. 또한 어머니 호씨가 복귀하고 남편 정인경도 찾
아온다.

역모사건

탕자의 횡포를 물리친 뒤, 주성염을 비롯한 교씨가에는 모처럼 평온한 기운이 감돌았다. 그러던 어느날, 주성염의 아버지와 숙부들이 조정에서 회의를 마치고 돌아오자마자 갑자기 어림군(御臨軍)이 들이닥쳐 집안을 에워싸고 그들을 붙잡아간다. 너무도 뜻밖의 상황인지라 할머니와 어머니는 통곡만 연발한다. 주성염이 어른들을 진정시키고 상궁을 불러 자세한 내막을 물어보니, 도주한 장손탈이 여씨와 짜고 태자를 독살하려 했는데, 거기에 아버지 교한필과 숙부들도 가담했다는 것이다. 이른바 '역적 모의'로, 당시에 그것은 집안의 삼대를 멸족할 천인공노할 죄에 해당하였다.

주성염은 곧장 왼쪽 팔을 칼로 찔러 혈표(血表)를 써서 대궐로 나아간다. 머리를 풀고 맨발로 다가오는 주성염의 모습을 보고서, 천자는 "십자 불초면 불여일여영이라 하니 교한필이 한 딸을 둠이 어찌 기특치 아니리요"[173]라고 그녀의 효성을 칭찬한 뒤 집으로 돌아가게 한다. 신하들도 충신은 효자의 집에서 나오기 마련이라고 말하면서 그녀를 옹호한다. 그리하여 이 사건은 재조사되고, 결국 장손탈이 꾸민 짓임이 밝혀진다. 하지만 장손탈은 이미 잠적하고 없었다.

집으로 돌아온 주성염은 장손탈을 붙잡으려 여러모로 궁리한다. 그때 곁에 있던 열앵과 채월이 마음으로 각오한 듯이 "천충과 박성을 다하여 흉적의 자취를 추심하여 만일 잡지 못할진대 죽어 돌아옴이 없으리이다"[174]라고 말한다. 그런 다음 얼굴과 의복을 남정네의 모습으로 바꾸고 장손탈의 집을 찾아간다.

두 사람이 줄곧 감시했어도 장손탈의 집에서 수상한 사람은 눈에 띄지 않았다. 이윽고 통행금지를 알리는 종소리가 들리자, 두 사

람은 맞은편 집주인에게 돈을 주고 하룻밤만 집을 빌리기를 청한
다. 얼마 후 푸른 도폭을 입은 여자가 한 남자를 데리고 장손탈의
집에서 나와 객주집으로 들어간다. 열앵과 채월도 새벽을 기다려
뒤쫓아 들어간다. 주모를 불러 술을 시킨 후 그들에게 다가가 넌지
시 말을 건넨다. 자신들과 함께 영수암이란 절로 가자고 말하니 그
들은 선뜻 따라 나선다.

주성염은 미리 약속한 대로 계영을 보내 포졸들과 함께 그들을
체포하도록 한다. 그리하여 장손탈을 붙잡아 관아에 넘김으로써 역
모사건을 해결하고 교씨가의 결백을 명백히 증명한다. 또한 그녀의
출생의 비밀도 밝혀지는데, 장손탈은 그녀가 교한필과 호씨의 딸이
아니라 본디 주양과 유씨의 딸이라고 자백한다.

또 다른 여성영웅

결국 주성염은 또 다른 여성영웅인 가문영웅으로 추대된다. 황태
후는 궁중으로 불러들여 그 기특한 지혜와 효성을 크게 치하한다.
천자도 장렬(壯烈)이란 호를 내리고 문에 정표를 세워준다. 이후 주
성염은 정인경이 과거에 급제하자 비로소 시댁인 정씨가로 떠나는
데, 서민들도 그녀를 이렇게 칭찬한다.

"가히 기특하며 진실로 비상하다. 저 신래 풍모 골상이 벅벅이 지
상선이어늘 어떤 복인이 저를 배하여 우귀함이 되엿나뇨. 위의 거룩
하며 영광이 혁연하니 천고 일래에 희한한 바로다"[175]

이상과 같이 주성염 이야기는, 여주인공 주성염이 탕자의 횡포와
역모사건 같은 온갖 역경을 이겨내고 가문영웅으로 받들어진다는

내용이다. 그러므로 이 이야기는 〈홍계월전〉처럼 여성이 남장하고 전쟁에 출정하여 무공을 발휘하는 영웅담과는 또 다른 여성영웅담에 해당된다. 또한 겉으로는 주성염을 내세우고 있지만, 실제로는 하층여성들이 거의 모든 사건을 주도한다는 점이 커다란 특징이다.

2. 결혼제도의 희생자

한난소

한난소 이야기는 정인성의 결혼담, 곧 첩을 들이는 이야기와 함께 등장하며, 가부장적 결혼제도의 희생자를 표현한 작품이다.

한난소는 영능공주와 한제선의 딸로서 본래는 군주인 셈이었다. 그러나 집안의 가족불화로 일찍이 친부모와 이별하고, 정씨가의 서자인 정겸의 처 서소랑에 의해 자라난다.

한난소는 나면서부터 보기 드문 절색이자, 앞의 장성완처럼 고결한 기상을 지니고 있었다. 누가 보아도 천민 출신이 아닌 명문 집안의 딸임을 알 수 있었다. 그래서 서소랑도 비록 길에서 주어 기른 자식이지만 귀중한 친딸처럼 사랑하며 예의로 가르친다. 네댓 살 때부터는 아예 사람들에게도 보이지 않았기 때문에 심지어 정씨 사람들조차 그녀의 존재를 알지 못하였다. 이에 따라 그녀는 날이 갈수록 높은 지식과 초연한 기상을 드러낸다.

이처럼 한난소는 어릴적 친부모를 잃고 남의 집안에서 자랐으나 깊은 규중에서 학문을 닦고 예의를 실천하는 여성지식인이었다. 또한 스스로도 그러한 삶을 인생의 최고 가치로 여겼다. 하지만 까닭 없이 걸려든 모함 때문에 그녀의 인생은 완전히 달라지게 된다.

한때 정씨가에는 원인을 알 수 없는 독살사건이 잇따라 일어났

다. 먼저 집안의 후계자인 정인성이 갑자기 독약을 마시고 피를 토
하며 쓰러진다. 서태부인을 비롯한 가족들은 놀라서 정잠에게 내막
을 밝혀달라고 요구한다. 정잠은 이번에도 계실 소교완의 음모일
것이라 생각하고 그냥 덮어두려 한다.

　이 사건은 본디 정인중이 형 정인성 부부를 이간질하려고 저지
른 것이었다. 정인중은 형에게 독약을 먹인 뒤 형수가 그랬다고 모
함하나, 아버지 정잠은 믿지 않는다. 그래서 또다시 형의 물건을 훔
쳐내어 한난소의 방에 몰래 감춰두고 스스로 독약을 먹고 쓰러진
다. 가족들은 연달아 발생하는 독살사건에 점점 의심을 품기 시작
한다. 이에 정잠은 하는 수 없이 시중을 들었던 계집종들을 끌어내
어 심문한다.

　그런데 그녀들의 답변은 뜻밖이었다. 정인성이 서소랑의 양녀 한
난소를 마음에 두고 있었는데, 무엇 때문인지는 모르나 한난소가
정인성에게 독약을 먹였다는 것이다. 정인중의 사주를 받은 계집종
들은 아무런 꺼리김 없이 이렇게 대답했다.

　다행히 이 사건은 정인중이 꾸민 짓임을 정잠이 간파함으로써
일단 마무리된다. 그러나 한난소는 이후 정씨 가족들의 이야깃거리
가 되고, 어떤 이들은 이미 엎지러진 물과 같으니 그녀를 정인성의
첩으로 들이자고 제안한다.

　한난소는 뒤늦게야 이 사실을 듣고 자신이 모함에 빠졌음을 알
게 된다. 얼마 후에는 자신이 남의 입질에 오르내리는 것을 알았고,
급기야 정인성의 첩으로 들인다는 소식까지 접하게 되었다. 그녀는
아무리 노비처럼 팔려와 서자의 양녀로 자랐다한들, 어떻게 이토록
사람을 괜한 모함에 빠트리고 모욕할 수 있는지, 몹시 억울해 한다.
그리하여 다음과 같이 자신의 애매한 처지를 유서로 남긴 다음, 억

울한 마음을 누르지 못하고 뒤뜰로 돌아가 우물에 몸을 던진다.

> "천지의 특앙을 받은 인생이 부모와 성씨를 알지 못하니 친척을
> 의논할 바 업는 바에 몸을 돌아 의지할 데 있지 아니하니, 이에 머
> 물어 참누에 이르매 시호도 경의하며 증모도 투저하니, 저의 미세하
> 여 궁천하기로 다시 신설이 어려우매 차라리 이때에 죽어 후환을
> 끊음이 마땅함을 베퍼 말쑴을 꾸미고 곡절을 감추지 않아……"[176]

그러나 하늘만은 결코 그녀를 저버리지 않은 듯, 갑자기 연못 속
에서 자줏빛 연기가 피어오르고 상서로운 빛을 비추며 누군가 밑에
서 그녀를 떠받쳐 올린다. 연락을 받고 달려온 정씨 가족들이 즉시
그녀를 끌어내어 회생시킨다. 또한 그 와중에 정잠은 그녀의 팔에
새겨진 글자가 천자의 사위 한제선의 글씨와 비슷함을 발견한다.
정잠이 이 사실을 알리자 한제선이 찾아와 자신의 친딸임을 확인한
다. 이로써 그녀는 다행히 목숨을 건지고 그토록 바라던 친부모를
찾아서 한씨가로 돌아간다.

독신 주장

본가로 돌아온 한난소는 사람들을 피해 곁방에거 거처하기를 원
하였다. 즉 어머니에게 "소녀로 하여금 오래 세간에 머물고저 하시
거든 자위 곁방 그윽한 곳에 소녀의 처소를 정하여 마음을 안정히
하여이다"[177]라며 간절히 부탁한다.

그런데 하루는 아버지 한제선이 들어와 정씨가에서 있었던 사건
을 들추면서 그녀를 정인성의 첩으로 들이려 한다. 심지어 아버지
는 그녀와 정인성을 마치 하늘이 정해준 인연인 것처럼 말한다. 한

170

난소는 아버지의 말을 듣고선 놀라움과 부끄러움을 감추지 못한다. 이에 문득 일어나 절을 하고 다음과 같이 평생 독신으로 살 뜻을 밝힌다.

"비록 원억함을 정공(정잠)이 이르나 소녀의 마음 가운데 부끄럼이 사람 대할 면목이 없는 바에 어찌 또 전정이 남 같기를 바라리잇고. 이제 부모 슬하에 자애를 받잡고 곤계 남매 안항의 즐김을 다하니 소녀에게 이에서 더 즐거움이 없느지라. ……일간 벽실에 몸을 감추어 인륜 세사를 사절하고 부모를 모셔 종신함을 원하옵나니 소녀의 뜻을 구태여 앗으시면 한번 죽어 미심을 밝힐지라. ……절절이 부모를 설워하되 능히 그렇지 아닐 바를 깨닫지 못하리로소이다"[178]

이렇듯 한난소는, 마음 속의 부끄러움 때문에 결코 사람들을 대할 수 없으며 비로소 되찾은 부모 형제와 함께 사는 즐거움을 빼앗기고 싶지 않다고 말한다.

이후 그녀는 예전처럼 곁방에 머물며 학문에만 몰두한다.

이후 모친 침전의 그윽한 협실에서 고요히 《예기》와 《열녀전》을 강하고 《효경》과 《논어》를 외워 잠심 득의할 뿐이오 자매 군종 류에도 자주 나지 아니하니, 그 부모 뜻을 세우지 못하여 하는대로 두어시되 소저의 깊은 뜻으로 마침내 인륜 세사를 모름이 될까 위려하더라.[179]

좌절

조선후기에 정착한 주자학적 가부장제는 다른 무엇보다 가족을 강조하였다. 사람들은 나이가 들면 반드시 결혼해서 가족을 이루도록 요구받았고, 특히 여성들은 부계 위주의 가족제도를 유지하기 위해 반드시 결혼하여 자식(그것도 아들)을 낳도록 강요받았다. 작품에서 한난소 숙부의 충고 즉, "여자 삼종의 떳떳한 의리로서 책교하지 않으시어 종신 대사를 여아와 의논하여 아히 집뇨 회색한 뜻을 차마 엄절치 못할 듯하시니 어찌 괴이치 아니하리잇가. 궁녀와 승려 도사 아니면 공연히 패륜 종신하는 도리가 어이 잇사리잇가"[180]라는 말처럼, 당시엔 궁녀와 같은 특수직에 종사하는 여성이 아니라면 반드시 결혼하여 가족을 이루어야 했다. 그런 시대 상황에서 한난소의 독신 주장은 당시로선 매우 파격적인 것이었다. 즉, 가부장적 가족제도에 정면으로 도전한 것이었다.

당연히 가족을 비롯한 사회적 압력은 점점 무거워졌다. 친척들은 그 뜻을 돌이키라고 계속 촉구하고, 천자도 직접 나서서 다른 집안에 출가시키겠다고 협박한다. 나아가 그녀의 부모는 "슬하에 공연히 유발승을 두고 차마 어찌 보리오"[181]라고 근심하면서 아예 식음을 전폐한다. 그럼에도 한난소는 차라리 죽어서 더 이상의 불효를 끼치지 않는 것이 더 나을 것이라며, 뜻을 굽히지 않는다.

하루는 참다못한 아버지 한제선이 간곡히 부탁한다.

"네 아비 쇠잔하고 노열하여 어린 딸의 고집을 회유치 못하여 모자 숙질이 좌이대사함이 어찌 사람을 들렴 즉한 말이리오. 네 한번 집뇨함을 파하면 양아를 살리고 왕모와 여부 반석 같으리니, 효도와 의기의 큼은 이르지도 말고 여부에게는 은혜로운 딸이 되어 왕모의 위태하심이 없게 하면 어찌 아비 불효를 뺐는 자식이 되지 않으리오. 네 진실로 일을 지연하여 길사를 과행 후에 죽으면, 여부 자식 죽인 부자한 사람이 될지언정 자정을 구하지 못한 불효 죄인은 되지 않으리라"[182]

　이처럼 한제선은 모든 집안 식구들이 근심하고 있음을 강조하면서, 그녀가 마음을 돌이키면 이보다 더 큰 효도는 없을 것이라고 회유한다. 또한 기어이 뜻을 지켜 죽고자 한다면 차라리 결혼 후에 죽으라고 말한다.

　아버지 한제선은 이렇게 말하고 자리에서 쓰러진다. 그러자 곁에서 지켜보던 숙부가 정색하면서 "공연히 모자 형제가 목숨을 아울러 마치리니 네 가히 고집할 바이냐?"[183]라고 그녀를 강하게 꾸짖는다.

　결국 한난소는 독신 의지를 굽히고 만다. 아버지가 눈앞에서 쓰러지고 숙부가 간절히 꾸짖는데, 언제까지 자신의 고집만을 내세울 수는 없었던 것이다. 그녀는 "삼가 성교를 받자와 하늘과 사람이 죽이지 아니할진대 자결 자사하여 불효를 더하지 아니하리이다"[184]라고 온순하게 대답한다.

　하지만 작가는 이후 그녀의 생활을 다음과 같이 설명한다.

　소저(한난소) 불효를 싫어 다시 별이한 거조는 없으나 그윽이 몸이 세상에 낳던 바를 한하여 각골 통도하니, 비록 자분 필사코저 아니하나 어찌 뉴세지심이 분호나 있으리오. 주야로 후실에 침잠하여 가만히 심장을 사를 뿐이로되 잠묵함이 죽음과 같으니, 날이 마치도록 음식을 찾지 않고 밤이 마치도록 잠자미 없으되 한 소리 숨결도 됨이 없으니, 그 살았는 줄 아지 못하리라.[185]

　이렇게 한난소는 가족을 위해 독신의 뜻을 굽히지만, 그와 함께 세상사에 대한 뜻도 아울러 잃어버린다. 이후 그녀는 정인성의 첩으로 들어가 자식을 낳고 살지만 결코 순탄한 결혼생활은 아니었다.

이상과 같이 여주인공 한난소는 독신으로 살려 했으나, 결국은 사회적 압력으로 맘에도 없는 결혼을 해야만 했다. 작가는 이처럼 가부장적 결혼제도의 희생자를 통해, 여성들도 주체적인 의지에 따라 자신의 삶의 방식을 선택할 수 있어야 한다는 자유로운 생의 의지를 표현한 듯하다.

3. 외모로 인한 비극

추물여성

여씨 이야기는 여씨라는 한 추물여성의 비극적인 인생역정을 표현한 것이다. 이 이야기는 장세린의 결혼담과 함께 등장하는데, 대략 10여 권에 걸쳐 전개될 정도로 완월회맹연의 주변 이야기 가운데 상당한 비중을 차지하고 있다.

여씨는 천자의 장인인 여형수의 큰아들 여원홍의 딸이다. 이름은 밝혀지지 않았는데 앞선 주성염의 계모 여씨와 동명이인(同名異人)이다. 그녀는 권세 있는 집안에서 태어났으나 외모가 매우 거칠고 못생긴 추녀였다. 태도도 "완연히 유월 염천에 쟁기를 메운 쇠 숨소리 같은 바의 족적이 용둔하고 난잡하여 정함 옥란이 움직이고"[186]라고 표현할 정도로 대단히 흉물스러웠다.

하지만 그녀 자신은 외모에 대한 열등감이 없었으며, 자기 주장도 뚜렷이 밝힐 줄 아는 맹렬 여성이었다. 예컨대 첫날밤에 신랑 장세린이 그녀의 모습을 보고 발걸음을 돌리자 그녀는 아래와 같이 당차게 말한다.

"혼례는 인지대관이요 윤지종이라. 이성의 합을 이루매 만복의 근원을 구하니 소소 미사라도 절차를 인하여 규구를 다할 것이어늘, 낭군이 연소하여 깨닫지 못하고 가중이 분분하여 능히 지휘치 못하므로, 옥석의 자하상을 나누지 못하고 향방의 상대함을 행치 못하여서 낭군이 걸음을 돌이키니, 당당한 대례를 폐치 못하리라. 모름지기 도로 청하여 법규의 착난함이 없게 하라"[187]

한편 여씨의 배우자 장세린은, 앞의 장성완 이야기에서 언급한 것처럼 문제가 적잖았던 장헌과 박씨의 셋째아들이었다. 그는 준수하고 호탕한 대장부의 위풍을 지녔으나 주색(酒色)을 매우 좋아하는 허랑방탕한 남성이었다. 이미 결혼 전부터 주량이 남달랐을 뿐 아니라 부모 몰래 절색의 미녀 네댓 명과 정을 통하고 있었다.

장세린에게, 여자란 외모 그 자체일 뿐이지 본질은 결코 중요하지 않았다. 그래서 첫날밤 여씨의 흉한 모습을 본 그는 마음으로부터 반감이 치밀어 올라와 당장에 칼을 들어 죽이고 싶어 한다. 형 장희린이 "비록 바라던 바와 다르나 어찌 말을 과히 하여 위인의 현불초를 아지 못하며 문득 흉물이라 지목하느뇨?"[188]라고 말하여도 그에겐 결코 위안이 되지 못한다.

이렇듯 두 사람의 결혼은 애초부터 문제가 많았다. 그리고 둘의 결혼생활이 순탄치 못할 것임은 충분히 예견되는 일이었다. 실제로 이들의 결혼생활은 그야말로 원한만 쌓아가는 과정이라고 해도 지나친 말이 아니다.

특히 장세린의 불만은 걷잡을 수 없을 정도로 대단하였다. 첫날밤 신방을 뛰쳐나온 그는 "나의 운액이 어찌하여 이 참지 못할 통앙함을 당하거뇨?"[189]라고 한탄하면서 연거푸 술잔만 들이키고, 그 후에

도 계속 여씨를 찾지 않고 방탕한 생활을 거듭한다. 또한 이후 기필
코 숙녀를 구해서 여씨를 불운하게 만들어 버리겠다고 다짐한다.

반면에 첫날밤부터 박대당한 여씨는 매일 밤 잠을 이루지 못하
고 번민한다. 한편 여씨의 친정어머니 만씨는 이들 부부의 관계를
회복시키기 위해 온갖 노력을 다하였지만, 장세린의 고집을 꺾지는
못하였다.

하루는 만씨가 무녀를 불러 산천에 기도한 뒤, 부부의 떨어진 정
을 돌이킬 수 있다는 신비한 약을 구해 준다. 그것은 과연 효과를
나타내는데, 장헌과 박씨가 여씨의 처지를 가엽게 여기고 장세린을
불러 한 번이나마 위로해 주도록 시킨 것이다. 장세린이 죽기로써
거부했지만, 그들은 강제로 끌고 들어가 밖에서 문을 걸어버렸다.
여씨도 모처럼의 기회를 놓치지 않으려고 그에게 다가가 교태를 부
리며 유혹도 하고 이치로 달래기도 한다. 그러나 장세린은 오히려
더욱 화를 내며 벽을 발로 차서 구멍을 내어 도망쳐 버린다.

얼마 뒤 장헌과 박씨는 제정신을 차리고, 예전처럼 또다시 여씨
에게 욕설을 한다. 상심한 여씨도 이번에는 가만 있지를 않는다. 그
녀 역시 시어머니에게 대놓고 욕설을 퍼붓는데, 급기야 시어머니와
며느리가 서로 뒤엉켜 싸우는 지경에까지 이른다. 그리하여 여씨는
장씨가에서 쫓겨나고 만다.

여씨의 이번 근친은 다시 돌아올 기약 없는 친정행이 되고 말았
다. 장세린이 그녀를 쫓아낸 뒤에 새로 정성염이란 여인과 재혼했
기 때문이다.

여씨와 결혼한 지 얼마 되지 않아, 장세린은 우연히 미인도(美人
圖) 한 장을 얻어보고 그만 넋을 잃고 만다. 이후 그는 날마다 그림
을 붙들고 사모하는 마음을 키운다. 하지만 그림의 주인공이 정성

염이란 사실을 알고서 그만 낙담하지 않을 수 없게 된다. 정씨, 특히 정씨의 작은집은 아직도 그의 집안과 원수지간이었기 때문이다.

마침내 장세린은 상사병에 빠진 채 긴 밤을 뜬눈으로 새우고 음식을 전혀 입에 대지 못한다. 이 사실을 안 가족들은 그를 호되게 꾸짖는다. 특히 큰어머니 연부인은 "정소저(정성염)의 전정인즉 네 손을 해지음 같으니 그 장차 어디로 가리오?"[190]라고 말하며, 정성염을 사모함은 공연히 정성염의 앞길을 막는 짓이라고 비난한다. 그래도 장세린의 상사병은 점점 더해만 가고 마침내 죽을 지경에 이른다.

장헌은 하는 수 없이 사돈어른 여형수를 찾아가 장세린의 재혼을 부탁한다. 또한 정성염의 아버지 정염에게 거의 협박투로 청혼한다. 그래서 장세린은 육례를 갖추어 정성염을 정식 부인으로 맞이할 뿐만 아니라 과거에도 급제하는 개가를 올린다.

한 맺힌 죽음

이러한 소식을 들은 여씨는 분노를 금치 못하고 즉시 장씨가로 달려가 욕설을 퍼부으며 집안을 떠들썩하게 한다. 장헌이 앞을 가로막고 내쫓으려 하자 여씨는 단박에 그를 밀쳐버린다. 장세린이 붙잡아 후원에 가두었으나, 그녀는 벽을 뚫고 담을 뛰어넘어 기필코 정성염을 찾아가 마구 때린다. 장세린이 달려와 또다시 후원 깊숙한 곳에 감금하고 나서야 그녀의 과도한 행동은 그친다.

이후 장세린은 여씨가 물 한모금 넘기지 못할 정도로 병이 심해가도 약조차 주지 않는다. 여씨가 부모를 애타게 찾아도 결코 연락하지 않는다. 자연히 여씨의 병은 날로 심해가고, 마침내 죽을 지경에 이른다. 이에 여씨는 자신의 죽음을 직감하고서 손위 동서 정월염에게 다음과 같은 유언을 남긴다.

　"첩이 부인으로 더불어 동기지열에 참여한 지 사오년의 미쳤으되, 첩이 불초 패악하여 제부인께 허하여 지기로 대접하심을 얻지 못하였으나, 각각 타문에 생장하여 한 당중의 안항의 항렬을 갈오매 어찌 범연한 바가 있으리오. 부인의 성심 인덕으로써 첩의 초로 잔천을 어여삐 여기사 진하여 가는 목숨을 찬연하실지라, 부인의 후의를 믿어 가슴 가운데 맺힌 말씀을 토설하나이다. 첩이 신혼 초일부터 구고께 득죄함이 태산 같고 군자의 박절함이 가히 이를 바 아니로되, 요행 구고의 산은 해덕을 의지하여 존부에서 잔천을 종신함이 있을까 하였더니, 생각지 않은 군자 상문 규옥을 상사하여 병이 위정에 이르니 여자지심이 미처 패려 무행함을 생각하리오. 스스로 먼저 죽어 모르고자 하더니 요행 존부 허락을 받자와 군자 생도를 얻으니 행심 극의로되, 정씨 입승함으로부터 군자의 박대 날로 더하여 첩으로 하여금 누실의 가두어 기아이사를 조르되, 구고 은택과 부인의 현심 수덕이 첩의 정리를 가련히 여기사 은휼하심이 바란 바의 넘은지라. 은혜를 각골하여 생전에 갚기를 기약하더니, 군자 첩의 일명이 세상에 머무르매 정녀로 화락함이 뜻같지 못할까 하여 문득 복첩으로 하여금 구타 박축하여 병이 이에 미치니 이미 고항에 들어 명재수유하니, 첩이 죽으매 군자 심사 쾌창하고 정녀 양양 자득할 바는 불문가지라. 이 어찌 군자의 할 바리오. <u>첩이 죽으나 몸이 규녀로 있으니 장씨 헛치레 우스운지라, 여씨 청산에 묻히어 목주 여씨 가묘에 둘지언정 다시 장부를 바라지 아니리니, 금일 말씀이 차생 영결이라 부인으로 동기지정이 어찌 느껍지 아니리오"</u>[191]

　이렇게 여씨는 지난날을 돌아보면서 가슴에 맺힌 원한을 장황하게 토로한다. 장세린은 결혼 첫날밤부터 자신을 박대했고 정성염과 재혼해서는 아예 후당에 가두어 죽이려고 했다고 주장한다. 그리고 자신은 아직도 처녀의 몸이니 죽은 후엔 이 집 선산에 묻지 말고 친정인 여씨 선산에 묻게 해달라고 부탁한다. 여씨는 더는 장씨 집 안에 미련이 없었던 것이다.

아버지 여원홍이 소식을 듣고 찾아왔을 때에도 여씨는 "소녀 장 가로 더불어 무슨 원수완대 이십이 못하여 몸을 미치게 되었나니잇 고. 사생지간에 원수되었으니 이에 머물 리 없나니 소녀를 거느려 가사 모친을 보고 죽게 하소서"[192]라고 하루빨리 데려가 달라고 애 원한다. 여원홍이 본가로 데려가 지성으로 치료하나 여씨는 20살이 란 청춘의 나이로 요절하고 만다.

원귀 출현

하지만 여씨의 운명은 죽음으로 끝나지 않는다. "자기 죽거든 장 가에 원수 갚기를 일으니……"[193]라고 숨을 거둘 때 예고한 것처럼, 그녀의 원한은 이미 삶과 죽음의 세계를 넘어서 있었다.

여씨의 원혼은 먼저 아버지 여원홍에 의해 다시 떠오른다. 여원 홍이 그녀가 당한 모든 일들을 글월로 써서 천자께 고발한 것이다. 특히 그는 "한갓 사정 뿐 아니라 일이 풍화에 관계함을 감히 은닉 치 못하와 아뢰옵나니 복원 성상은 명정기죄하사 난륜패상한 무리 를 다스리소서"[194]라고 말하며, 이 문제가 사회의 풍속과 관계되므 로 무겁게 다뤄주기를 요구한다.

천자는 그의 상소문을 읽고 당장 장세린을 하옥시키라고 명령한 다. 그러나 신하들이 그의 상소문에 이의를 제기하면서 일제히 장세 린을 변호한다. 이에 천자도 사건이 명백히 밝혀질 때까지 장세린을 유배시킨다는 애매한 처분을 내리고는 이 사건을 마무리짓는다.

또한 여씨가 죽은 뒤, 장세린의 형 장창린은 그녀의 유해를 가져다가 자기 집안에서 장사지내고 장씨 선산에 안장하려 한다. 여씨의 어머니 만씨가 한사코 거부했어도 남자들의 의견을 되돌리진 못했다.

그런데 여씨의 시신이 장씨 선산으로 발행하기 전날 밤이었다. 홀연 관 속에서 "불인 장헌을 벌하려 흑살 귀치로 너를 잡아갈지라. 네 명맥이 불구에 그치리니 양양치 말라"[195]는 은은한 소리가 들려온다. 한마디로 귀곡성(鬼哭聲 : 귀신의 울음소리), 곧 여씨의 혼백이 돌아온 것이다. 장헌은 머리털을 솟구치며 놀라워한다.

이튿날도 그 소리는 계속된다. 사람들은 두려움에 떨며 조심스럽게 발행을 준비한다. 그러자 이번엔 관이 불쑥 일어나 물건들을 부수면서 이렇게 아우성친다.

"나는 여씨의 만금 교옥이라. 장가와 무슨 원수 있어 마침내 나를 죽였으니, 내 집 선산의 백골이 되려하더니 삼생 원수인 장가의 고총 총중에 끌어다가 묻으려 하니, 내 어찌 실리여 가리오. 장헌 늙은 흉물아 네 날로 원수되었는지라 내 어찌 저를 고히 두어 살게하리오. 석가제존에 청촉하고 옥황께 원소하여 염왕께 송사하여 천라지망에 밀조하여 세린 탕자와 정가 요녀를 너으려 흑살귀치를 발하여 잡아다가 내 지원을 설한하리라. 내 오늘 네 집 선산에 가지 않으리니, 네 날을 어찌할다"[196]

이처럼 여씨는 친정 선산에 묻힐지언정 장씨 선산에는 결단코 묻히려 하지 않는다. 뿐만 아니라 장헌에게 기필코 원수를 갚겠다고 위협한다.

모든 사람들이 붙들려고 애써도 관은 뻣뻣이 서서 눕지 않는다. 장창린이 나아가 부드럽게 회유하고서야 관은 겨우 진정한다. 하지만 선산으로 가는 도중에도 귀곡성은 밤마다 들려온다. 또한 여씨는 처음에는 밤에만 나타났으나 시간이 지나서는 백주 대낮에도 나타난다. 어느 때는 아예 관의 문을 열고 나와 거리를 활보하기도 한다. 이에 장창린은 하는 수 없이 관에 부적을 붙여 가까스로 장사를 지낸다.

복수극

결국 여씨의 육신은 그토록 원치 않던 장씨 선산에 묻히고 만다. 하지만 사람들이 여씨의 원혼마저 땅에 묻지는 못한다. 여씨는 곧 장씨가로 달려가 자신을 죽게 만든 관련자에게 차례차례 복수한다.

하루는 장헌이 박씨와 대화하고 있을 때, 갑자기 여씨가 문을 열고 들어온다. 머리칼은 풀어헤치고, 옷도 입지 않아 완전히 벌거벗은 채였으며, 온몸에 붉은 핏자국이 가득하였다. 여씨는 "오늘부터 네 목숨이 내 손에 들었는지라"[197]고 말한 뒤, 곧장 어린아이로 변하여 장헌의 가슴을 짓누른다. 장헌이 소리치며 입을 크게 벌리자, 여씨는 그의 뱃속으로 들어가 칼로 내장을 쑤신다. 장헌은 온몸을 비틀며 신음한다. 가족들이 백방으로 그를 구하려고 해도 귀신들린 사람을 인력으로는 어찌할 수가 없었다. 장헌은 하늘로 올라가 죽은 부친에게 매를 맞고 자신의 잘못을 뉘우치고서야 겨우 깨어난다.

잘못을 뉘우친 장헌은 여씨의 원한을 풀어주려고 정혜심이란 여승을 부른다. 그리고 창고의 수많은 재산을 헐어 수륙재(水陸齋)를 올려주도록 한다. 여씨의 혼백이 무사히 극락정토로 왕생하기를 바라는 축문도 자신이 직접 쓴다.

이렇게 성대한 재(齋)를 마친 어느날, 여씨는 장헌을 찾아와 "존구 대인이 지성 발원하사 큰 공덕을 이루시니 나의 원업이 풀린지라. 이로 쫓아 하직하나니 명사 대인의 개과천선함을 아름답게 여겨 악적에 이름을 없이 하고 선적에 치부하였으니, 장래 복록이 무궁하시리이다"[198]라며 하직하곤 어디론가 떠나간다.

여씨가 마지막으로 찾아간 사람은 옛 남편 장세린이었다. 이즈음 장세린은 유배지에서 여전히 여씨를 원망하고 있었는데, 하루는 곳곳에서 귀신소리가 들리며 한 여인이 방으로 들어온다. 두 척이 넘는 키에 머리털은 헙수룩하고, 두 눈에 불빛을 번뜩이며 검은 손을 벌리고 그를 향해 다가온다. 장세린은 미리 준비해둔 부적을 꺼내어 재빨리 귀신을 향해 던진다. 이에 통분한 여씨는 다음과 같이 훗날을 기약하면서 저승으로 돌아간다.

"세린아. 네 나와 더불어 항려의 중함이 있거늘, 필부 요색에 혹하여 내 있으매 요녀에게 방해로울까 하여 마침내 죽이니 살인대살을 네 어찌 면하리오. 성주의 융은으로 수형을 보전하여 장사에 귀향감이 너의 복분에 과도한 줄 생각하지 않고 지하에 돌아간 여씨를 수욕하니 갈수록 인인군자의 일이 아니라. 내 이미 풍림의 원귀되어 상제께 원소하고 염왕께 송사하여 네 아비 장차 지옥 고초를 받으며 태장의 형벌을 당하였으니 네 어찌 계교할다. 금야에 너를 죽이러 왔더니 네 몸의 요괴로운 부적을 끼쳤으니 가까이 가지 못하나니, 오늘 네 원을 갚지 못함이 어찌 서럽지 않으리오"[199]

이렇게 여씨는 자신을 죽인 것도 부족하여 지하에 돌아간 사람에게조차 욕하느냐고 질책한다. 그리고 지금은 부적 때문에 그냥 돌아가지만 원한을 갚지 못한 것이 못내 한스럽다고 말하면서 훗날을 기약한다.

이상과 같이 여씨 이야기는 한 추물여성의 외모로 인한 비극을 표현한 것이다. 또한 "일부 함원이 오월비상을 이루어"[200], 곧 여자가 한이 맺히면 오뉴월에도 서리가 내린다는 것을 소설화한 것이다.
여씨는 호색한 남편의 박대로 시댁 사람들에게 과도한 행동을 보이고 급기야 요절하고 말았던 그야말로 비운의 여인이었다. 비록 그녀의 분노는 끝내 좌절되었지만, 작가는 이로써 여자를 한 인간으로 보기보다 그저 탐미의 대상쯤으로 여기는 왜곡된 사회에 경종을 울리려 했던 듯하다.

제4절 여성들의 사랑이야기

1. 짝사랑의 양상

완월회맹연은 중심 이야기보다 단편적인 주변 이야기가 유독 발달한 소설이다. 그 두 번째 유형이 바로 영웅담을 매개로 한 여성들의 사랑이야기인데, 먼저 만초란·석순영의 사랑이야기부터 살펴보자. 이들 이야기는 정씨가의 후계자인 정인성의 영웅담과 함께 실려 있다.

두 자매

만초란은 나이 13세로, 재주와 용모가 매우 뛰어난 여자였다. 성품도 고결 단아하여 어릴 때부터 음탕한 기운이라곤 전혀 없었다.

그래서 부모인 만안과 왕씨는 남달리 그녀를 사랑하여 널리 배필을 찾았으나 여태까지 마땅한 짝을 구하지 못하고 있었다.

하루는 만초란이 어머니 왕씨, 동생 성란과 함께 군사들의 승선 행렬을 구경하러 간다. 그 유명한 정잠, 정인성 부자가 안남을 토벌하러 가는 길이었다. 강가는 구경인파로 일대 장관을 이루고 있었다. 가을 하늘처럼 맑은 기상에 일월처럼 찬란한 얼굴, 정인성의 풍모는 듣던 대로 과연 고금천지에 둘도 없었다. 사람들은 눈이 어른거리고 심신이 황홀한 듯 저마다 입을 벌리고 어떻게 표현할 줄 몰라한다. 부녀자들도 나이를 불문하고 앞다투어 그를 바라보며 감탄사를 연발한다. 분을 바른 얼굴을 겨를 없이 드러내고 손가락을 들어 분분히 가르치며 목구멍에서 연기가 피어오르고 가슴에 화염이 일어나는 듯, 모두 다 흔들리는 마음을 주체하지 못한다.

높은 건물에서 주렴을 높이 걷고 정인성을 바라보던 만초란은 갑자기 온몸이 무르녹고 만다. 어느새 정인성을 쫓고자 하는 마음이 철석같이 굳어진다. 하지만 그 방법을 찾을 수 없어서 기운이 막혀 졸도하고 만다.

> "인생 처세에 남자되어 저 의채를 잡으며 막대를 섬겨 도를 들고 행실을 배우지 못할진대, 차라리 여자되어 그 건즐을 소임하여 항렬을 가까이 못하나 미말 시첩에 참예하여 이름이 성현 예가에 속할진대 백골 진퇴에 유한이 없을 것이로되, 이를 도모하여 인연을 지음이 청천등승함에서 어렵도다"[201]

이렇듯 만초란은 저런 남자를 만나 함께 살 수만 있다면 첩의 끄트머리에 속할지라도 여한이 없겠다고 생각한다.

만초란의 동생 성란은 겨우 9살이었지만 기질이 비상한 아이였다. 만초란이 거의 한나절이 지나서야 깨어나자, 성란은 이미 언니의 마음을 헤아리고 있다는 듯 이렇게 조용히 입을 연다.

"저저 계출명문하사 평생 배필을 근심할 바 아니어늘, 일건 군자에 십년 수행을 잊어버려 상림 교아의 의상을 적실 뜻이 없지 아니하니 과연 묵재공(정인성)의 풍의 덕질이 비상코 기이한지라. 친하에 식안이 있는 재녀 가인으로 하여금 아침에 묵재를 쫓아 탁성정 씨하고 저녁에 주륙하는 화를 당하라 하여도 그 사람의 얻지 못할 영광과 회복이 속자를 배필하여 층층한 돈견을 연생하며 푸른 귀밑에 백설이 날리기에 밋도록 동주환락함보다 쾌하고 즐거우리니, 저저의 뜻이 어찌 괴이하리오"[202]

이처럼 성란은 명문가 출신의 언니가 좋은 배필을 구할 길이 없을까마는, 정인성을 한번 보자마자 십년 수행을 하루아침에 잊어버리니 과연 그 인물이 비상함을 알겠다고 말한다. 그리고 자신이 생각해도, 안목 있는 여자라면 아침에 그를 만나 사랑을 나누고 저녁에 죽더라도 평생 여한이 없을 것이라고 말한다. 그러니 언니의 뜻이 어찌 괴이하겠느냐고 말하면서 만초란의 사랑 감정에 정당성을 부여해 준다.

또한 성란은 앉아서 근심하지만 말고 직접 일어나 사랑을 찾아 나서라고 촉구한다.

"소저의 어린 계교인즉 저저 앉아서 천하보다 더 중한 것을 도모하여 취하지 못하리니, 자고지사 죽을 곳에 들어도 살고 망할 땅에

이르러도 존한다 하니 저저 스스로 만고를 감심하여 향규 옥질과
천금 존체로서 도로 간난과 하자 풍상을 갖초 맛보아 백우를 배불
리 시르신 후 비로소 태운의 길시를 보실까 하나니, 어찌 맥맥히 함
호하고 울울히 초창하여 단명할 징조를 지으며 헛되이 좋은 원백이
되기를 기약하시느뇨?"[203]

이렇게 성란은 천하보다 더 중요한 일을 앉아서 얻지는 못할 것
이니 어서 일어나라고 종용한다. 또, 언니가 만약 갖은 고생을 감수
하고 그를 찾아가 만난다면 아마도 좋은 인연을 이룰 수 있을 것이
라고 말해준다.

내내 베게를 베고 누워 눈물만 흘리고 있던 만초란은 비로소 용
기를 내어 자신의 생각을 명백히 밝힌다.

"저를 받들어 섬기고 기리 환락하여 늚의 완전함을 바라지 못할
바에 오직 성인의 문에 의지하여 군자의 대도와 현자의 덕의를 기
리 우러르고자 함이로되 인연의 길이 막연하니 발설함이 유해 무익
한지라. 다만 저를 위하여 죽어 넋이 저를 따라 그 신변을 떠나지
말고자 함이러니 현제의 말을 들은 즉 내 이미 저를 위하여 죽으려
한 바라. 무슨 일을 꺼리겨 어려이 여기리오?"[204]

이처럼 만초란은, 그와 함께 살지는 못할지라도 먼 발치에서나마
바라보며 살고 싶었지만, 그것조차 이룰 길이 없어서 내내 근심하
고 있었다고 말한다. 하지만 이제는 그를 위해 죽기를 각오했거늘
무슨 꺼리길 바가 있겠느냐고 단호하게 말한다.

하지만 만초란은 자신을 낳고 길러준 부모가 못내 마음에 걸린

듯, "부모 비록 나를 사랑하시나 경사에 한림 거거의 부부 계시고 이에 두 거거의 부부며 현제 있으니 불초의 유무 불관한 바라"[205]며 자신은 있으나마나 한 존재라고 애써 부인한다. 그러자 성란은 곧 그렇지 않다고 핀잔을 주면서 자신이 언니를 도운 이유를 이렇게 설명한다.

"부모 비록 삼 거거(오빠)와 소저를 두어 계시나 천륜의 시사로서 저저(언니)를 교애하심이 거거 등의 더하시거늘 천천 만만 몽매지외에 공연 실리하여 거처 존망을 모르실 지음에 통상하시며 애도함을 어찌 비할 곳이 있을 바리잇고마는, 저저의 위질이 가만히 던져 두어는 능히 생도를 바라지 못할지라. 소저 궁극한 계교로써 저저의 전정을 도모코자 하여 정체찰(정인성)의 행거 따르기를 권함이니 위천하자는 불고가라. 저저 또한 소소 염치와 사정을 베어 간음을 거리끼지 아니하고 누천리 험지를 발섭코자 하시니 일이 뜻한 바와 같아 저 군자 우리 저저의 지성을 감동할진대 어찌 행치 아니하리잇고"[206]

이처럼 성란은 비록 세 오빠와 자신이 있으나 부모님은 언니를 가장 좋아하시는데, 뜻밖에도 언니가 집을 나가 거처와 존망을 모른다면 부모님이 얼마나 애통해 하시겠느냐고 핀잔을 준다. 하지만 천하를 도모하는 자는 집을 돌아보지 않는 법이라고 강조하면서, 당장은 집을 생각하지 말라고 한다. 그리고 만약 언니가 사소한 염치와 정리를 버리고 남의 따가운 시선을 감수하더라도, 그를 만나 사랑을 이룬다면 얼마나 다행스럽겠느냐고 격려한다.

이 때부터 만초란은 음식을 잘 먹으며 기운을 보충하는 등 길을 떠날 준비를 한다. 성란도 언니를 위해 몰래 행장을 차려주고 아버지의 천리마까지 훔쳐다 준다. 이에 만초란은 계집종 석영과 함께 남복(男服)으로 갈아입고 몰래 집을 나선다.

성란은 언니가 떠난 뒤에도 한 달이 지나도록 그 사실을 부모한테 알리지 않는다. 아버지 만안은 집안 노비들을 풀어서 방방곡곡으로 찾으러 보내는 한편 직접 먼 곳까지 찾으러 가기도 한다. 어머니 왕씨는 아예 식음을 전폐하고 자리에 눕는다. 성란은 그저 상심한 부모를 위로할 뿐이었다.

사랑 고백

하남지방에 석순영이란 여자가 있었다. 절도사 석현의 딸로 나이는 14살이었다. 어느날 그녀는 도적들에게 붙잡혀 동굴에 갇혀 있었는데, 때마침 안남으로 가던 정인성에 의해 무사히 구출된다. 이에 그녀는 내심 정인성을 은인으로 사모하면서 아버지께 청혼을 부탁한다. 장차 그의 세숫물과 수건을 받듦으로써 조금이나마 은혜를 갚고 싶다고 말한다. 하지만 아버지는 단호하게 꾸짖으며 다시는 그런 말을 입밖에도 내지 말라고 한다.

이즈음 만초란은 천신만고를 겪으며 정인성의 뒤를 쫓고 있었다. 험준한 산령을 넘고 넓은 강을 건너며, 곳곳에 들끓는 강도들과 맞딱드리면서도 겨우 겨우 목숨을 보전한다. 다행히 위기에 처할 때마다 기이한 여승이 나타나 도와주는데, 그 여승은 만호란에게 처음 뜻을 이루고자 한다면 하남의 석순영이란 여자를 찾아가라고 일러준다.

이에 만초란은 석순영을 찾아가서 얼마 동안 함께 지내는데, 다행히도 두 사람은 마음이 잘 맞았다. 특히 둘은 자기애가 매우 강했

다. 결혼 문제도 "종신대사에 다다라는 매매히 뜻을 품고 옹졸히
수습하는 태도로 일생을 그르게 할 바 아니라"[207]며 자기 일생이 걸
린 문제를 어떻게 옹졸히 수습하는 태도로 그르칠 수 있겠느냐고
생각한다.

마침내 정인성이 안남으로 떠나기 전날 밤이었다. 만초란은 석순
영에게 먼저 들어가 고백하도록 권한다. 물론 그녀는 죽기를 각오
한 신념도 빠트리지 않는다.

"원컨대 형이 먼저 나아가 여차여차하여 절로써 가히 타인을 바
라지 못할 바를 베풀어 저 군자의 대답을 보고 소저 다시 만리의 쫓
아 이른 바를 고하리니, 이렇게하여 영웅 군자의 활연 관대한 용납
함을 얻으면 인생지락이 이에 더함이 없으며 한 조각 예 아니라 하
여 용납지 않을진대 죽어 저를 쫓을 따름이라. <u>소저 벌써 부문을 떠
나던 날에 뜻을 결하여 죽기를 돌아감 같이 여기나니 제 비록 나를
버리나 나는 마음을 저버리지 못하리니 그 앞에서 쾌히 죽어 정성
을 뵈리라</u>"[208]

이렇게 만초란은 그가 사랑을 받아준다면 다행이지만, 만일 예가
아님을 들어 거절한다면 차라리 죽어서 그를 따르겠다고 말한다.
그는 비록 자신을 버릴지 모르지만 자신은 그를 저버릴 수 없으니
기필코 그 앞에서 죽어 정성을 보이겠다는 것이다.

하지만 석순영의 생각은 그녀와 달랐다. "일생 전정이 되어가는
대로 있을 뿐이라. 현매 어찌 사생을 그토록 가벼이 여기나뇨?"[209]
라는 말처럼, 그녀는 죽음을 운운할 정도로 집착하지는 않았다. 그
녀는 이미 도적들에게 죽을 지경에 처했었기 때문이다. 석순영은

다만 "금야의 정유를 고달함은 그대와 내 뜻이 한가지나 사생에 다다라는 같지 아니하도다"[210]라고 말한 뒤 그의 거처를 찾아간다.

이때 정인성은 등불을 밝히고 조용히 주역을 읽고 있었다. 석순영은 그에게 다가가 맑은 목소리로 자신의 사모하는 마음을 전한다. 또한 마지막으로 "이는 곧 가녀의 투항함과 교랑의 실절함이 아니로소이다"[211]라며 일순간의 춘정(春情)이 아닌 진정한 마음의 고백이라고 덧붙인다. 그러나 정인성은 그녀의 말이 끝나자마자 거의 분노하는 투로 이렇게 꾸짖는다.

"낭자는 들으라. 성인이 풍화 예의를 정하사 염치를 굳게 하심은 풍속을 정제코자 하심이라. ……어찌 낭자 이 말을 인하여 입으로 절을 잃으며 마음의 더러온 욕화를 동하여 하늘을 기망하고 귀신을 속여 어버이를 도적하여 군자를 핍박하니 이는 예의와 염치를 다 저버리며 풍속을 더러이고 천하를 흐린 계집이라. ……대강 초에 구활함은 측은지심으로 비롯함이라. ……그대 시운이 불행하여 도장의 깊은 몸으로써 흉적의 손에 떨어져 그 비록 실절한 바 아니나 백희의 죄인이 되어 실행한 부끄럼이 없지 아니커늘, ……스스로 이 혼야에 이르러 더러운 말로써 군자를 속여 핍박함이냐. ……빨리 돌아가 행실을 닦아 여교를 배우며 음사한 뜻을 두지 말고 절조를 가다듬어 어진 배필을 구하여 천연을 쫓아 돌아가고 호발도 혐의로운 뜻을 두지 말라.[212]

이처럼 정인성은 남녀간의 지켜야할 예의를 들어, 석순영을 풍속을 더럽히고 천하를 흐린 계집이라고 꾸짖는다. 또 이전에 자신이 구해준 것은 측은지심에서 비롯된 것이지, 별다른 뜻은 없었다고 단호하게 말한다. 또한 빨리 돌아가 여교(女敎)를 닦아 다시는 털끝만큼도 음탕한 뜻을 두지 말라고 한다.

석순영은 이룰 수 없는 사랑임을 깨닫고 오열하기 시작한다. 하지만 정인성은 "이목이 두렵고 사람이 아는 이 있으면 소생은 관계치 아니하나 낭자의 신상에 쾌치 아니하니 빨리 돌아감이 좋을까 하노라"[213]고 하면서 끝까지 무정하게 대한다.

삭발위승

그때 만초란은 뒤뜰에서 두 사람의 대화를 엿듣고 있었다. 그녀는 처음 석순영이 들어갈 때만 해도 그 앞을 가로막고 자신이 먼저 달려가 회포를 풀고 싶었으나, 차마 그럴 수는 없어서 오직 슬픔을 머금고 눈물만 흘렸다. 얼마 안 있어 석순영의 맑은 목소리가 들려왔다. 그러나 이어지는 정인성의 질책은 그야말로 검붉은 쇳덩이에 찬물을 끼얹는 격이었다. 그는 계속 눈길을 바닥에 고정시키고 예의염치를 들어 석순영을 꾸짖고 경계했다. 이에 만초란은 그를 향해 두 번 절하고는 계집종 석영의 어깨에 의지하여 방으로 돌아온다.

잠시 뒤, 석순영도 돌아와 "내 밝은 촉을 대하매 진실로 낯이 덥고 중이 열하니 슬프다 석순영아, 네 해음이 무슨 곳에 당하였나뇨?"[214]라고 말하면서 눈물을 흘린다. 그러자 만초란은 앞으로 어찌해야할지 가늠하지 못한다.

"생각건대 내 그의 앞에서 죽어도 의와 절이 아닌즉 다만 요망한 계집이 스스로 실성하여 죽음으로 이를 뿐이오, 내 일이 괴태하고 진실로 망측하니 죽으나 눈강을 도멸하며 살아도 명교의 득죄우인이 되어 천지 사이에 용무 지지하니 그 어디를 향하여 돌아서리오.

이미 향할 바 없은 즉 죽지 않고 또 어찌하오리마는, 내 만리의 따라 이르러 군자의 심서의 누연이 역이는 귀신이 됨이 더욱 부끄러움으로 감히 그 면전 호란함을 더하지 못하고, 첫 뜻을 지켜 내세를 기약함이 단발수도하여 석가의 제자되어 다시 발원키를 정묵재(정인성)에게 돌아가 일단 정심을 풀며, 내 이미 부생모육의 호천망극지은을 몽매에도 생각치 아니하고 동기연지의 생우지애를 한 터럭도 머르르미 없으니, 죽어도 명사의 죄를 쌓고 황천의 부끄럼이 되려니와 명도 기구하여 천정한 팔자 여차하니 현마 어찌하리오"[215]

이처럼 만초란은 어떻게 해야할지를 몰라 한다. 지금 정인성 앞에서 죽는다 해도 그저 요망한 계집이 실성해서 죽는 것에 지나지 않았다. 그녀는 그저 첫 뜻을 지켜 머리를 깎고 여승이 되어 내세에서나마 다시 만나기를 기원할 수밖에 없었다.

석순영이 "오년이 이칠이요 매년이 십삼이라 무슨 일 유문에 끼친 업을 버리고 석가 괴도에 투입하리오"[216]라고 청춘을 들어 다시 생각하기를 요구하자, 그녀는 웃으면서 "원컨대 저저는 성려를 번거히 마르시고 평안히 잠을 취하사이다"[217]라고 대답한다. 그리고는 석순영이 잠들기를 기다렸다가 편지를 써놓고 밖으로 나간다. 계집종 석영에게도 그만 돌아갈 것을 종용하나, 석영은 "비자 따라서 머리를 깎고 도를 구하리니 죽을지언정 홀로 돌아가지 못할소이다"[218]라며 함께 가겠다고 고집한다. 이에 두 사람은 한때 인연을 맺었던 기이한 여승을 찾아간다.

지난번 만초란을 도와준 신비한 여승은 취도산의 묘운이라는 여자였다. 그녀는 12살 무렵 탕자에게 씻을 수 없는 오욕(성폭력)을 당하고 여승이 된 이였다. 만초란이 찾아가 세상 인연을 끊고 산문에 의탁하기를 청하자, 묘운도 구태여 말리지 않고 사제관계를 맺어준다. 하지만 정인성을 향한 만초란의 사랑은 영원하였으니, 그녀의 후일담은 대강 이러하다.

오직 내세를 닦는 밖에 정묵재(정인성)를 위한 정이 풀리지 않으므로써 후생에나 성문에 속탁하여 군자의 택사를 충만함을 발원하더라.[219]

이렇게 만초란은 여승이 되어 내세에서나마 정인성과 다시 사랑할 수 있기를 간절히 바랐다. 이후 그녀의 숙부가 널리 찾았으나 어느 산사인지 알지 못해 그냥 돌아가고 만다.

이상과 같이 만초란과 석순영은, 여자란 모름지기 부모의 중매에 따라 결혼해야만 한다는 수동적이고 봉건적인 결혼관에서 벗어나 있었다. 그래서 가히 봉건적 금기를 뒤흔들 만한 대담한 사랑을 시도한다. 이로써 작가는 여성들의 정신 세계의 일단—여성들도 마음에 드는 남자를 보면 언제든지 사랑 감정을 느꼈고, 때로는 그것을 직접 실현하려 노력했다는—을 보여주려 했던 듯하다.

2. 사랑과 죽음

해릉공주

해릉공주 이야기는 정인성의 안남정벌 과정에서 짧게 등장하는데, 그녀의 사랑이야기를 살펴보면 다음과 같다.

정잠, 정인성의 안남정벌은 거침이 없었다. 그들 부자는 가히 영웅이라고 불러도 전혀 손색이 없었다. 정잠은 마치 〈삼국지〉의 제 갈공명처럼 안남의 명장들을 자유자재로 붙잡았다가 풀어주기를 무려 세 번씩이나 거듭한다. 마찬가지로 정인성도 바다를 건널 땐 용왕을 꾸짖어 파도를 가라앉히고, 군사들이 풍토병에 걸려 고생할 때는 거문고 한 곡조로 대자연을 변화시키기도 한다.

반면에 안남왕 철목신은 궁지에 몰려 마음속으로 분노만 삭힐 뿐, 더 이상 어찌할 방법을 찾지 못한다. 그는 패배를 만회할 수만 있다면 무슨 짓이든 하려 한다. 마침내 그는 비인간적이지만 참으로 기막힌 생각을 해낸다. 딸 해릉공주를 속여서 적장 정인성을 죽이겠다는 것이다. 안남왕은 곧 부하 단이수를 불러 몸을 변신시키는 약을 먹인다. 그리하여 완전히 정인성의 모습으로 변하자 슬며시 해릉공주의 거처로 들여보낸다.

안남왕의 큰딸 해릉공주는 나이 15세로, 절색의 미녀일 뿐 아니라 성품이 맹렬하고 담대하였다. 또한 품은 뜻이 높아서 네댓 해 전부터 아버지가 사위를 뽑으려 했으나, 그녀는 번번이 눈에 들지 않는다고 거부하였다. 스스로 말하기를 평범한 남자와 결혼하여 평생을 보낼 바에는 차라리 독신으로 부모와 함께 살겠다고 하였다. 게다가 20살 이전에 짝을 찾으면 결혼하겠지만 그렇지 않으면 결코 결혼하지 않겠다고 하였다. 안남왕은 하는 수 없이 둘째딸을 먼저 출가시킨 후 그녀에게 맞는 영웅군자를 기다릴 수밖에 없었다. 다음 인용문이 그러한 해릉공주의 모습을 잘 보여준다.

"공주 성정이 맹렬하며 품도 과강하여 담대하고 견고하니 부월과 정확이라도 두려워 않으므로 범백의 뜻 세우미 건강하여 사오년부터 부마를 간선하되 마침내 공주의 입안할 자 있지 아니하니, 스스로

이르되 속자로 배필하여 평생을 욕되게 마치니 차라리 인륜을 폐절
하여 금루 옥궐의 부황 모후를 종효함만 같지 못하다 하여 이십이
그음하고 짐짓 옥인 가량을 만날진대 하가하려니와 불연이면 폐륜
이 본 뜻이라 하니, 만일 그 뜻을 앗으면 죽음이 급할 것이므로 조혼
이 불가하되 차공주를 먼저 배유에게 하가하되 해릉의 친사는 지속
을 정치 못하여 오직 비상한 사람을 만남을 기다리더니, 이제 정인성
의 기이함이 해릉의 안고함이라도 가히 하자할 곳이 없을지라"[220]

일장춘몽

하루는 해릉공주가 좌우의 궁녀들을 물리치고 촛불을 바라보며
깊은 시름에 잠겨 있었다. 그때 밖에서 누군가가 들어온다. 정인성!
적군이건 아군이건 간에 온 도성 사람들이 그의 풍모를 예찬하면서
영웅처럼 떠받들던 사람이었으므로, 해릉공주도 언제가 한번쯤 만
나보기를 고대하고 있었다. 그런데 지금 그 사람이 손수 찾아온 것
이다. 과연 그는 소문대로 수려한 풍모의 청춘 남아였다. 해릉공주
는 자신도 모르게 흠모의 정에 사로잡히고 만다.

가짜 정인성은 앞으로 다가와 조용히 입을 연다. "인연이 기이하
여 적국의 여인을 사모하게 되었고, 그 마음을 억제하지 못하여 죽
음을 무릅쓰고 찾아왔고, 서로 정을 맺는다면 정녕코 그대의 부친
을 해치지 않겠다"는 등, 그의 말은 엄숙하면서도 은근하였다. 그러
고 나서 해릉공주의 손을 잡고 침상에서 운우의 정을 맺는다. 도중
두 사람은 영원히 함께 하기를 마음속으로 다짐한다. 새벽이 다가
오자 그는 선물을 주면서 꼭 자신을 찾아올 것을 당부하고 떠난다.

다음날 해릉공주는 용기를 내어 남복(男服)으로 갈아입고 정인
성을 찾아서 명나라 적진까지 들어간다. 그는 여전히 반갑게 맞아

준다. 이후로 두 사람은 날마다 애틋한 사랑을 나누는데, 전쟁터에
서 꽃피운 사랑답게 그들의 사랑은 아주 열렬하였다. 해릉공주는
"나의 정공(정인성)을 만남은 영화롭고 높으며 귀하고 즐거우며 쾌
하고 기쁘며 고왕금래에 비길 것이 없으니, 다만 천상옥제를 배필
한들 어찌 이에 더함이 있으리요"[221]라고 말할 정도로 행복한 시간
을 보낸다.

그런데 4일째에는 그가 헤어지면서 내일 밤은 자기 침소에서 만
나자고 한다. 해릉공주는 평소와 같이 기쁜 마음으로 날이 어둡기
를 기다려 그의 침소로 들어간다. 그는 벽을 향해 엎드려 자고 있었
다. 해릉공주는 마음속으로 "공이 저의 들어올 줄을 모르지 않을
바로되 이렇듯 침수 깊은 체하여 말 아니함이 장후의 차군 서동의
무리 모르고저 함인가?"[222]라고 생각하며 더욱 가까이 다가간다.

하지만 그는 진짜 정인성이었다. 몸을 벌떡 일으킨 정인성은 재
빨리 관을 쓰고 옷을 추스리면서 "마땅히 촉을 밝히라!"[223]고 소리
치며 시중드는 아이를 부른다. 그리고는 해릉공주를 향하여 왠 여
자가 남의 침상에 들어와 수선을 피우느냐고 크게 꾸짖는다. 전혀
모르는 사람을 만난 듯 그의 태도는 차갑고 날카로울 뿐이다.

자결

해릉공주는 얼굴에 노여움를 띠고 자초지종을 이야기한다. 우선
그와 함께 하였던 지난날을 차분히 되새긴다. 그는 수려한 풍모를
지닌 매력적인 남자였고, 또 은근하고 신의 있는 사람이었다. 그래
서 적장이라는 사실도 잊은 채 서로 깊은 사랑을 나누었다. 비록 거
짓이었지만 그녀에게는 진정 행복한 나날이었다.

이제 그 모든 것이 일장춘몽이었음을 깨달은 그녀는 "누가 도리

어 융산의 은혜 바꾸어 원수되고 활해의 정이 변하여 사지에 밀치
고자함을 뜻하였으리잇고"[224]라고 말하며 원망스러워 한다. 그리고
마지막으로 정인성에게 다음과 같이 부탁한다.

"첩이 군자의 일조일석에 이 같이 매매히 변하실 바는 생각지 못
하고 아득히 연무 중 사람이 되어 평생 집을 헐우며 스스로 더러운
계집이 되기를 달게 여기나니, 부끄러운 낯을 들어 부모도 다시 볼
뜻이 없는지라. 혹자 상공이 살기를 명하시나 첩이 타연이 살 마음
이 없으니 이미 일척 단도 재수하니 어찌 유유지지하여 죽음을 더
디리잇고. 이로 쫓아 긴 이별을 고하나니, 구천 타일에 서로 봄을 허
하사 일편도이 첩의 죄 아님을 측은이 여기시고, 상공의 야의 일녕
으로써 첩의 낯을 덮어 명모를 대하여 송절하시면, 첩이 비록 죽으
나 은혜를 백골에 새기리이다"[225]

이렇게 그녀는 긴 이별을 고하면서 저승에서나마 다시 만날 수
있기를 간절히 바란다.

이야기를 마친 해릉공주는 차고 있던 칼을 빼서 가슴을 향한
다. 그러자 정인성이 재빨리 칼을 빼앗고서 "저 여자 그릇 실성
상심하여 요마의 속임을 입은 바로써 군자의 총을 어지르고자 하
는지라"[226]라고 말하면서 나이든 장수를 불러 본국으로 송환토록
지시한다.

하지만 이미 세상에 머물 뜻을 잃어버린 해릉공주는 더는 살기
를 바라지 않는다. 그녀는 본국으로 돌아가자마자 부친에게 자신을
모함한 경위를 밝혀주도록 요구한 다음, 곁에 놓인 칼을 들어 가슴
을 향해 깊숙히 찌른다.

　이상과 같이 해릉공주는 평범한 남자와 결혼하느니 차라리 독신
으로 살겠다고 말할 정도로 맹렬하고 담대한 성격의 여자였다. 하
지만 아버지의 흉계로 가짜 정인성과 사랑을 나누고, 그것이 허구
였음이 밝혀지자 차라리 죽음을 선택하고 만다.

제5장 새로운 문학사를 위하여

조선후기엔 가문의 정치적·사회적 지위인 문벌을 우선시하는 문벌사회 혹은 가문주의 사회가 도래한다. 그 결과 가문의 중요성이 대두되면서 가문유지를 위한 여성의 역할이 커졌다. 이 시기 여성들은 복잡다단한 가문을 관리하고 경제적 책임을 져야 했으며, 더 나아가 신분에 걸맞는 각종 예절과 교양까지 갖추어야 했다. 하지만 다른 한편으론 여성들의 지식 수준이 월등히 향상되면서, 17세기 이후엔 지식과 교양을 갖춘 여성지식인이 대거 등장한다.

그럼에도 조선후기 주자학적 가부장제는, 문학이나 예술과 같은 지적인 작업은 남자들이 할 일이라고 규정하면서 여성들의 창조활동을 통한 사회참여를 철저히 금지한다. 이에 따라 17세기 중후반의 지식 있는 여성들은, 새롭게 소설에 눈을 돌려 국문장편소설을 중심으로 본격적인 소설문화를 형성한다. 나아가 18세기 이후엔 상업적인 세책가의 번성으로 시간적·경제적으로 여유가 있는 일반여성들까지 참여하면서, 소설문화는 당시 대표적인 여성문화 가운데 하나로 자리잡는다. 또한 이를 토대로 재능 있는 여성들은 직접 중국소설을 번역하거나, 수많은 국문장편소설 곧 장편 여성소설을 짓기도 한다.

이처럼 여성소설은 조선후기 내내 활발했던 여성들의 소설문화를 바탕으로 등장한 것이다. 즉, 여성들의 소설 독서와 창작은 서로 불가분의 관계를 맺고 이루어진 것이다. 그러므로 여기서는 독자와 작가의 측면에서 여성소설의 역사적 의의를 살펴본 다음, 그것이 소설사에 끼친 영향을 지적하고자 한다. 아울러 새로운 문학사는 과연 어떻게 쓰여져야 하는지 함께 고민해 보자.

여성용 교과서

우선 여성들의 소설 독서와 관련된 의의부터 살펴보자.

조선후기 여성들에게 소설 독서는 오늘날보다 더욱 각별한 의미를 지니고 있었다. 당시 소설의 향유층은, 규방여성을 비롯한 경제적 부유층에서 서민층과 궁녀들에 이르기까지 상당히 폭넓었으나, 대부분은 어느 정도 먹고 살 만한 이들이었다. 그리고 이들은 경서, 역사서, 수신서 등을 통해 각종 교양과 지식을 갖춘 기본적으로 지식층이었다. 마찬가지로 소설도 단순히 흥미추구의 대상에만 그친 것이 아니라 지식을 습득하는 지식 수단이었다. 이들은 연의소설을 통해 역사 지식을 습득하거나 국문장편소설을 읽으며 간접적인 인생 경험을 쌓기도 하였다. 하지만 이들의 소설 독서에는 그렇게 간단치만은 않은, 다소 복잡한 요인들이 작용했던 것으로 보인다.

먼저 여성들은 흥미진진한 소설을 통해 정신적 위안을 얻고자 하였다. 당시 소설의 주요 독자인 중상류층 여성들은 주변의 시녀나 노비가 집안일을 대신했기 때문에 어느 정도 육체적인 노동에서 해방될 수 있었다. 하지만 그렇다고 정신적인 행복까지 보장된 것은 아니었다. 정치적 갈등, 가(친)족간의 갈등, 남편과의 불화 등, 비록 형태만 나를 뿐 이들이 등에 진 삶의 무게도 하층여성과 크게 다를 바 없었다.

특히 문벌사회는 각종 제도와 이데올로기로 이들의 생활을 더욱 옥죄었다. 고려 이래 조선전·중기까지만 하더라도 여성들은 종교활동, 나들이, 놀이잔치 등을 통해 나름대로 문밖 출입을 하였다. 그러나 조선후기 주자학적 가부장제는 그 같은 여성들의 바깥 출입을 철저히 금지시킨다. 특히 중상류층 여성들은 평생 서너 번밖에는 문밖출입을 하지 못하였다.[227]

이러한 처지의 여성들에게 소설이란 그야말로 가뭄에 단비를 만난 격이었을 것이다. 그래서 여성들은 재미 있고 흥미로운 소설을 읽으며 지루한 시간을 보내는 한편 정신적 여유와 위안을 찾기도 하였다.

하지만 이들의 소설독서의 근간은 무엇보다 세상이야기에 대한 관심에서 비롯되었다. 앞서 살펴본 것처럼 국문장편소설은 사람들의 세상 사는 이야기, 특히 가족과 친족을 둘러싼 구체적인 생활 이야기가 매우 풍부하게 담겨 있다. 예를 들어 계후, 혼인, 관혼상제 같은 문벌시대의 사회상만이 아니라 가족 생활, 부부 생활 같은 당시 사람들의 생활상이 거의 그대로 나타나 있다. 당시 여성들이 소설을 읽은 까닭은 바로 이 때문이었다. 예컨대 다음 인용문을 살펴보자.

1860년 12월, 성남의 직례에 있을때. 긴 밤에 잠이 오지 않아 이웃집에 패관언서(稗官諺書)가 많다기에 몇 가지 소설을 빌려와서 사람을 시켜 읽게 하여 들어보았다. 대개 한결같이 그 주된 내용이 남녀의 혼인으로 시작해서 규방의 행적을 두루 서술하였으니, 서로 약간의 차이는 있으나 모두 터무니없고 쓸데없이 헛된 공론만 늘어놓으며, 또한 갈피를 잡을 수 없게 너저분하니 족히 취할 것이 없었다. <u>그러나 인정세태 같은 것에 이르러서는 묘사가 잘되어 무릇 비환득실(悲歡得失)의 경계와 현우선악(賢愚善惡)의 분별은 때때로 사람으로 하여금 보고 느끼게 하는 것이 있으니, 이것이 여염집 부녀자들이 탐독하여 싫증내지 않고 서로 돌려가며 베껴 전해 마침내 패관언서가 세상에 성행하게 된 까닭이다.</u>[228]

이처럼 당시 여성들은 주변 사람들의 세상 사는 모습을 엿보기 위해 서로 돌려가며 소설을 탐독하였다. 즉 이들 소설은 오늘날 신문과 같은 역할을 담당했던 것이다. 어쩌면 여성들은 세상의 흐름에서 밀려나지 않고 더불어 살기 위해서라도 너나없이 이들 소설을 읽었던 듯하다. 마치 오늘날 가정주부가 매일같이 신문을 보고 TV 뉴스를 경청하듯이 말이다.

나아가 여성들은 소설을 읽으며 여러 가지 감동적인 교훈을 얻기도 하였다. 대개 국문장편소설은 허구적인 이야기를 통해 궁극적으로 사람 사는 이치와 방법을 일깨워주고 있다. 예컨대 문벌사회에서 여성으로서의 몸가짐이나 타인과 갈등을 겪지 않고 현명하게 사는 방법을 가르쳐주고 있다. 아마도 이들 소설은 규방에만 유폐되어 살아가는 여성들에겐 거의 필수적이었을지도 모른다. 당시 여성들에게 있어서 이러한 소설의 의미와 역할을 가장 적절하게 지적한 사람은 아마도 최남선이 아닐까 한다.

이것들 소설(세책가의 책들)의 대부(大部)가 대개 가정을 중심으로 인생 문로(人生 門路)의 파란을 그리고, 또 거기 임하는 태도를

202

가르쳐준다 할 만한 것으로, 사막 같은 가정에 이것이 샘자리가 되고, 골방 속에 갇힌 부인네들에게 달 밝고 별 깜박거리는 시원한 하늘을 보여주는 것이 실로 소설의 세계였습니다. 옛날에 음미방탕해서 가정에 들이지 못할 것으로 치던 〈춘향전〉 같은 것도 그 테마로 말하면 고금에 드문 정열을 나타냄에 있었으며, 반드시 충효의열을 주제로 하지 않은 것이라도 〈열국지〉, 〈동서양한의〉, 〈삼국지〉 등도 가정 부인에게 있어서는 춘추의 〈통감강목〉 이상으로 역사 지식의 큰 원천이 되지 아니하였습니까? <u>학교가 여기 있고 도장(道場)의 여기 있고 꽃동산·놀이터도 여기 있었습니다.</u> 그러므로 가정생활에 있는 이 소설의 공덕은 진실로 불가칭(不可稱) 불가설(不可說)할 큰 것, 갸륵한 것, 고마운 것이었던 것입니다.[229]

이렇듯, 최남선은 이미 근대에 이들 소설이 파란만장한 인생사를 담고 있으며, 험난한 인생을 살아가는 방법을 가르쳐주고 있다고 파악하였다. 또한 "학교가 여기 있고 도장이 여기 있고 꽃동산·놀이터도 여기 있었습니다"라는 말처럼, 이들 소설은 당시 여성들의 삶의 기초를 다져주는 그야말로 교과서 역할을 담당했다고 하였다.

결국 여성소설은 당시 여성의 대표적인 지식수단이요 대중매체였다. 조선후기 여성지성사는 주로 이들 소설로 명맥을 이어왔다고 해도 과언이 아니며, 근대 여성사도 어느 정도는 이들 소설의 덕택으로 맞이한 것이다. 왜냐하면 근대 전환기 신학문에 눈을 돌린 여성들도 평소 이들 소설을 애독하면서 지식을 습득하였기 때문이다.

사실 근대의 여학생들조차도 이들 소설을 포함한 고소설을 읽으면서 여가생활을 즐겼다. 대표적으로 개화기 숙명학교 여학생들은 기숙사에서 궁중본 소설을 몰래 훔쳐다가 읽었다고 전하며,[230] 단

편 여성소설 가운데 하나인 〈박씨전〉 같은 반체제적인 내용의 소
설을 보면서 어떤 공감대를 형성하여 개화의 태동을 느끼기도 하
였다고 한다.[231]

소외된 여성의 역사

한편 조선후기엔 여성들의 소설독서열이 증가하면서 이름 모를
수많은 여성소설가가 등장한다. 비록 가문유지를 위해 자신의 이름
을 공식적으로 내세울 수는 없었지만, 앞의 송부인이나 홍희복의
증언처럼, 수많은 여성들이 자신의 재능을 발휘하여 중국소설을 번
역하거나 국문장편소설을 지었다.

이들 여성소설가도 위의 독자들처럼 기본적으로 지식과 교양을
갖춘 지식인이었다. 다만 차이가 있다면 문식과 재능을 좀더 갖추
었다는 점일 뿐이다. 그리고 저마다 주부이자 작가인 일종의 생활
속의 문학가였다. 이들은 소설을 쓰면서도 아내나 어머니로서의 기
본적인 역할에는 큰 변화가 없었다. 여전히 끼니 때가 되면 밥상을
차려주고, 손님이 찾아오면 나가서 대접해야 했다. 소설은 그 모든
일을 해내면서 틈나는 대로 써서 책으로 묶은 것에 불과하였다.

이 여성들이 왜 소설을 썼는지는 자료의 부족으로 명확하게 밝
힐 수가 없다. 그러나, 물론 각자마다 조금씩 다를 터이지만 자기
이야기를 미치도록 하고 싶어서라는, 보편적인 창작심리에서 크게
벗어나진 않았으리라 생각된다. 예컨대 ,주부이자 작가라는 점에서
이들과 처지가 비슷한 현대작가 박완서의 고백을 들어보자.

내가 삼킨 죽음은 여전히 내 내부의 한가운데 가로걸려 체증처럼
신경통처럼 내 일상을 훼방놓았다. 나는 여전히 사는 게 재미없고,

시시하고 따분하고 이가 들끓는 누더기처럼 지긋지긋해 벗어던질
수 있는 거라면 벗어던져 실컷 방망이질을 해주고 싶었다.

　간혹 꿈에서 피묻은 얼굴이라도 보면 식은땀을 흠뻑 흘리고 깨어
나서는 오늘도 재수 옴 붙었어, 퉤퉤, 하루를 살기도 전에 내던지고,
그러다가도 문득 6·25 때 말야, 사실은 말야, 우리 오빠는 말야, 하
고 이야기가 하고 싶어졌다.

　나는 그 이야기를 하고 싶어 정말 미칠 것 같았다. 나는 아직도
그 이야길 쏟아 놓길 단념 못하고 있었다. 어떡하면 사람들이 내 얘
기를 끝까지 들어 줄까, 어떡하면 사람들을 재미나게 할 수 있을까,
어떡하면 사람들로부터 동정까지 받을 수 있을까. 나는 심심하면 속
으로 내 얘기를 들어줄 사람들의 비위까지 어림짐작으로 맞춰 가며
요모조모 내 이야길 꾸며 갔다.[232]

사람들은 저마다 자기만의 삶을 살고, 자신에겐 자기의 삶 만큼
기구한 것도 없는지라, 누구나 자신의 이야기가 번듯한 한권의 소
설이 될 수 있으리라 생각한다. 박완서 역시 자기 이야기가 미치도
록 하고 싶어서 소설을 썼다고 한다.

조선후기 여성소설가도 이와 마찬가지가 아니었을까 생각한다.
앞에서 이야기한 것처럼 이들은 할 말이 너무도 많은, 즉 뭔가를 말
하지 않고는 도저히 참을 수 없었던 사람들이다. 그래서 여성소설
은 대개가 연작소설이자 대하소설의 형태를 띠게 되었다.

그리고, 소설쓰기도 특별히 기교를 부리기보단 일상의 경험을 그
대로 살려서 자신에게 가장 알맞는 방법으로 썼다. 주변의 평범한
일상생활을 소설화하고, 평소의 대화문화를 활용하여 대화체로 사
건을 전개하였다. 이에 따라 여성소설엔 사람들의 꾸밈없는 세상
사는 이야기가 대단히 많다.

또한 유유한 강줄기처럼 순탄한 구성에다가, 거대가문을 둘러싼 여러 가족들의 인생사 특히 여성들의 인생사를 장황하게 그렸다. 예컨대, 완월회맹연만 하더라도 정씨가란 중심 이야기에 여타 가족들의 단편적인 주변 이야기를 계속 삽입하는, 일종의 파노라마 형식으로 다양한 여성들의 인생사를 표현하고 있다. 그리하여 당대 공식 역사에서 소외된 여성의 역사를 장구하게 기록하였다.

소설사적 공헌

여성들은 그 밖에도 소설사적으로 매우 중대한 기여를 하였다.

먼저 여성들은 국문장편소설이란 새로운 소설 형태를 출현시킴으로써, 한국문학사에서 본격적인 장편소설의 시대를 열어나갔다. 예컨대 17세기 소현성록 연작은 기존 한문단편 위주의 남성소설과 달리 순국문장편소설이자 본작, 별작, 방작 등으로 계속 이어지는 연작소설이다. 그리고 이러한 소설의 전통은 18세기 이후에도 현씨양웅쌍린기 연작, 옥원재합기연 연작, 완월회맹연 등과 같은 작품으로 계속 이어지면서, 고전소설사에서 국문장편소설의 전통을 확고하게 뿌리내렸다.

다음으로, 여성들은 남성층의 소설참여를 유도하여 조선후기 소설사에 한문장편소설의 전통을 세우는 데 크게 이바지했다. 예컨대 17세기 후반 김만중의 구운몽과 조성기의 창선감의록처럼, 지식인 여성들의 소설독서에 부응하기 위해 비롯된 남성들의 소설창작 전통은 이후 18세기 이정작의 옥린몽, 19세기 이이순의 일락정기, 김소행의 삼한습유, 심능숙의 옥수기, 남영로의 옥루몽, 서유영의 육미당기, 정태운의 난학몽 등으로 계속 이어지면서, 조선후기 소설사에 한문장편소설이란 또 다른 소설형태를 정착시킨다.[233]

특히 이 가운데 18세기 이정작의 옥린몽(15권 15책)은 구운몽, 사씨남정기, 창선감의록 같은 남성소설의 성향을 띠기도 했으나, 그보다는 오히려 소현성록과 같은 여성소설의 영향을 많이 받은 것이다.[234]

또한 이들 여성소설은 〈설제전〉,[235] 〈송부인전〉[236] 같은 단편 여성소설을 파생시켜 조선후기 소설사를 더욱 다양화시켰다. 대표적으로 설제전(설소저전의 축약인 듯함)은 완월회맹연의 여성 이야기처럼 여주인공 설소저의 활약상을 다룬 단편 여성소설이다. 1권 1책 국문 필사본으로 작가와 창작연대는 분명치 않다. 그런데 이 작품은 옥소 권섭이 그의 문집《옥소고(玉所稿)》잡저(雜著) 3에 '번설경전(飜薛卿傳)'이란 제명으로 거의 그대로 한역해서 실어놓았다. 그 끝부분에 '무명옹왈(無名翁曰)~'이라는 필사기가 있는데, 이로 미루어 보면 창작시기는 대략 18세기 초·중반쯤으로 추정된다. 그리고 작품의 전반적인 성격에 비추어 볼 때, 작가는 아마 소현성록 연작을 탐독한 권섭 주변의 인물, 특히 여성작가인 듯하다.[237]

뿐만 아니라, 이들 여성소설은 한국 근현대 여성소설이 출현하는 역사적 토대가 되기도 했다. 널리 알려져 있듯이 근대 여성소설은 김명순, 김일엽, 나혜석 등에 의해 출현한다. 그런데 우리는 흔히 그것이 1900년대 무렵 일본을 통해 흘러 들어온 서구문학의 영향을 받아 거의 돌발적으로 등장한 것일 뿐, 조선후기 여성소설과는 별다른 관계가 없는 것처럼 생각하고 있다.

하지만 그들 소설이 제시하는 문제의식은 서로 다를지 모르지만, 글쓰기와 구성 방식은 아주 유사한 것으로 보인다. 그 단적인 예로써, 근대 여성소설에서 자주 보이는 일상적 소재와 대화체적 글쓰기는[238] 이미 살펴본 것처럼 조선후기 여성소설에서 즐겨 사용하던 방법이었다. 그리고, 특별한 사건이 없는 단조로운 구성으로 자기 주변의 평범한 가족생활을 있는 그대로 보여주는 방식도 과거 여성소설의 전통을 고스란히 이어받고 있다. 이러한 특성은 오늘날 박완서의 《미망》이나 박경리의 《토지》에서도 그대로 확인된다.

　이상과 같이 조선후기 여성소설은 당시 여성들의 삶의 기초를 다져주는 교과서와 같은 것이었고, 공식 역사에서 소외된 여성의 역사를 장구하게 기록하였으며, 또 소설사적으로도 매우 중대한 기여를 하였다. 그러므로 새로운 문학사에선 여성들의 업적을 정당하게 인정해야 하고, 작품 분석에서도 그들의 입장을 적극 고려해야 한다고 본다.

　아울러 조선후기 여성문학사의 구도도 새롭게 재편되어야 한다. 그동안 우리는 한국 여성사의 실체를 제대로 바라보지 못하였기 때문에, 여성소설을 소홀히 취급하거나 아니면 남성소설로 오인해왔다. 그리하여 조선후기 여성문학도 시조, 한시, 가사 등 시가문학을 중심으로 파악하였다. 또한 서사문학도 《계축일기》나 《한중록》 같은 실기류가 거의 전부인 것처럼 생각한 채, 그것들을 중심으로 여성들의 서사성의 정체를 탐색하였다. 하지만 이제는 위에서 살펴본, 허구를 통해 진실을 추구한 그야말로 본격소설로까지 여성문학의 지평을 넓혀야 한다. 그래서 조선후기 여성문학도 소설류, 시조류, 가사류, 한시류, 실기류, 수신서류 등과 같이 더욱 다양한 측면에서 파악해야 한다.

참고문헌

1. 자 료

김진세 독해, 《완월회맹연》 전 12책, 서울대출판부, 1987~1994.
《완월회맹연》 180권 180책, 한국정신문화연구원 소장본 (영인 : 《완월회맹연》 1~18, 고려서림, 1986).
《한강현전》 1권 1책, 이수봉 소장본.
《소현성록》 15권 15책, 이화여대 소장본.
〈현씨양웅쌍린기〉 10권 10책, 한국정신문화연구원 소장본.
〈명주기봉〉 24권 24책, 한국정신문화연구원 소장본 (영인 : 《장서각귀중본총서》, 양서문화사, 1977)
《옥원재합기연》 21권 21책, 서울대 규장각 소장본 (영인 : 《필사본고소설전집》 27~30, 아세아문화사, 1980)
《위씨현행록》 27권 27책, 한국정신문화연구원 소장본.
《六美堂記》 (《필사본고소설전집》 1, 아세아문화사, 1980)
〈한씨삼대록〉 1권 1책(결본, 권2), 연세대 소장본.
〈셜졔젼〉 1권 1책, 국립도서관 소장본.
〈송부인전〉 1권 1책, 고려대 소장본.
〈황후별전〉 1권 1책, 고려대 소장본.
《經國大典》.
권섭, 《玉所稿》.
김시습, 《금오신화》.
김창협, 《農巖集》.
《안동권씨화천군파세보》.

유희춘, 《眉巖日記草》.

이덕무, 《士小節》.

이유원, 《林下筆記》.

이재, 《稗林》.

조재삼, 《松南雜識》.

조성기, 《拙修齋集》.

조태억, 《謙齋集》.

김만중, 홍인표 역주, 《서포만필》, 일지사, 1987.

김일근, 《친필언간총람》, 경인문화사, 1974.

모리스 쿠랑, 이희재 역, 《한국서지》, 일조각, 1994.

박경리, 《토지》 2권, 지식산업사, 1972.

박석무 편역, 《나의 어머니, 조선의 어머니》, 현대실학사, 1998.

박재연 편, 《중국소설회모본》, 강원대출판부, 1993.

성춘식 구술, 《이부자리 피이놓고 암만 바래도 안와》, 뿌리깊은나무,
        1990.

영빈이씨, 유재영 역주, 《女範》, 형설출판사, 1988.

유탁일, 《한국고소설비평자료집성》, 아세아문화사, 1994.

《육당 최남선 전집》 권9, 현암사.

이문열, 《선택》, 민음사, 1997.

이복규 편저, 《초기 국문·국문본소설》, 박이정, 1998.

전형대·박경신 역주, 《병자일기》, 예전사, 1991.

《정부인순창설씨의 문학과 예술》, 전북향토문화연구회, 1997.

조항범 주해, 《순천김씨묘출토간찰》, 태학사, 1998.

채제공, 《樊巖先生文集》.

황종림 언해, 정량완 역주, 《영세보장》, 1998.

'국문학의 획기적인 신자료' 《중앙일보》 1966년 8월 22일자.

'국문학사가 바뀐다' 《중앙일보》 1966년 8월 25일자.

2. 저 서

김용숙, 《한국여속사》, 민음사, 1989.

──, 《조선조 궁중풍속 연구》, 일지사, 1987.

대곡삼번, 《조선후기 소설독자 연구》, 고려대 민족문화연구소, 1985.

박완서 외, 《박완서 문학앨범》, 웅진출판, 1992.

설중환, 《금오신화연구》, 고려대 민족문화연구소, 1983.

송준호, 《조선사회사연구》, 일조각, 1987.

오숙희, 《그래 수다로 풀자》, 석필, 1994.

이규태, 《한국여성의 의식구조》, 신원문화사, 1992.

──, 《개화백경》, 신태양사, 1969.

이능화, 김상억 옮김, 《조선여속고》, 동문선, 1990.

이수봉, 《가문소설연구》, 형설출판사, 1978.

──, 《한국가문소설연구》, 경인문화사, 1992.

이숙희, 《허난설헌시론》, 새문사, 1987.

이영화, 《조선시대 조선사람들》, 가람기획, 1998.

이은상, 《사임당의 생애와 예술》, 성문각, 1977.

정출헌, 《고전소설사의 구도와 시각》, 소명출판, 1999.

차장섭, 《조선후기 벌열연구》, 일조각, 1997.

천혜봉 외, 《장서각의 역사와 자료적 특성》, 한국정신문화연구원, 1996.

최길용, 《조선조 연작소설 연구》, 아세아문화사, 1992.

한국여성소설연구회, 《페미니즘과 소설비평》, 한길사, 1995.

《한국여성사》 Ⅰ·Ⅱ, 이대출판부, 1972.

《한국 역사 속의 여성인물》 상·하, 한국여성개발원, 1988.

허미자, 《이매창연구》, 성신여대출판부, 1988.

3. 논 문

고영진, 〈15·16세기 주자가례의 시행과 그 의의〉,《한국사론》21,
　　　서울대, 1989.
김광순, 〈송부인전 구조의 분석적 고찰〉,《여성문제연구》10, 1981.
김성숙, 〈조선초기 제사상속법리와 총부법〉,《숭전대학교논문집》
　　　15, 1985.
김수진, 〈여성의 사회적 지위〉,《고려시대사강의》, 늘함께, 1997.
김용만, 〈조선시대 균분상속제에 관한 일연구〉,《대구사학》23, 1983.
김진세, 〈이조후기대하소설연구〉,《한국소설문학의 탐구》, 일조각,
　　　1978.
———, 〈완월회맹연 해제〉,《완월회맹연》1, 서울대출판부, 1987.
노명호, 〈가족제도〉,《한국사》15, 국사편찬위원회, 1995.
방현하, 〈강이천과 한경사〉,《민족문학사연구》5, 창작과 비평사, 1994.
박영희, 〈장편 가문소설의 향유집단 연구〉,《문학과 사회집단》, 집문
　　　당, 1995.
———, 〈소현성록 연작 연구〉, 이화여대 박사논문, 1994.
박재연, 〈조선시대 중국 통속소설 번역본의 연구〉, 한국외국어대 박
　　　사논문, 1993.
백순철, 〈소현성록의 여성들〉,《여성문학연구》창간호, 태학사, 1999.
———, 〈문답형 규방가사의 창작환경과 지향〉, 고려대 석사논문, 1995
송성욱, 〈명주기봉에 나타난 규방에 대한 관심〉,《고전문학연구》7,
　　　1992.
송재용, 〈여류문인 송덕봉의 생애와 문학〉,《국문학논집》15, 단국
　　　대, 1997.
———, 〈미암일기 연구〉, 단국대 박사논문, 1996.

심경호, 〈낙선재본 소설의 선행본에 관한 일고찰〉, 《정신문화연구》
    38, 1990.

양혜란, 〈옥원재합기연 연구〉, 《고전문학연구》 8, 한국고전문학연구
    회, 1993.

─────, 〈18세기 후반기 대하장편가문소설의 한 유형적 특징〉, 《한국
    학보》 75, 일지사, 1994.

윤사순, 〈조선조 예사상연구〉, 《동양학》 13, 1983.

이수건, 〈조선전기 사회변동과 상속제도〉, 《한국친족제도연구》, 일
    조각, 1992.

이영춘, 〈종법의 원리와 한국사회에서의 전통〉, 《가족과 사회의 법
    제사》, 문학과 지성사, 1995.

이지하, 〈현씨양웅쌍린기 연작 연구〉, 서울대 석사논문, 1992.

임형택, 〈17세기 규방소설의 성립과 창선감의록〉, 《동방학지》 57,
    1988.

장효현, 〈장편 가문소설의 성립과 존재양태〉, 《정신문화연구》 44,
    1991.

─────, 〈한국 한문소설 간사〉, 《한국고소설사의 시각》, 국학자료원,
    1996.

전혜성, 〈김현진 역, 조선시대 여성의 역할과 업적〉, 《한국사 시민강
    좌》 16, 일조각, 1994.

정병설, 〈완월회맹연 연구〉, 서울대 박사논문, 《완월회맹연 연구》,
    태학사, 1988.

─────, 〈옥원재합기연의 작가재론〉, 《관악어문연구》 22, 1997.

─────, 〈옥원재합기연의 여성소설적 성격〉, 《한국문화》 21, 1998.

정창권, 〈소현성록의 여성주의적 성격과 의의〉, 《고소설연구》 4,
    1998, 2.

─────, 〈완월회맹연의 여성주의적 상상력〉, 《고소설연구》 5, 1998, 6.

정창권, 〈조선후기 주자학적 가부장제의 정착과 장편 여성소설의 태동〉, 《여성문학연구》 창간호, 태학사, 1999.

────, 〈장편 여성소설의 글쓰기 방식〉, 한국여성문학학회 학술대회 발표요지, 1999년 9월.

────, 〈옥린몽의 작가고증과 이본양상〉, 《한국고소설사의 시각》, 국학자료원, 1996.

조희웅, 〈낙선재본 번역소설 연구〉, 《국어국문학》 62·63 합병호, 국어국문학회, 1973.

지연숙, 〈몽옥쌍봉연록-곽장양문록 연작 연구〉, 고려대 석사논문, 1997.

진경환, 〈창선감의록의 작품구조와 소설사적 위상〉, 고려대 박사논문, 1992.

최길용, 〈옥원재합기연 연작의 작자고〉, 《전주교육대학논문집》 28, 1992.

최봉영, 〈임오화변과 영조말·정조초의 정치세력〉, 《조선후기 당쟁의 종합적 검토》, 한국정신문화연구원, 1994.

최호석, 〈셜제젼 연구〉, 《고소설연구》 6, 1998.

허흥식, 〈고려 여성의 지위와 역할〉, 《한국사 시민강좌》 15, 일조각, 1994.

황원구, 〈벌열정치〉, 《한국사》 13, 국사편찬위원회, 1984.

주 석

1) 윤백영, '낙선재문고와 더불어 반세기', 《중앙일보》 1966년 8월 25일자.

2) 조희웅, 〈낙선재본 번역소설 연구〉, 《국어국문학》 62·63 합병호, 국어국문학회, 1973.

　박재연, 〈조선시대 중국 통속소설 번역본의 연구〉, 한국외국어대 박사논문, 1993.

3) 이수봉, 《가문소설연구》, 형설출판사, 1978.

　장효현, 〈장편 가문소설의 성립과 존재양태〉, 《정신문화연구》 44, 1991.

4) 정병설, 〈완월회맹연 연구〉, 서울대 박사논문, 1997.

　──, 〈옥원재합기연의 작가재론〉, 《관악어문연구》 22, 1997.

5) 송성욱, 〈명주기봉에 나타난 규방에 대한 관심〉, 《고전문학연구》 7, 1992.

6) 정창권, 〈소현성록의 여성주의적 성격과 의의〉, 《고소설연구》 4, 1998, 2.

7) 정창권, 〈조선후기 주자학적 가부장제의 정착과 장편 여성소설의 태동〉, 《여성문학연구》 창간호, 한국여성문학연구회, 1999, 7.

　──, 장편 여성소설의 글쓰기 방식, 《여성문학연구》 2, 한국여성문학연구회, 1999, 12.

8) 정창권, 〈완월회맹연의 여성주의적 상상력〉, 《고소설연구》 5, 1998, 6.

9) 김진세, 〈이조후기대하소설연구〉, 《한국소설문학의 탐구》, 일조각, 1978.

　──, 〈완월회맹연 해제〉, 《완월회맹연》 1, 서울대출판부, 1978.

10) 김진세 독해, 《완월회맹연》 전 12책, 서울대출판부, 1987~1994.

11) 정병설, 〈완월회맹연 연구〉, 서울대 박사논문, 1997.

12) 전혜성, 김현진 역, 〈조선시대 여성의 역할과 업적〉, 《한국사 시민강좌》 15, 일조각, 1994.

13) 허흥식, 〈고려 여성의 지위와 역할〉, 《한국사 시민강좌》 15, 일조각, 1994.

14) 노명호, 〈가족제도〉, 《한국사》 15, 국사편찬위원회, 1995.

15) 《태종실록》, 029 15/01/15(갑인).

16) 이수건, 〈조선전기 사회변동과 상속제도〉, 《한국친족제도연구》, 일조각, 1992.

　　김용만, 〈조선시대 균분상속제에 관한 일연구〉, 《대구사학》 23, 1983.

17) 김성숙, 〈조선초기 제사상속법리와 총부법〉, 《숭전대학교논문집》 15, 1985.

18) 김수진, 〈여성의 사회적 지위〉, 《고려시대사강의》, 늘함께, 1997.

19) 《경국대전》 권3, 형전 금제.

20) 《정부인순창설씨의 문학과 예술》, 전북향토문화연구회, 1997.

21) 이은상, 《사임당의 생애와 예술》, 성문각, 1977.

22) 송재용, 〈여류문인 송덕봉의 생애와 문학〉, 《국문학논집》 15, 1997, 단국대.

23) 이숙희, 《허난설헌시론》, 새문사, 1987.

24) 허미자, 《이매창연구》, 성신여대출판부, 1988.

25) 설중환, 《금오신화연구》, 고려대 민족문화연구소, 1983.

26) 김시습, 이재호 역, 《금오신화》, 을유문화사, 1972, p.73.

27) 이영춘, 〈종법의 원리와 한국사회에서의 전통〉, 《가족과 사회의 법제사》, 문학과 지성사, 1995.

28) 고영진, 〈15·16세기 주자가례 시행과 그 의의〉, 《한국사론》 21, 서울대, 1989.

29) 윤사순, 〈조선조 예사상 연구〉, 《동양학》 13, 1983.

30) 황원구, 〈벌열정치〉, 《한국사》 13, 국사편찬위원회, 1984.

31) 차장섭, 《조선후기 벌열연구》, 일조각, 1997.

32) 임형택, 〈17세기 규방소설의 성립과 창선감의록〉, 《동방학지》 57, 1988.

33) 송준호,《조선사회사연구》, 일조각, 1987.

34) 이수봉,《가문소설연구》, 형설출판사, 1978.
   진경환,〈창선감의록의 작품구조와 소설사적 위상〉, 고려대 박
   사논문, 1992.

35) 송준호, 앞의 책.

36) 임형택, 앞의 논문, pp.109~113.

37) 성춘식 구술,《이부자리 피이놓고 암만 바래도 안와》, 뿌리깊은
   나무, 1990, p.42.

38) 박종화, '월탄회고록',《한국일보》, 1972년 3월 25일자.

39) 정출헌,《고전소설사의 구도와 시각》, 소명출판, 1999, p.181.

40) 조항범 주해,《순천김씨묘출토간찰》, 태학사, 1998.

41) 이덕무,〈士小節〉,《국역청장관전서》Ⅳ, 민족문화추진회, 1980.

42) 임형택, 앞의 논문, p.111.

43) 이영화,《조선시대 조선사람들》, 가람기획, 1998, p.117.

44) 이문열,《선택》, 민음사, 1997.

45) 이현일,〈선비증정부인장씨실기〉, 박석무 편역,《나의 어머니,
   조선의 어머니》, 현대실학사, 1998, p.188.

46) 顧嘗私謂兄弟, 使吾得爲男子, 無他願, 但願結屋深山, 皮書百千卷, 蕭
   然老其中足矣. 김창협,〈亡女吳氏婦墓誌銘〉,《農巖集》권27.

47) 吾女子也, 恨無功德見於世, 無寧蚤死, 得吾父數行文, 以鑱墓
   石……. 김창협,〈亡女吳氏婦墓誌銘〉,《農巖集》권27.

48) 이복규 편저,《초기 국문·국문본소설》, 박이정, 1998.

49) 김만중 저, 홍인표 역주,《서포만필》, 일지사, 1987, p.384.

50) 我慈闈旣諺寫西周演義十數編. 而其書闕一笑, 秩未克完, 慈闈常
   嫌之. 久而得全本於好古家, 續書補亡, 完了其秩. 未幾有閭巷女從
   慈闈乞窺其書, 慈闈卽擧其秩而許之. 俄而女又踵門而謝曰借書謹
   還, 但於途道上逸一笑, 求之不得, 死罪死罪. 慈闈姑容之, 問其所
   逸, 卽向者續書而補亡者也. 秩之完了者, 今復不完, 慈闈意甚惜之.
   越二年冬, 余絜婦僑居南山下, 婦適病且無聊, 求書于同舍族婦所,
   族婦迺副以一卷, 子婦視之, 卽所逸慈闈手書者也. 要余視之, 余視
   果然. 於是婦乃就其族婦, 細訊其卷子所由來, 其族婦云, 吾得之於

吾族人某, 吾族人買之於其里人某, 其里人於途道上拾得之云. 婦乃
以前者見逸狀告之, 且請還之, 其族婦亦異而還之. 向之不完之秩,
又將自此而得完矣, 不亦奇歟. 조태억, 〈諺書西周演義拔〉, 《謙齋
集》 권42.

51) 稗說有九雲夢者, 卽西浦所作. 大旨以功名富貴歸之於一場春夢,
要以慰釋大夫人憂思. 其書盛行閨閣間, 余兒時慣聞其說. 이재, 〈三
官記〉, 《稗林》 9.

52) 我先祖拙修公行狀曰, 太夫人於古今史籍無不博聞慣識, 晚又好臥
聽小說, 以爲止睡遣悶之資. 公自依演小說, 構出數冊以進, 世傳創
善感義錄 張丞相傳等是也. 조재삼, 《松南雜識》, 稽古類.

53) 김만중, 〈先妣貞敬夫人行狀〉, 박석무 편역, 《나의 어머니, 조선
의 어머니》, 1998, pp.137~150.

54) 조정휘, 〈附行狀〉, 《拙修齋集》 권12.

55) 박영희, 〈장편가문소설의 향유집단 연구〉, 《문학과 사회집단》,
집문당, 1995.

56) 先妣贈貞卿夫人龍仁李氏手寫冊子中, 蘇賢聖錄大小說十五冊 付
長孫祚應藏于家廟內, 趙丞相七子記 韓氏三代錄 付我弟大諫君, 韓
氏三代錄又一件 薛氏三代錄 付我姨黃氏婦, 義俠好述傳 三江海錄
一件 付仲房子德性, 薛氏三代錄 付我女金氏婦, 各家子孫世世善護
可也. 권섭, 〈先妣手寫冊子分排記〉, 《玉所稿》 雜著4.

57) 박영희, 앞의 논문, 참고.

58) 정창권, 〈소현성록의 여성주의적 성격과 의의〉, 《고소설연구》
4, 1998, 2.
　　백순철, 〈소현성록의 여성들〉, 《여성문학연구》 창간호, 태학사,
1999.

59) 夫人手書云, 自十七日, 感冒風寒, 二十日粉石之往, 未得手書, 今
則稍歇, 乃得手筆諺簡云. 유희춘, 《미암일기초》, 己巳 12月 23日.

60) 宋震 指所寫貞夫人詩三十八首于貼冊來. 유희춘, 위의 책, 辛未
3月 30日.

61) 2-21-170.

62) 방현아, 〈강이천과 한경사〉, 《민족문학사연구》 5, 창작과 비평

사, 1994.

63) 담양향토문화연구회,《미암일기》1집, 광명문화사, 1992, pp.40~41.

64) 대곡삼번,《조선후기 소설독자 연구》, 고려대 민족문화연구소, 1985, 참고.

65) 竊觀近世閨閤之競以能事者, 惟稗說是崇, 日加月增, 千百其種. 儈家以是淨寫, 凡有借覽, 輒收其直, 以爲利. 婦女無識見, 或賣釵釧, 或求債銅, 爭相貰來, 以求消永日. 채제공,〈女四書序〉,《樊巖先生文集》권33.

66) 이덕무,〈士小節〉,《국역청장관전서》Ⅳ, 민족문화추진회, 1980.

67) 모리스 쿠랑, 이희재 역,《한국서지》, 일조각, 1994, pp.3~4.

68) 최남선, '조선의 가정문학',《매일신보》, 1938. (《육당 최남선전집》, 권9, 현암사)

69) 박종화, '월탄회고록',《한국일보》, 1972년 3월 25일자.

70) 윤백영, '낙선재문고와 더불어 반세기',《중앙일보》, 1966년 8월 25일자.

71) 홍희복,〈제일기언〉, 권1 (유탁일 편,《한국고소설비평자료집성》, 아세아문화사, 1994)

72) 황종림 언해, 정량완 역주,《영세보장》, 태학사, 1998, pp.77~78.

73) 정병설,〈완월회맹연 연구〉, 서울대 박사논문, 1997, pp.133~142.

74) 又翫月, 安兼濟母所著, 欲流入宮禁, 廣聲譽也. 조재삼,《松南雜識》,〈稽古類〉,〈南征記〉 條.

75) 정병설,〈옥원재합기연 작가 재론〉,《관악어문연구》22, 1997, p.324.

76)《옥원재합기연》서울대 규장각본, 권21, 후기.

77) 심경호,〈낙선재본 소설의 선행본에 관한 일고찰〉,《정신문화연구》38, 1990.

78) 최길용,〈옥원재합기연 연작의 작자고〉,《전주교육대학논문집》28, 1992.

79) 양혜란, 〈옥원재합기연 연구〉,《고전문학연구》8, 1993.

80) 정병설, 앞의 논문, 1997.

81) ─────, 위의 논문, 1997.

82) 윤백영, 앞의 글.

83) 김용숙,《조선조 궁중풍속 연구》, 일지사, 1987.

84) 윤백영, 앞의 글.

85) 지연숙, 〈몽옥쌍봉연록-곽장양문록 연작 연구〉, 고려대 석사논문, 1997.

86) 정병욱, '국문학사가 바뀐다-낙선재문고의 대발견-',《중앙일보》, 1966년 8월 22일자.

87) 천혜봉 외,《장서각의 역사와 자료적 특성》, 한국정신문화연구원, 1966, pp.77~80.
    정병설, 앞의 논문, 1997, p.11.

88) 최봉영, 〈임오화변과 영조말·정조초의 정치세력〉,《조선후기 당쟁의 종합적 검토》, 한국정신문화연구원, 1994, pp.235~236.

89) 박재연, 〈조선시대 중국 통속소설 번역본의 연구〉, 한국외국어대 박사논문, 1993.

90) 영빈이씨 편저, 유재영 역주,《女範》, 형설출판사, 1998.

91) 박재연 편,《中國小說繪摸本》, 강원대출판부, 1993.

92) 김일근,《친필언간총람》, 경인문화사, 1974.

93) ─────, 위의 책, p.18.

94) ─────, 위의 책, p.18.

95) ─────, 위의 책, p.25.

96) 李圓嶠之子男妹做諺書古談, 爲蘇氏名行錄, 遭家故, 閣置一邊矣. 圓嶠夢有一女子自稱蘇氏, 責曰, 何爲陷人於不惻之地, 不爲伸雪乎, 覺而大驚, 繼做末編, 兄弟叔姪同坐贊助, 祭日不知夜深齋稍晩, 抑, 文字之妙入神, 如是也. 이유원,《임하필기》권29.

97)《소현성록》이대본, 권15, pp.92~93.

98) 위의 책, 권15, pp.93~94.

99) 정창권, 앞의 논문, 1998, 2, p.326.

100) 이지하, 〈현씨양웅쌍린기 연작 연구〉, 서울대 석사논문, 1992.

101) 정병설, 앞의 논문, 1997, pp.160~164.

102) 김진세, 《완월회맹연》 1, 서울대출판부, 1987, pp.3~7.

103) 최길용, 《조선조 연작소설 연구》, 아세아문화사, 1992, p.63.

104) 6-90-308.

105) 4-47-48.

106) 3-42-399~400.

107) 9-121~122-15~18.

108) 양혜란, 앞의 논문, 1993, p.315.

109) 정창권, 앞의 논문, 1998, 2, pp.299~304.

110) 《소현성록》 이대본, 권4, pp.26~27.

111) 위의 책, 권4, p.30.

112) 9-128~129-119~132.

113) 《소현성록》 이대본, 권6, pp.72~73.

114) 위의 책, 권13, p.139.

115) 위의 책, 권9, p.40.

116) 위의 책, 권13, p.69.

117) 정병설, 앞의 논문, 1997, pp.169~171.

118) ──────, 위의 논문, pp.171~173, 참고.
    정창권, 앞의 논문, 1999, 12, pp.60~62.

119) 4-16-5.

120) 4-52-196.

121) 8-107-30.

122) 9-130-160.

123) 박경리, 《토지》 2권, 지식산업사, 1972, pp.302~304.

124) 박영희, 〈소현성록 연작 연구〉, 이대 박사논문, 1994, pp.147~
    148.

125) 양혜란, 〈옥원재합기연 연구〉, 《고전문학연구》 8, 1993, p.308

126) 11-165-296.

127) 2-29-382~384.

128) 이의 더 자세한 논의는 후일을 기하기로 한다.

129) 예를 들어, 17세기 《소현성록》은 4대에 걸친 소씨가의 이야기

를 그리고 있는데, 모두 5쌍의 부부갈등을 통해 문벌집안에서 살아가는 여성들의 다양한 삶의 모습을 보여주고 있다. 본작 〈소현성록〉에서는 제2대 아들 소현성↔화씨, 석씨, 여씨의 부부갈등을, 별작 〈소씨삼대록〉에서는 제3대 아들 소운성↔형씨, 명현공주, 소영의 부부갈등, 아들 소운명↔임씨, 이씨, 정씨의 부부갈등, 딸 소수빙↔김현의 부부갈등, 딸 소수주↔인종의 부부갈등을 주요 사건으로 제시한다.

이 같은 점은 18세기 《현씨양웅쌍린기》와 《옥원재합기연》에도 그대로 이어진다. 먼저 앞의 본작인 〈현씨양웅쌍린기〉에서는 현씨가의 제2대 현수문↔윤혜영, 현경문↔주소저의 결혼과정과 부부갈등을 교차해서 서술하고, 별작 〈명주기봉〉에서는 현수문과 현경문의 자식들인 제3대 7쌍의 결혼과정과 부부갈등을 그리고 있다.

《옥원재합기연》도 그와는 약간 다르지만 주로 부부갈등을 특징적인 사건으로 설정하고 있다. 본작 〈옥원재합기연〉에서는 소세경↔이현영, 이현윤↔경빙희의 부부갈등과 그에 따른 가족갈등(옹서갈등)을 그리고, 별작 〈옥원전해〉에서는 본작에서 미진한 부분 특히, 이현윤↔경빙희의 부부갈등을 보충하고 있다.

130) 정창권, 앞의 논문, 1998, 2.
131) 이병기, 〈조선어문학명저해제〉, 《문장》 10월호, 1940.
132) 정병설, 앞의 논문, 1997, 8.
133) 정창권, 〈완월회맹연의 여성주의적 상상력〉, 《고소설연구》 5, 1998, 6.
134) 실제로 이전의 논의에선 이들을 전혀 주목하지 않았거나 간략한 언급에 그쳤을 뿐이다.
135) 정창권, 앞의 논문, 1998, 6.
136) 2-29-411~412.
137) 정창권, 앞의 논문, 1998, 6, p.263.
138) 1-6-195.
139) 1-10-329.
140) 3-44-445~446.
141) 3-44-446.

142) 3-44-447.
143) 3-44-454.
144) 10-146-243~244.
145) 10-146-246.
146) 11-152-37.
147) 12-166-13.
148) 3-37-211~212.
149) 3-45-473.
150) 4-52-212.
151) 7-92-30.
152) 7-92-30.
153) 7-100-207.
154) 7-100-208.
155) 7-100-208.
156) 7-100-208.
157) 정병설, 앞의 논문, 1997, 8, pp.94~100.
158) 2-22-185.
159) 2-23-209.
160) 2-23-207.
161) 3-35-164.
162) 3-42-396.
163) 3-42-397.
164) 4-48-72.
165) 4-48-79.
166) 10-136-24.
167) 10-137-25.
168) 10-148-285.
169) 4-46-18.
170) 4-47-49.
171) 5-69-241.
172) 5-71-300.

173) 5-74-377.

174) 5-75-402.

175) 6-78-55.

176) 3-39-283.

177) 3-40-334~335.

178) 3-41-338.

179) 3-41-338.

180) 7-104-299.

181) 7-104-297.

182) 7-104-297~298.

183) 7-104-298~299.

184) 7-104-300.

185) 7-104-300.

186) 4-48-92.

187) 4-48-92.

188) 4-48-95.

189) 4-48-94.

190) 4-51-153.

191) 12-167-33.

192) 12-167-35.

193) 12-167-37.

194) 12-167-38.

195) 12-171-101.

196) 12-171-101~102.

197) 12-171-109.

198) 12-172-144~145.

199) 12-173-148~149.

200) 12-172-143.

201) 5-61-24.

202) 5-61-25.

203) 5-61-25~26.

204) 5-61-27.

205) 5-61-27.

206) 5-61-27.

207) 5-62-58.

208) 5-62-58~59.

209) 5-62-59.

210) 5-62-59.

211) 5-62-51.

212) 5-62-51~52.

213) 5-62-53.

214) 5-63-62.

215) 5-63-63.

216) 5-63-64.

217) 5-63-64.

218) 5-63-65.

219) 5-63-65.

220) 5-66-151.

221) 5-66-167~168.

222) 5-66-169.

223) 5-66-169.

224) 5-66-172.

225) 5-66-173.

226) 5-66-175.

227) 이영화, 앞의 책, 1998, p.120.

228) 歲在昭陽獵月, 余寓城南直廬, 長夜無寢, 聞隣家多藏稗官諺書, 借來數三種, 使人讀而聽之. 盖一篇宗旨, 始於男女婚媾, 而歷叙閨房行蹟, 互有異同, 皆架虛鑿空, 支離煩瑣, 固無足取. 然至若人情世態, 善於模寫, 凡悲歡得失之際, 賢愚善惡之分, 往往有令人觀感處, 此所以街巷婦孺之耽讀不厭, 而轉相騰傳, 遂致稗官諺書之盛行於世者也. 서유영, 《六美堂記》 小序.

229) 최남선, 앞의 책, p.441.

230) 이규태, 《한국여성의 의식구조》, 신원문화사, 1992, pp.187~188.

231) ──────, 《開化百景》, 신태양사, 1969, pp.369~370.

232) 박완서 외, 《박완서 문학앨범》, 웅진출판, 1992, p.128.

233) 장효현, 〈한국 한문소설 간사〉, 《한국 고소설사의 시각》, 국학자료원, 1996.

234) 정창권, 〈옥린몽의 작가고증과 이본양상〉, 《한국고소설사의 시각》, 국학자료원, 1996.

235) 최호석, 〈셜졔젼 연구〉, 《고소설연구》 6, 1998.

236) 김광순, 〈송부인전 구조의 분석적 고찰〉, 《여성문제연구》 10, 1981.

237) 정창권, 앞의 논문, 1998, 2, p.294.

238) 한국여성소설연구회, 《페미니즘과 소설비평》, 한길사, 1995.

한국문학통사(전6권)

조동일 지음

　지금까지 연구된 모든 갈래의 한국문학 연구성과를 총망라한 다음, 독자적인 틀로 새롭게 체계화한 《한국문학통사》가 1982년에 처음 선보인 이래, 최근까지의 새로운 자료와 연구업적을 포함하여 문제점을 고찰하고 논의를 다듬어 대폭적인 내용의 확장과 심화를 가져온 호화판 양장본이다.

한국민속연구사

최인학 · 최래옥 · 임재해 엮음

　이 책은, 지금까지 연구된 민속학을 현시점에서 분야별로 정리하고 위상을 정립하여 총정리한 논문집이다. 해당 분야의 원로 학자들과 중견학자들이 대거 참여, 집필하여 내놓은 力著로, 6개의 분야로 나누어 저술했다. 이 책은 과거 70년의 민속학을 돌이켜보고 새로운 과제를 발견하여 새출발하는 계기로 삼자는 의도에서 나왔으며, 내용은 민속학에 대한 회고와 전망, 그리고 과제를 다루었다.

한국민속사입문

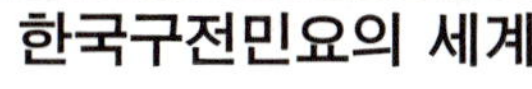

임재해 · 한양명 엮음

　학문적인 기반이 척박한 한국 민속학계가 도약의 발판을 마련하는 데 한몫을 한 이 책은, 민속사의 기본적인 문제점을 제기하면서 역사 인식의 독자적 시각과 역사학과 민속학의 연관성 등 원론적인 문제를 다룬 '총론'과, 민속문학과 종교, 사회, 예술, 물질 등 민속학의 전 영역에 걸쳐 각 전공자들이 각각의 시각에서 그 민속이 어떻게 형성되고 변화 발전해 왔나를 통시적으로 정리한 '각론'으로 꾸며져 있다.

한국구전민요의 세계

김현선 지음

　전국 민요의 현지조사를 통해 민요의 민속적 기반을 중점적으로 다루었다. 우리 선조들은 일을 좀더 쉽게 하기 위해서든 아니면 즐겁기 위해서든 노래와 매우 가까웠다. 따라서 한국구전민요를 총체적으로 보면 우리 민족의 삶을 속속들이 파악할 수 있다. 이 책은 한국구전민요의 기본과제를 확인하는 데서부터, 민요의 지역적 특징, 민요의 핵심적 쟁점과 과제, 현장체험 등을 체계적으로 정리하였다는 점에서 매우 의의가 크다.

한국여성학연구서설

강숙자 지음

우리나라에서 여성학이 출범한 지 20여 년이 흐른 오늘, 저자는 이 책을 통하여 '수입여성학'에서 '한국여성학'으로 자리매김하는 한 전환점을 마련하고, 급진주의 여성학자들에게 전면적인 비판을 벌여 논쟁을 불러일으키고 있다. 이 책은 전공자들은 물론 여성 일반과 남성들에게도 새로운 문제의식을 제공한다는 점에서 일독을 권할 만하다.

한국 여성 항일운동사 연구

박용옥 지음

한국 여성사 연구의 선구자인 저자는, 여성 유일당인 근우회를 중심으로 항일여성운동을 집중 분석하면서 각종 민족운동을 살피고, 아울러 그 동안 자료의 한계 때문에 활발한 연구가 진행되지 못했던 미주 단체의 독립운동, 1930년대 만주지역 여성전사들의 활동도 조명하였다. 학문적으로나 여성운동 차원에서 후학들의 연구나 후대의 운동가들에게 좋은 길잡이가 될 것이다.

한국 여성 근대화의 역사적 맥락

박용옥 지음

우리는 흔히 기독교가 들어온 뒤에야 비로소 여성들의 인식이 깨어나기 시작했다고 생각하고 있다. 하지만 여성사 연구의 선구자인 저자는 이 책에서, 실학시대 여성들의 진취적이고 의욕적인 삶에 주목하고, 동학운동은 한국 여성 근대화의 내재적 역량의 발로였음을 밝히고 있다.

한국의 민속과 性

비교민속학회 엮음

한국 민속 가운데 하나인 '性'을 다룬 7편의 글로 이루어져 있다. 학문적인 고찰을 바탕으로 하면서도 딱딱한 학술논문들과 달리 생생한 장면 묘사와 저자들의 입담이 살아 있는 책이다. '성'이 상품화와 대중화를 획득하기 위한 수단으로 전락한 현대사회를 살아가는 우리들에게, 우리 조상들의 삶 속에 '성'이 건강하게 살아 있었음을 깨닫는 계기를 제공할 것이다.